BASTEI
LÜBBE

Von Victoria Holt erschien bei BASTEI-LÜBBE:

10677: In der Nacht des siebenten Mondes

VICTORIA HOLT

HERRIN AUF MELLYN

Aus dem Englischen von
Iris und Rolf Helmut Foerster

BASTEI
LÜBBE

BASTEI-LÜBBE-TASCHENBUCH
Band 12049

Titel der englischen Originalausgabe:
Mistress of Mellyn

Deutsche Neuausgabe: Wolfgang Krüger Verlag GmbH,
Frankfurt am Main
Lizenzausgabe mit Genehmigung der
S. Fischer Verlag GmbH, Frankfurt am Main
Herausgeber: Gustav Lübbe Verlag GmbH, Bergisch Gladbach
Printed in Germany Februar 1994
Einbandgestaltung: K. K. K.
Titelfoto: Klinnert, Köln
Satz: Fotosatz Schell, Bad Iburg
Druck und Bindung: Ebner Ulm
ISBN 3-404-12049-3

Der Preis dieses Bandes versteht sich einschließlich
der gesetzlichen Mehrwertsteuer

1

»Einer Dame stehen zwei Wege offen, wenn sie sich in prekären Umständen befindet«, hatte mir Tante Adelaide eröffnet. »Entweder sie heiratet, oder sie sucht sich eine Stelle, die ihrem Stand angemessen ist.«

Als mich der Zug durch das hügelige Weideland von Somerset trug, befand ich mich auf dem zweiten Weg – hauptsächlich deshalb, weil ich nie Gelegenheit hatte, den ersten auszuprobieren.

Ich malte mir aus, welches Bild meine Mitreisenden von mir bekämen, sofern sie sich die Mühe machten, in meine Richtung zu schauen, was nicht sehr wahrscheinlich war. Sie sahen eine junge, mittelgroße Frau, die mit vierundzwanzig Jahren ihre erste Jugend bereits hinter sich hatte und ein braunes Wollkleid mit cremefarbenem Spitzenkragen und kleinen Spitzenapplikationen an den Manschetten trug. Creme sei viel ratsamer als weiß, hatte Tante Adelaide gesagt. Ich hatte mein schwarzes Cape aufgeknöpft, denn im Abteil war es warm, und die braune Samtmütze mit dem seidenen Kinnband hätte meiner Schwester Phillida ausgezeichnet gestanden, saß jedoch auf einem Kopf wie dem meinen ein wenig unglücklich. Ich trug einen Mittelscheitel. Mein Haar war kräftig und hatte einen kupfernen Schimmer. Es rahmte mein zu langes Gesicht ein und war unter meiner Mütze zu einem hinderlichen Knoten aufgesteckt. Meine Augen waren groß und, wenn das Licht günstig fiel, bernsteinfarben. Sie waren das beste an mir. Aber sie waren zu vorwitzig – das fand wenigstens Tante Adelaide –, woraus man ersieht, daß sie nie etwas von weiblichen Reizen verstanden hatte. Meine Nase war zu klein, mein Mund zu groß. Eigentlich paßte nichts recht zusammen. Und ich würde mich künftig mit Reisen wie dieser begnügen müssen, wenn ich zu und von meinen verschiedenen Arbeitsplätzen fuhr, da ich vor der Notwendigkeit stand, mir meinen Lebensunterhalt selbst zu verdienen. In die Lage, es mit dem ersteren jener beiden Wege zu versuchen, mit einem Ehemann, würde ich wohl nie kommen.

Die grünen Wiesen von Somerset lagen bereits hinter uns, und wir fuhren nun durch das Moorland und die Hügel von Devon. Man hatte mir gesagt, ich solle auf das Meisterstück an Brückenbaukunst achten, Mr. Brunels Brücke, die bei Saltash über den Fluß Tamar führte, denn wenn sie hinter mir läge, hätte ich England verlassen und das Herzogtum Cornwall erreicht.

Der Gedanke, über diese Brücke zu fahren, regte mich unnötig auf. Ich war damals nicht sehr phantasiebegabt – vielleicht habe ich mich später geändert –, aber schließtlich mußte ein Aufenthalt in einem Haus wie Mount Mellyn die Phantasie eines Menschen unweigerlich anregen. Doch damals konnte ich selbst nicht begreifen, weshalb ich so aufgeregt war.

Das ist lächerlich, sagte ich mir. Mount Mellyn mochte ein schönes Haus sein; Connan TreMellyn mochte so romantisch sein wie sein Name klang, aber das ging mich nichts an. Ich war sowieso ins untere Stockwerk verbannt, oder vielleicht auf den Dachboden, und nur mit der Sorge um die kleine Alvean betraut.

Sonderbare Namen haben diese Leute, dachte ich und blickte zum Fenster hinaus. Auf dem Moorland lag Sonne, doch die grauen Hügel in der Ferne sahen seltsam drohend aus. Sie glichen versteinerten Menschen.

Die Familie, zu der ich nun fuhr, stammte aus Cornwall und die Bewohner von Cornwall haben eine eigene Sprache. Vielleicht klang ›Martha Leigh‹ für ihre Begriffe komisch. Martha! Es gab mir immer einen Stich, wenn ich den Namen hörte. Tante Adelaide redete mich grundsätzlich so an, aber als mein Vater noch lebte, wären er und Phillida nie auf die Idee gekommen, mich Martha zu nennen. Für sie war ich immer Marty gewesen. Ich konnte mir nicht helfen, ich fand, daß eine Marty ein liebenswerterer Mensch sein müßte als eine Martha, und ich war ein wenig bekümmert, weil ich den Eindruck hatte, daß der Fluß Tamar mich für lange Zeit völlig von Marty trennte. In meiner neuen Stelle wäre ich vermutlich »Miss Leigh«, vielleicht auch nur »Miss« oder noch unwürdiger – einfach »Leigh«.

Eine von Tante Adelaides zahlreichen Freundinnen hatte von »Connan TreMellyns schwieriger Lage« gehört. Er brauchte die geeignete Person, die ihm helfen konnte. Sie mußte genug Geduld besitzen, um sich seiner Tochter anzunehmen, gebildet genug sein, um ihr Unterricht zu erteilen und vornehm genug, damit das Kind nicht unter der Nähe eines Menschen litt, der nicht ganz ihrer eigenen Herkunft entsprach. Was Connan TreMellyn brauchte, war kurz gesagt eine verarmte Dame. Tante Adelaide fand, daß ich genau die Richtige wäre.

Als unser Vater starb – er war Vikar einer Landgemeinde gewesen –, hatte uns Tante Adelaide nach London geholt. Sie bestand darauf, daß die zwanzigjährige Martha und die achtzehnjährige Phillida eine Saison in der Hauptstadt verbrachten. Phillida hatte am Ende dieser Saison geheiratet. Ich dagegen in vier Jahren bei Tante Adelaide nicht. So kam jener Tag, an dem sie mir die schon erwähnten beiden Auswege schilderte.

Ich sah zum Fenster hinaus. Wir fuhren in Plymouth ein. Meine Mitreisenden verließen das Abteil. Ich lehnte mich im Sitz zurück und beobachtete, was auf dem Bahnsteig vorging.

Als der Schaffner den Zug abpfiff und wir weiterfuhren, öffnete sich die Abteiltür, und ein Mann kam herein. Er sah mich mit einem entschuldigenden Lächeln an, als hoffe er, es mache mir nichts aus, wenn er das Coupé mit mir teile. Ich blickte zur Seite.

Als wir Plymouth verlassen hatten und uns der Brücke näherten, sagte er: »Jetzt kommt gleich unsere Brücke.«

Ich drehte mich um und sah ihn an.

Er war noch nicht ganz dreißig, gut gekleidet, aber in der Art eines Landedelmanns. Sein Bratenrock war dunkelblau, seine Hose grau. Seinen Hut – eine Melone – hatte er auf den Sitz neben sich gelegt. Ich hielt den Mann für etwas unverschämt, denn er zwinkerte mir ironisch zu, als kenne er genau die Warnung, die man mir mit auf den Weg gegeben hatte, wie wenig ratsam es war, sich in ein Gespräch mit einem Unbekannten einzulassen.

»Ja, allerdings«, antwortete ich schließlich. »Ich glaube, es ist ein sehr gelungenes Stück Architektur.«

Er lächelte. Wir hatten die Brücke überquert und befanden uns in Cornwall.

Er musterte mich, und ich wurde sofort meines tristen

Äußeren bewußt. Ich dachte: Er interessiert sich nur deshalb für mich, weil sonst keiner da ist, der seine Aufmerksamkeit erregen könnte. Phillida hatte einmal gesagt, ich stoße die Menschen ab, weil ich so täte, als glaube ich, sie zeigten nur deshalb Interesse für mich, weil sonst niemand da sei. ›Betrachte dich als Notbehelf‹, war Phillidas Maxime, ›und du bist einer!‹

»Reisen Sie weit?« fragte er.

»Ich glaube, es ist jetzt nicht mehr sehr weit. Ich steige in Liskeard aus.«

»Ah, Liskeard.« Er streckte die Beine aus und betrachtete seine Schuhspitzen. »Kommen Sie aus London?«

»Ja.«

»Sie werden die Vergnügungen der Großstadt vermissen.«

»Ich bin auf dem Lande aufgewachsen und weiß, was ich zu erwarten habe.«

»Bleiben Sie in Liskeard?«

Ich war nicht sicher, ob mir diese Fragen behagten, aber ich mußte wieder an Phillida denken. ›Du bist dem anderen Geschlecht gegenüber viel zu barsch, Marty. Du schreckst alle ab.‹

Ich fand, daß ich wenigstens höflich sein konnte und antwortete: »Nein, ich fahre nach Mellyn, einem kleinen Dorf an der Küste.«

»Aha!« Er schwieg eine Weile und betrachtete wieder seine Schuhspitzen.

Seine nächsten Worte erschreckten mich. »Ich nehme an, eine vernünftige junge Dame wie Sie glaubt nicht an Hellsehen ... und solche Dinge?«

»Weshalb ...?«

»Dürfte ich einmal Ihre Hand sehen?«

Ich zögerte und musterte ihn mißtrauisch. Konnte ich einem Fremden einfach meine Hand reichen? Tante Adelaide würde argwöhnen, daß er eine ruchlose Annäherung versuche. Ich hatte den Eindruck, daß sie in diesem Fall recht hätte. Schließlich war ich eine Frau, und zwar die einzige, die gerade zur Verfügung stand.

Er lächelte. »Ich versichere Ihnen, daß ich nichts anderes als in die Zukunft sehen will.«

»Aber ich glaube nicht an solche Dinge.«

»Zeigen Sie trotzdem her!« Er beugte sich rasch vor und griff nach meiner Hand.

Er hielt sie leicht und überlegte mit zur Seite geneigtem Kopf.

»Ich sehe, Sie haben einen Wendepunkt in Ihrem Leben erreicht ... Sie betreten eine seltsame neue Welt, die völlig anders ist, als alles, was Sie bisher gekannt haben. Sie werden vorsichtig sein müssen ... äußerst vorsichtig.«

Ich lächelte ironisch. »Sie sehen, daß ich auf Reisen bin. Was würden Sie sagen, wenn ich Ihnen nun erzähle, ich besuche Verwandte und sei weit davon entfernt, in eine ›seltsame neue Welt‹ einzutreten?«

»Ich würde sagen, daß Sie eine nicht sehr wahrheitsliebende junge Dame sind.« Er lächelte verschmitzt. Ich konnte nichts dafür, aber er gefiel mir. Ich hielt ihn für einen leichtsinnigen Menschen, aber er war charmant und fröhlich, und er ließ mich bis zu einem gewissen Grad an dieser Fröhlichkeit teilhaben.

»Nein, nein«, fuhr er fort, »Sie treten in ein neues Leben ein, in eine neue Stellung, daran besteht kein Zweifel. Vorher haben Sie ein zurückgezogenes Leben auf dem Land geführt und sind dann in die Stadt gezogen.«

»Ich glaube, ich habe das selbst schon angedeutet.«

»Das wäre nicht nötig gewesen. Aber es ist nicht die Vergangenheit, die uns bei solchen Anlässen wie heute interessiert, nicht wahr? Es ist die Zukunft?«

»Schön, und wie steht es mit der Zukunft?«

»Sie kommen in ein sonderbares Haus, ein Haus voller Schatten. Sie werden in diesem Haus auf der Hut sein müssen, Miss ... äh ...«

Er wartete, aber ich lieferte ihm nicht das, was er wissen wollte, und er fuhr fort: »Sie müssen Ihren Lebensunterhalt verdienen. Ich sehe dort ein Kind und einen Mann ... vielleicht ist er der Vater des Kindes. Sie sind in Schatten gehüllt. Es ist noch jemand da ... aber vielleicht ist sie schon tot.«

Es war eher der tiefe Grabeston seiner Stimme als die Eröffnung selbst, was mich nervös machte.

Ich zog ihm die Hand weg. »Unsinn!«

Er schloß halb die Augen und fuhr fort: »Sie werden die kleine Alice beaufsichtigen und Ihre Pflichten werden sich nicht nur auf die Beaufsichtigung beschränken. Sie müssen sich vor Alice in acht nehmen.«

Ich spürte ein schwaches Kribbeln, das im Rückgrat begann und mir den Nacken heraufkroch.

Die kleine Alice! Aber sie hieß nicht Alice. Sie hieß Alvean. Es hatte mich nur deshalb beunruhigt, weil der Name ähnlich geklungen hatte.

Ich war gereizt und ein wenig ärgerlich. War es möglich, daß man mir die Gouvernante schon ansah?

Lachte er mich aus? Er lehnte sich ins Polster zurück, immer noch mit geschlossenen Augen. Ich blickte zum Fenster hinaus, als interessierten er und seine lächerliche Hellseherei mich nicht im geringsten.

Er öffnete die Augen und zog seine Uhr aus der Westentasche.

»In vier Minuten fahren wir in Liskeard ein«, verkündete er. »Erlauben Sie, daß ich Ihnen mit den Koffern helfe?«

Er nahm sie vom Gepäcknetz herunter. ›Miss Martha Leigh‹, stand groß auf den Anhängern, ›Mount Mellyn, Mellyn, Cornwall.‹

Er schien diese Anhänger zu übersehen, und ich glaubte, er hätte das Interesse an mir verloren.

Als wir in den Bahnhof einfuhren, trug er meine Koffer auf den Bahnsteig. Dann verließ er mich mit einer tiefen Verbeugung.

Während ich noch meinen Dank murmelte, sah ich einen älteren Mann auf mich zukommen. »Miss Leigh! Miss Leigh! Sind Sie Miss Leigh?« fragte er. Und sofort vergaß ich meine Reisebekanntschaft.

Ich stand einem munteren kleinen Mann mit gebräunter, runzeliger Haut und rötlichbraunen Augen gegenüber. Er trug eine Cordjacke und eine Schirmmütze, die er sich in den Nacken geschoben und dort offenbar vergessen hatte. Gelblichweißes Haar sproßte darunter hervor, und seine Augenbrauen und sein Schnurrbart hatten die gleiche Farbe.

»Na, Miss, da hab' ich Sie ja aufgegabelt. Mein Name ist Tapperty. Sind das Ihre Koffer? Geben Sie her! Sie und ich und der alte Cherry Pie sind bald zu Hause.«

»Ist es weit von hier?« fragte ich.

»Der alte Cherry Pie bringt uns im Nu hin«, antwortete er und lud mein Gepäck in die Kutsche. Ich setzte mich neben ihn.

Er war ein redseliger Mann, und ich konnte der Versuchung nicht widerstehen, ihm etwas über die Menschen zu entlocken, mit denen ich künftig leben sollte.

»Der Name Mount Mellyn klingt, als ob das Haus auf einem Berg läge«, begann ich.

»Ja, es steht auf einer Klippe, dicht am Meer. Die Gärten fallen zum Ufer ab. Mount Mellyn und Mount Widden sind wie Zwillinge. Zwei Häuser, die der See trotzen. Aber sie stehen auf solidem Fels.«

»Zwei Häuser? Dann haben wir Nachbarn?«

»Sozusagen. In Mount Widden wohnen Nansellocks. Die Familie besitzt das Haus seit zwei Jahrhunderten. Es ist über eine Meile von uns entfernt, und dazwischen liegt die Mellyn-Bucht. Die Familien waren immer gute Nachbarn gewesen, bis ...«

»Bis?«

»Sie werden es bald genug erfahren!«

Ich hielt es für unter meiner Würde, weiter in ihn zu dringen, und wechselte das Thema. »Sind viele Dienstboten im Haus?«

»Nur ich, Mrs. Tapperty und meine Mädchen, Daisy und Kitty. Wir wohnen über den Ställen. Im Haus selbst sind dann noch Mrs. Polgrey und Tom Polgrey und die junge Gilly. Eigentlich kann man Gilly nicht zu den Dienstboten zählen, aber sie ist nun eben mal da und gilt als so etwas ähnliches.«

»Gilly? Ein komischer Name.«

»Eigentlich heißt sie Gillyflower.* Ich glaube, Jennifer Polgrey war ein bißchen verdreht, als sie ihr den Namen gab. Kein Wunder, daß das Kind so ist.«

»Jennifer? Ist das Mrs. Polgrey?«

»Nein. Jennifer war Mrs. Polgreys Tochter. Sie hatte große, dunkle Augen und die schmalste Taille, die man je gesehen hat. Sie hat ein untadeliges Leben geführt, bis

* Levkoje

sie sich eines Tages mit jemandem ins Heu legte – vielleicht auch in die Levkojen. Und ehe wir's uns versahen, kam die kleine Gilly zur Welt. Und was Jennifer anbetrifft – sie ging eines Morgens einfach ins Meer. Es besteht kaum ein Zweifel daran, wer Gillys Vater war.«

Ich schwieg. Enttäuscht über meinen Mangel an Interesse fuhr er fort: »Sie war nicht die erste, und ganz bestimmt nicht die letzte. Geoffrey Nansellock hat einen Schwarm von Bankerten hinterlassen, wo er auch war.« Er lachte und sah mich von der Seite an. »Sie brauchen nicht so steif dazusitzen, Miss, er kann Sie nicht mehr behelligen. Geister können einer jungen Dame nichts antun, und Master Geoffrey Nansellock ist nur noch ein Geist.«

»Dann ist er also auch tot. Und er ist nicht ... ins Meer gegangen? Hinter Jennifer her?«

Tapperty lachte. »Das wäre nicht seine Art gewesen. Er ist bei einem Eisenbahnunglück ums Leben gekommen. Sie müssen davon gehört haben. Dicht hinter Plymouth entgleiste der Zug und stürzte die Böschung hinab. Mr. Geoff reiste in diesem Zug. Es war seine letzte Reise.«

»Sind sonst keine Dienstboten da?«

»Noch ein paar Jungen und Mädchen – ein paar für die Gärten, ein paar für den Stall, ein paar im Haus. Aber es ist nicht mehr so wie früher. Es ist manches anders geworden, seit die Herrin tot ist.«

»Mr. TreMellyn muß sehr unglücklich sein.«

Tapperty zuckte die Achseln.

»Wie lange ist sie schon tot?« fragte ich.

»Etwas über ein Jahr.«

»Und er ist erst jetzt auf die Idee gekommen, daß er eine Gouvernante für die kleine Miss Alvean braucht?«

»Vor Ihnen waren schon drei da. Sie sind die vierte. Keine bleibt lange. Miss Bray und Miss Garrett sagten, das Haus sei ihnen zu ruhig. Dann kam Miss Jansen, eine reizende Person. Aber sie wurde entlassen. Sie hat genommen, was ihr nicht gehörte. Wirklich schade. Wir haben sie alle gemocht. Sie war gern in Mount Mellyn. Alte Häuser seien ihr Hobby, sagte sie immer. Nun, augenscheinlich hatte sie noch andere Liebhabereien, und weg war sie – von einem Tag auf den anderen.«

Ich betrachtete die Landschaft. Es war Ende August, und in den Kornfeldern blühten Mohn und Pimpernellen. Hier und da fuhren wir an einem Haus aus grauem kornischem Stein vorbei. Das Meer sah ich zum erstenmal durch einen Einschnitt in den Hügeln. Meine Stimmung hob sich. Mir schien, als hätte sich der Landschaftscharakter geändert. An den Straßenböschungen wuchsen mehr Blumen, und ich roch den Duft von Kiefern. Fuchsien blühten neben der Straße.

Hinter einem steilen Hügel bogen wir von der Straße ab und fuhren bergab auf das Meer zu. Wir befanden uns auf einer Klippenstraße. Vor uns lag eine Szenerie von atemberaubender Schönheit. Das Riff stieg steil aus dem Meer. Gras und Blumen wuchsen dort, Seenelken, roter und weißer Baldrian und dichtes, tief purpurrotes Heidekraut.

Dann sah ich das Haus. Es glich einem Schloß und stand auf dem Plateau. Es war aus Granit gebaut wie die meisten Häuser, die ich in dieser Landschaft gesehen hatte, aber es war groß und vornehm – ein Haus, das seit vielen Jahrhunderten hier stand und noch viele Jahrhunderte hier stehen würde.

»Das Land gehört alles dem Herrn«, erklärte Tapperty stolz. »Und dort drüben jenseits der Bucht sehen Sie Mount Widden.«

Es war, wie Mount Mellyn, ein graues Granithaus. Doch es war kleiner und stammte aus einer späteren Epoche. Ich schenkte ihm nicht viel Beachtung, da wir uns nun Mount Mellyn näherten.

Vor einem kunstvollen, schmiedeeisernen Tor hielten wir an.

»Aufmachen!« rief Tapperty.

Neben dem Tor stand ein kleines Pförtnerhäuschen. Vor dessen Tür saß eine Frau und strickte.

»Los, Gillykind«, befahl sie, »geh und mach das Tor auf, meinen armen alten Beinen zuliebe.«

Da erst sah ich das Mädchen, das zu den Füßen der alten Frau gesessen hatte. Es stand gehorsam auf. Es sah recht ungewöhnlich aus, hatte langes, glattes Haar, das fast weiß war, und große blaue Augen.

»Danke, Gilly«, sagte Tapperty, als Cherry Pie durchs Tor trottete. »Das ist die Miss, die sich künftig um Miss Alvean kümmert.«

Ich sah in ein Paar leere blaue Augen, die mich mit einem unergründlichen Ausdruck fixierten. Die alte Frau stand auf, und Tapperty stellte vor: »Das ist Mrs. Soady.«

»Guten Tag. Ich hoffe, es gefällt Ihnen bei uns.«

»Danke«, antwortete ich und zwang mich, den Blick von dem Kind abzuwenden und die Frau anzusehen. »Das hoffe ich auch.«

»Ich hoffe es wirklich.« Dann schüttelte sie den Kopf, als fürchte sie, ihre Hoffnungen seien etwas hoch gegriffen.

Ich drehte mich wieder nach Gillyflower um, doch sie war verschwunden. Sie konnte nur hinter die Hortensienbüsche geflohen sein, die größer waren als alle Hortensien, die ich bis dahin gesehen hatte. Sie waren tief blau und hatten fast die Farbe des Meeres.

»Das Kind hat nichts gesprochen«, bemerkte ich, als wir die Einfahrt entlangfuhren.

»Nein, es spricht nicht viel. Dafür singt es.«

Der Zufahrtsweg war ungefähr eine halbe Meile lang. Zu beiden Seiten blühten Hortensienbüsche und Fuchsien. Ab und zu erhaschte ich zwischen den Kiefern einen Blick aufs Meer.

Dann sah ich das Haus zum erstenmal aus der Nähe.

Vor ihm lag ein ausgedehnter Rasen, und darauf stolzierten zwei Pfauen mit gespreizten Rädern vor einer Pfauenhenne. Ein weiterer Pfau thronte auf einer Steinmauer. Zwei große Palmen standen zu beiden Seiten des Eingangs. Das Haus war größer, als ich aus der Ferne geschätzt hatte. Es war drei Stockwerke hoch, sehr lang und in L-Form angelegt. Die Sonne spiegelte sich im Glas der mit Mittelpfosten versehenen Fenster, und ich hatte sofort das Gefühl, daß ich beobachtet wurde.

Tapperty bog in den Kiesweg zum Vordereingang ein, und als wir hielten, öffnete sich die Tür, und eine Frau kam mir entgegen. Sie trug ein weißes Häubchen auf dem grauen Haar. Sie war groß, hatte eine Hakennase, und da sie offensichtlich etwas Beherrschendes an sich hatte, brauchte man mir nicht zu sagen, daß es Mrs. Polgrey war.

»Ich hoffe, Sie hatten eine angenehme Reise, Miss Leigh«, begann sie.

»Vielen Dank.«

»Wahrscheinlich wollen Sie sich jetzt zuerst ein wenig ausruhen. Kommen Sie herein. Wir trinken eine Tasse Tee miteinander. Ihr Gepäck können Sie hier stehenlassen. Ich lasse es hinauftragen.«

Ich war erleichtert. Die Frau vertrieb das ängstliche Gefühl, das mich seit meiner Begegnung mit dem Mann im Zug bedrückte. Joe Tapperty hatte mit seinen Geschichten über Tod und Selbstmord nicht gerade dazu beigetragen, es abzubauen. Mrs. Polgrey dagegen war eine Frau, deren Sinn aufs Praktische gerichtet war.

Ich dankte ihr und sagte, ich würde sehr gern eine Tasse Tee trinken. Sie ging voraus ins Haus.

Wir betraten die riesige Halle, die früher als Festsaal gedient haben mußte. Der Fußboden war mit Fliesen ausgelegt, und die kunstvoll geschnitzte Holzdecke war so hoch, daß ich glaubte, sie müsse das Dach des Hauses bilden. Am einem Ende der Diele befand sich ein Podium, am anderen ein großer offener Kamin. Auf dem Podium stand ein Refektoriumstisch mit alten Zinnkrügen und Tellern.

»Wunderschön«, sagte ich unwillkürlich.

»Ich beaufsichtige das Polieren der Möbel selbst«, erklärte Mrs. Polgrey stolz. »Man muß die Mädchen heutzutage zu allem anhalten. Tappertys Frauenzimmer sind Tratschbasen. Man braucht Augen wie ein Luchs.« Sie seufzte, dann fuhr sie fort: »Bienenwachs und Terpentin, das ist die richtige Poliermischung. Ich mache alles selbst.«

»Das Ergebnis reicht Ihnen zur Ehre.«

Ich folgte ihr ans Ende der Halle zu einer Tür. Mrs. Polgrey öffnete sie, und vor uns lag eine kurze Treppe mit vielleicht einem halben Dutzend Stufen. Links befand sich ein weitere Tür, die sie zögernd öffnete.

»Die Kapelle«, erklärte sie, und ich warf einen Blick auf blaue Fliesen, einen Altar und Kirchenbänke.

Sie schloß die Tür rasch wieder.

»Wir benützen sie nicht mehr. Wir gehen nach Mellyn zur Kirche, drunten im Dorf auf der anderen Seite der Bucht, dicht hinter Mount Widden.«

Wir stiegen die Treppe hinauf und kamen in ein Speisezimmer. Es war riesig, an den Wänden hingen Gobelins. Der Tisch war auf Hochglanz poliert, und in mehreren Glasvitrinen standen herrliche Gläser und Porzellan. Der Fußboden war mit einem blauen Teppich bedeckt. Durch große Fenster sah ich einen Innenhof.

»Das ist nicht Ihr Bereich«, erklärte Mrs. Polgrey resolut, »aber ich dachte, es ist am besten, ich führe Sie durch den Vorderteil des Hauses in mein Zimmer. Es ist gut, wenn man sich auskennt.«

Ich dankte ihr und begriff, daß sie mir auf diese taktvolle Weise zu verstehen gab, daß ich als Gouvernante nichts mit der Familie zu tun hätte. Wir gelangten durch das Speisezimmer zu einer weiteren Treppe und kamen dann in einen etwas intimeren Raum. Die Wände waren auch hier mit exquisiten Gobelins bedeckt. Die Möbel waren zum größten Teil antik, und alles glänzte von Bienenwachs, Terpentin und Mrs. Polgreys liebevoller Fürsorge.

»Dies ist das Punschzimmer«, erläuterte sie. »Man nannte es immer so, weil sich hierher die Familie zurückzieht, um Punsch zu trinken. Wir pflegen in diesem Haus noch die alten Sitten.«

Über weitere Stufen, vor denen ein schwerer Brokatvorhang hing, den Mrs. Polgrey zur Seite zog, kamen wir in eine Porträt-Galerie. Ich warf jedem Bild einen raschen Blick zu und fragte mich, ob Connan TreMellyn darunter sei. Doch keiner der Porträtierten trug einen modernen Anzug, deshalb nahm ich an, daß sein Bild noch nicht unter denen seiner Ahnen hing.

Von dieser Galerie aus führten mehrere Türen in andere Zimmer, aber wir gingen an ihnen vorbei bis zur letzten am äußersten Ende des Raumes. Dahinter begann der andere Flügel, das Dienstbotenquartier, wie ich annahm, da hier die Geräumigkeit fehlte.

»Das ist nun Ihr Reich«, eröffnete mir Mrs. Polgrey. »Am Ende dieses Korridors finden Sie eine Treppe, die zu den Kinderzimmern führt. Dort oben ist auch Ihr Zimmer. Aber zuerst kommen Sie mit zu mir, damit wir den versprochenen Tee trinken. Ich habe Daisy gesagt, sie soll alles vorbereiten. Wir werden nicht lange warten müssen.«

»Ich fürchte, es wird eine Weile dauern, bis ich mich im Haus zurechtfinde«, sagte ich.

»Schneller, als Sie denken. Aber wenn Sie ausgehen, benützen Sie nicht den Weg, den ich Sie hereingeführt habe, sondern eine der Seitentüren. Wenn Sie Ihre Koffer ausgepackt und sich ausgeruht haben, zeige ich es Ihnen.«

»Sie sind sehr liebenswürdig.«

»Nun, ich möchte, daß Sie sich hier wohlfühlen. Miss Alvean hat Disziplin nötig, sage ich immer. Was kann ich schon tun, bei all meinen anderen Pflichten. Im Haus gäbe es ein schönes Durcheinander, wenn *ich* meine Zeit Miss Alvean widmen wollte. Nein, sie braucht eine tüchtige Gouvernante, und es scheint, daß man die nicht leicht findet. Nun, Miss, wenn Sie uns zeigen, daß Sie mit dem Kind zurechtkommen, dann sind Sie hier mehr als willkommen.«

»Wenn ich recht verstanden habe, hatte ich mehrere Vorgängerinnen?«

Sie blickte mich ein wenig überrascht an, und ich fuhr rasch fort: »Es sind doch schon andere Gouvernanten hier gewesen?«

»O ja. Aber leider hatten wir kein Glück. Miss Jansen war die beste, aber sie hatte seltsame Gewohnheiten.

Dabei war sie so sympathisch. Sogar ich bin auf sie hereingefallen.« Mrs. Polgreys Miene besagte, daß jemand, der das fertigbrachte, sehr gerissen sein mußte. »Nun, das Äußere trügt, wie man so sagt. Miss Celestine war richtig aufgebracht, als es herauskam.«

»Miss Celestine?«

»Die junge Lady von Mount Widden. Miss Celestine Nansellock. Sie besucht uns oft. Sie ist noch ziemlich jung, und das Haus gefällt ihr. Wenn ich nur ein einziges Möbelstück anders hinstelle, merkt sie es. Deshalb haben sie und Miss Jansen so gut zusammengepaßt. Beide sind an alten Häusern interessiert, wissen Sie. Es war ein gehöriger Schock. Sie werden Miss Celestine bald kennenlernen. Wie ich schon sagte, es vergeht kaum ein Tag, an dem sie nicht herüberkommt. Manche glauben ... Ach, du liebe Zeit! Jetzt fang' ich an zu tratschen, und Sie sehnen sich nach Ihrem Tee.«

Sie öffnete die Tür, und es war, als beträte man eine andere Welt. Das Mittelalter lag hinter einem. Dies war ein Zimmer, das in keine andere Zeit als die heutige gepaßt hätte. Es bestätigte meinen Eindruck von Mrs. Polgrey. Auf den Stühlen lagen Schondecken, in der Ecke stand eine Vitrine voller Nippsachen, darunter ein gläserner Pantoffel, ein goldenes Schwein und eine Tasse mit der Aufschrift ›Gruß aus Weston‹. Es schien fast unmöglich, das Zimmer zu betreten, so viele Möbel standen darin. Auf dem Kaminsims kämpfte eine Schäferin aus Dresdner Porzellan mit marmornen Engeln um einen Platz. Eine goldbronzene Uhr tickte laut. Mrs. Polgrey war eine Frau, die großen Respekt vor den richtigen Dingen hatte – natürlich den Dingen, die sie für gut hielt.

Dennoch hatte dieses Zimmer etwas tröstliches Normales an sich, wie auch die Frau selbst.

Sie musterte den Eßtisch und seufzte resigniert. Dann zog sie an der Klingelschnur. Ein paar Minuten später erschien ein schwarzhaariges Mädchen mit kecken Augen. Sie brachte ein Tablett, auf dem eine silberne Teekanne, ein Spirituskocher, Tassen, Milch und Zucker standen.

»Höchste Zeit!« rügte Mrs. Polgrey. »Stellen Sie es hier hin, Daisy.«

Daisy warf mir einen Blick zu, der fast einem Zwinkern gleichkam. Ich wollte Mrs. Polgrey nicht ärgern und tat so, als hätte ich es nicht bemerkt.

Mrs. Polgrey stellte vor: »Das ist Daisy, Miss. Sie können sich immer an sie wenden, wenn Sie etwas brauchen.«

»Vielen Dank, Mrs. Polgrey, und vielen Dank, Daisy.«

Sie blickten beide etwas erschrocken, und Daisy machte einen kleinen Knicks, worüber sie sich halb zu genieren schien, und ging hinaus.

»Heutzutage ...«, murmelte Mrs. Polgrey und zündete den Spirituskocher an.

Sie schloß einen Schrank auf und nahm eine Teedose heraus, die sie auf das Tablett stellte.

»Das Abendessen wird um acht serviert«, erklärte sie. »Es wird Ihnen auf Ihr Zimmer gebracht. Aber ich dachte, Sie brauchen zuerst einen kleinen Stärkungstrunk. Wenn Sie nachher Ihr Zimmer gesehen haben, stelle ich Sie Miss Alvean vor.«

»Was tut sie um diese Tageszeit?«

Mrs. Polgrey runzelte die Stirn. »Sie treibt sich irgendwo herum. Sie ist viel allein. Dem Herrn gefällt das nicht. Deshalb brauchen wir unbedingt eine Gouvernante, verstehen Sie.«

Ich begann zu verstehen. Ich war jetzt sicher, daß Alvean ein schwieriges Kind war.

Mrs. Polgrey maß den Tee in die Kanne, als wäre es Goldstaub, und goß heißes Wasser darüber. »Es hängt viel davon ab, ob Sie ihr sympathisch sind oder nicht«, fuhr Mrs. Polgrey fort. »Sie ist unberechenbar. Manche Menschen mag sie und andere nicht. Miss Jansen hat sie sehr gemocht.« Mrs. Polgrey schüttelte traurig den Kopf. »Es ist wirklich ein Jammer, daß sie solche Gewohnheiten hatte.«

Sie rührte den Tee in der Kanne um und stülpte den Teewärmer darüber. »Sahne? Zucker?« fragte sie.

»Ja, bitte.«

»Ich sage immer, es geht nichts über eine gute Tasse Tee«, bemerkte sie, als wäre sie überzeugt, ich brauche Trost.

Wir aßen Biskuits zum Tee. Diese entnahm Mrs. Polgrey einer Blechdose, die sie ebenfalls in ihrem Schrank verwahrte. Nach der ersten Tasse erfuhr ich, daß Connan TreMellyn, der Hausherr, verreist war.

»Er hat ein Gut im Westen«, erklärte Mrs. Polgrey. »Gegen Penzance zu. Er fährt ab und zu hin und sieht dort nach dem Rechten. Seine Frau hat es ihm hinterlassen. Sie stammte aus Penzance. Eine geborene Pendleton.«

»Wann kommt er wieder?«

Sie blickte entgeistert auf. Ich begriff, daß ich etwas sehr Unpassendes gefragt hatte, da sie hochmütig erklärte: »Er kommt wieder, wenn er es für richtig hält.«

Ich mußte also strikt konventionell sein, wenn ich mit ihr auf gutem Fuß stehen wollte, und wahrscheinlich geziemte es sich für eine Gouvernante nicht, Fragen über den Herrn des Hauses zu stellen. Für Mrs. Polgrey war es völlig in Ordnung, wenn sie von ihm sprach. Sie war eine privilegierte Person.

Bald darauf führte sie mich in mein Zimmer. Es war groß, hatte hohe Fenster, von denen aus man den Rasen vor dem Haus und den Zufahrtsweg überblickte. Ein Schrank, eine Kommode, Tisch und Stühle standen im Zimmer. Das Himmelbett paßte zu den übrigen Möbeln. Trotz seiner Größe sah es in dem enormen Raum winzig aus. Teppiche lagen auf dem Boden, der dermaßen poliert war, daß man kaum wagte, über die Teppiche zu gehen. Außer der Tür, durch die wir eingetreten waren, gab es noch eine zweite.

Mrs. Polgrey folgte meinem Blick. »Das Unterrichtszimmer«, erklärte sie. »Dahinter liegt Miss Alveans Zimmer.«

»Aha. Dann trennt uns also das Unterrichtszimmer.«

Mrs. Polgrey nickte.

Als ich mich umblickte, sah ich, daß eine spanische Wand eine Ecke des Zimmers abschnitt. Ich stellte fest, daß sie ein Sitzbad verbarg.

»Wenn Sie heißes Wasser brauchen, läuten Sie einfach, und Daisy oder Kitty wird es Ihnen bringen.«

»Vielen Dank.« Ich betrachtete den offenen Kamin und stellte mir vor, wie an Wintertagen ein Feuer darin prasselte.

»Ich werde es sehr gemütlich hier haben.«

»Ja, es ist ein schönes Zimmer. Sie sind die erste Gouvernante, die hier wohnt. Die anderen schliefen gegenüber von Miss Alveans Zimmer. Miss Celestine kam darauf, daß dies hier besser wäre. Und ich muß sagen, es ist ein angenehmerer Raum.«

»Dann bin ich also Miss Celestine Dank schuldig.«

»Sie ist eine sehr nette Dame. Miss Alvean ist ihr ein und alles.«

Mrs. Polgrey schüttelte vielsagend den Kopf, und ich

fragte mich, ob sie daran dachte, daß es erst ein Jahr her war, seit die Hausherrin gestorben war, und daß Connan TreMellyn eines Tages vielleicht wieder heiraten würde. Wer wäre geeigneter als seine Nachbarin, die Miss Alvean so liebte? Vielleicht warteten sie nur, bis eine angemessene Zeit verstrichen war.

»Wollen Sie jetzt auspacken und sich ein wenig frischmachen? In zwei Stunden gibt es das Abendessen. Oder möchten Sie zuerst einen Blick ins Unterrichtszimmer werfen?«

»Vielen Dank, Mrs. Polgrey, aber ich glaube, ich wasche mich zuerst und packe aus.«

»Schön. Und ruhen Sie sich ruhig aus. Ich weiß, daß Reisen ermüdet. Ich schicke Daisy mit heißem Wasser herauf. Sie können natürlich auch im Unterrichtszimmer essen, wenn Sie wollen.«

»Mit Miss Alvean?«

»Ja. Die anderen Mahlzeiten nimmt sie neuerdings mit ihrem Vater ein. Alle Kinder haben von ihrem achten Lebensjahr an die Mahlzeiten mit der Familie eingenommen. Miss Alvean wurde im Mai acht.«

»Waren noch andere Kinder da?«

»Ncin. Ich spreche von den Kindern der Vergangenheit. Es ist ein Familienbrauch, wissen Sie.«

»Aha.«

»Schön, ich lasse Sie jetzt allein. Wenn Sie vor dem Essen noch ein wenig im Garten spazierengehen wollen, dann tun Sie es. Sie brauchen nur zu läuten, und Daisy, Kitty oder wer gerade frei ist, wird Ihnen die Treppe zeigen, die Sie künftig benützen. Sie führt in den Küchengarten, aber von dort kommen Sie überall leicht hin. Und vergessen Sie nicht – Abendessen um acht.«

»Im Unterrichtszimmer.«

»Oder hier bei Ihnen, wenn Ihnen das lieber ist.«

»Aber jedenfalls im Gouvernantenquartier«, fügte ich hinzu.

Sie wußte nicht, was sie von dieser Bemerkung halten sollte, und wenn Mrs. Polgrey etwas nicht verstand, dann ignorierte sie es.

Sobald sie gegangen war, schien mich die Atmosphäre des Hauses einzuhüllen. Ich wurde mir der Stille bewußt, der unheimlichen Stille eines alten Hauses.

Ich ging zum Fenster und sah hinaus. Es schien lange her zu sein, seit ich mit Tapperty die Einfahrt heraufgefahren war. Ich hörte einen Vogel zwitschern, vielleicht war es ein Hänfling.

Ich sah auf die Uhr. Es war kurz nach sechs. Noch zwei Stunden bis zum Abendessen. Ich überlegte, ob ich Daisy oder Kitty herbeiläuten und um heißes Wasser bitten sollte, aber mein Blick ging immer wieder zur Tür, die zum Unterrichtszimmer führte. Schließlich war das Unterrichtszimmer meine Domäne, und ich hatte das Recht, sie zu inspizieren. Deshalb öffnete ich die Tür.

Der Raum war noch größer als mein Zimmer, aber er hatte die gleichen Fenster, und vor jedem stand ein Stuhl mit rotem Plüschpolster. In der Mitte des Zimmers stand ein Tisch mit eingeritzten Initialen und Tintenflecken. Generationen von Mellyns mußten an diesem Tisch ihre Lektionen gelernt haben. Ein paar Lesebücher lagen auf dem Tisch, außerdem ein Heft, auf dem gekritzelt stand: ›Alvean TreMellyn, Rechnen.‹ Ich schlug es auf. Es enthielt Additionen, die meisten falsch. Ich blätterte weiter und fand eine Skizze, die ein Mädchen darstellte. Ich erkannte sofort Gilly, das Kind, das ich am Tor gesehen hatte.

»Nicht schlecht«, murmelte ich, »unsere Alvean ist

also eine Künstlerin. Das ist wenigstens etwas.« Ich klappte das Heft zu. Ich hatte das seltsame Gefühl, daß ich beobachtet wurde.

»Alvean!« rief ich impulsiv. »Bist du da? Wo versteckst du dich?«

Ich erhielt keine Antwort und kam mir in der Stille ziemlich töricht vor.

Ich ging wieder in mein Zimmer und läutete. Daisy erschien, und ich bat sie um heißes Wasser.

Als ich die Koffer ausgepackt und meine Sachen eingeräumt hatte, war es fast acht Uhr, und Daisy brachte mein Abendessen. Es gab ein gebackenes Hühnerkeulchen mit Gemüse und als Nachspeise Eiscreme.

»Essen Sie hier oder im Unterrichtszimmer?« fragte Daisy.

Ich fand es angenehmer, nicht im Unterrichtszimmer zu essen, wo ich mich beobachtet fühlte.

»Hier bitte«, antwortete ich und fügte hinzu: »Wo ist eigentlich Miss Alvean? Ich finde es merkwürdig, daß ich sie noch nicht gesehen habe.«

»Die ist eine ganz Schlimme«, sagte Daisy. »Kaum hat sie gehört, die neue Miss ist da, war sie weg. Der Herr ist fort, und wir werden nicht erfahren, wo sie ist, bis der Hausjunge von Mount Widden herüberkommt und uns sagt, daß sie drüben bei Miss Celestine und Herrn Peter einen Besuch macht.«

»Aha. Eine Art Protest gegen die neue Gouvernante.«

Daisy trat einen Schritt näher und knuffte mich. »Miss Celestine verwöhnt das Kind, sie ist in Alvean vernarrt, als wäre es ihr eigenes. Horchen Sie, ich glaube, da kommt der Wagen!« Daisy winkte mich ans Fenster. Ich fand, daß ich nicht gut mit einem Dienstmädchen am

Fenster stehen und beobachten könne, was drunten vorging. Aber die Neugier war zu groß.

Deshalb stellte ich mich neben Daisy und sah, wie eine junge Frau, die etwa so alt wie ich oder ein Jahr älter war, und ein Kind aus dem Wagen stiegen. Dies war also Alvean, von der mein Schicksal in diesem Haus abhing.

Soviel ich erkennen konnte, sah sie recht normal aus. Sie war groß für ihr Alter, und ihr hellblondes Haar war zu Zöpfen geflochten, die ziemlich lang sein mußten, denn sie waren ihr um den Kopf geschlungen. Dies gab ihr den Anschein von Reife, und ich vermute, daß sie sehr altklug war. Sie trug ein Kleid aus braunem, gestreiftem Baumwollstoff, weiße Strümpfe und schwarze Schuhe mit Schnallen. Sie sah aus wie eine Dame en miniature, und aus irgendeinem undefinierbaren Grund wurde ich ein wenig unsicher.

Alvean schien zu merken, daß sie beobachtet wurde, denn sie blickte herauf. Unwillkürlich trat ich zurück, aber ich war sicher, daß sie die Bewegung gesehen hatte. Ich war im Nachteil, noch ehe wir uns kennengelernt hatten.

»Die macht uns vielleicht zu schaffen«, murmelte Daisy neben mir.

Ich trat ins Zimmer zurück. »Vielleicht fürchtet sie sich ein wenig vor der neuen Gouvernante.«

Daisy brach in Gelächter aus. »Tut mir leid, Miss, aber darüber muß ich lachen.«

Ich setzte mich an den Tisch und begann zu essen. Daisy wollte gerade gehen, als es klopfte und Kitty eintrat.

Sie schnitt ihrer Schwester eine Grimasse und grinste mich vertraulich an. »Mrs. Polgrey hat gesagt, wenn Sie fertig sind, sollen Sie ins Punschzimmer kommen. Miss

Nansellock möchte Sie kennenlernen. Miss Alvean ist heimgekommen. Sie sollen so bald wie möglich herunterkommen, Miss. Es ist höchste Zeit, daß Alvean zu Bett geht.«

»Ich komme, sobald ich gegessen habe.«

»Gut. Läuten Sie, wenn Sie fertig sind, Miss, dann zeigt eine von uns Ihnen den Weg.«

»Vielen Dank.« Ich beendete in Ruhe mein Abendessen.

Dann stand ich auf und trat vor den Spiegel, der auf meinem Toilettentisch stand. Mein Gesicht war unnatürlich gerötet, und ich sah, daß mir dies gut stand. Meine Augen wirkten dadurch ausgesprochen bernsteinfarben. Es war fünfzehn Minuten her, seit Daisy und Kitty mich verlassen hatten, und ich stellte mir vor, daß Mrs. Polgrey, Alvean und Miss Nansellock mein Kommen nun ungeduldig erwarteten. Aber ich wollte nicht das arme Aschenbrödel werden wie so viele Gouvernanten. Wenn Alvean so war, wie ich nun glaubte, dann mußte man ihr von allem Anfang an zeigen, daß man mich mit Respekt zu behandeln hatte.

Ich läutete, und Daisy erschien.

»Man erwartet Sie im Punschzimmer. Miss Alveans Abendessenszeit ist längst vorbei.«

»Dann ist es schade, daß sie nicht früher heimgekommen ist«, erwiderte ich.

Daisy kicherte, ihr Busen, der aus dem Baumwollkleid zu quellen schien, wogte.

Sie führte mich zum Punschzimmer, zog den Vorhang zur Seite und rief mit theatralischer Stimme: »Hier ist die Miss!«

Mrs. Polgrey saß auf einem der mit Gobelins bezogenen Stühle und Celestine Nansellock auf einem anderen.

Alvean stand mit hinter dem Rücken gefalteten Händen da. Sie sah gefährlich spröde aus.

»Ah«, sagte Mrs. Polgrey und stand auf, »da ist ja Miss Leigh. Miss Nansellock hat extra gewartet. Sie möchte Sie kennenlernen.« Ihre Stimme klang leicht vorwurfsvoll. Ich wußte, was sie damit sagen wollte. Ich, eine gewöhnliche Gouvernante, hatte eine Lady warten lassen.

»Sehr angenehm«, sagte ich.

Miss Nansellock sah mich überrascht an. Wahrscheinlich hätte ich einen Knicks machen sollen oder irgendeine Geste, die zeigte, daß ich mir meiner untergeordneten Stellung bewußt war. Ich achtete in diesen paar Sekunden jedoch auf nichts anderes als auf Alvean. Ihre Augen, die mich unverwandt ansahen, waren ungewöhnlich blau. Sie würde einmal eine Schönheit werden, und ich fragte mich, ob sie ihrem Vater oder ihrer Mutter ähnelte.

Celestine Nansellock war nun ebenfalls aufgestanden. Sie legte Alvean eine Hand auf die Schulter.

»Miss Alvean hat uns drüben besucht«, erklärte sie. »Wir sind gute Freunde. Ich bin Miss Nansellock von Mount Widden. Ich hoffe, Sie nehmen es Alvean nicht übel.«

Alveans Augen funkelten.

»Ich kann kaum etwas übelnehmen, das vor meiner Ankunft geschah, nicht wahr?«

Ich sah zum erstenmal Celestine Nansellock genauer an. Sie war größer als ich, aber keineswegs eine Schönheit. Ihr Haar war braun und ihre Augen haselnußbraun. In ihrem Gesicht war wenig Farbe. Ich kam zu dem Schluß, daß sie keine ausgeprägte Persönlichkeit war, aber vielleicht stand sie auch nur im Schatten der trotzigen Alvean und der würdevollen Mrs. Polgrey.

»Ich hoffe, daß Sie sich ohne Scheu an mich wenden, wenn Sie einmal Rat brauchen, Miss Leigh. Ich bin die nächste Nachbarin und ich denke, man betrachtet mich hier wie zur Familie gehörend.«

»Sie sind sehr freundlich.«

»Wir wollen, daß Sie sich hier wohlfühlen, Miss Leigh. Wir alle wollen das.«

»Vielen Dank. Ich glaube, es ist das beste, ich bringe jetzt Alvean zu Bett. Es ist höchste Zeit.«

Celestine lächelte. »Da haben Sie allerdings recht. Es ist reichlich nach acht, aber heute abend besorge ich das. Sie müssen sehr müde sein von der Reise.«

Ehe ich antworten konnte, rief Alvean: »Nein, Celestine, ich möchte, daß sie es tut. Sie ist schließlich meine Gouvernante. Sie muß es tun, nicht wahr?«

Celestine machte ein gekränktes Gesicht, und Alvean konnte ein triumphierendes Lächeln nicht unterdrükken. Ich glaubte, daß ich begriff. Das Kind wollte seine Macht spüren. Sie wollte nur deshalb nicht, daß Celestine sie zu Bett brachte, weil Celestine dies tun wollte.

»Gut, dann hält mich hier eigentlich nichts mehr«, sagte Celestine.

Sie sah Alvean an, als wolle sie aufgefordert werden zu bleiben, doch Alveans neugieriger Blick ruhte auf mir.

»Gute Nacht«, sagte Alvean schnippisch, und zu mir: »Kommen Sie, ich habe Hunger.«

»Du hast vergessen, Miss Nansellock zu danken, daß sie dich nach Hause gebracht hat«, sagte ich.

»Ich habe es nicht vergessen«, antwortete sie. »Ich vergesse nie etwas.«

»Dann ist dein Gedächtnis besser als deine Manieren.«

Sie waren erstaunt – alle. Vielleicht war ich selbst ein

wenig verblüfft. Aber ich wußte, daß ich fest sein mußte, wenn ich die Kontrolle über dieses Kind erlangen wollte.

Sie errötete, und ihr Blick wurde hart. Sie wollte etwas erwidern, aber da sie nicht wußte, was sie sagen sollte, rannte sie aus dem Zimmer.

»Da haben wir's«, brummte Mrs. Polgrey. »Miss Nansellock, es war sehr liebenswürdig von Ihnen ...«

»Unsinn, Mrs. Polgrey«, unterbrach Celestine, »es war doch selbstverständlich, daß ich sie zurückbrachte.«

»Sie wird sich später bei Ihnen bedanken«, versicherte ich ihr.

»Miss Leigh«, sagte Celestine, »es wird ratsam sein, wenn Sie mit diesem Kind zart umgehen. Sie hat erst kürzlich ihre Mutter verloren.« Celestines Lippen zitterten. »Sie war eine gute Freundin von mir.«

»Ich werde zu Alvean nicht grob sein, aber ich sehe, daß sie Disziplin braucht.«

»Seien Sie behutsam, Miss Leigh.« Celestine war einen Schritt auf mich zugekommen und berührte mich am Arm. »Kinder sind empfindsame Wesen.«

»Ich werde mein Bestes für Alvean tun.«

»Ich wünsche Ihnen viel Glück.«

Mrs. Polgrey läutete und Daisy erschien.

»Führen Sie die Miss in ihr Zimmer«, kommandierte sie.

»Haben Sie Miss Alveans Abendbrot gerichtet?«

»Ja, Madam.«

Ich wünschte Celestine Nansellock eine gute Nacht, und sie neigte leicht den Kopf.

Ich ging ins Unterrichtszimmer. Alvean saß an einem Tisch, trank Milch und aß Biskuits. Sie ignorierte mich, als ich mich neben sie setzte.

»Alvean, wenn wir miteinander auskommen wollen, ist es vernünftiger, wir einigen uns, findest du nicht?«

»Was macht es mir aus?« erwiderte sie kurz.

»Natürlich macht es dir etwas aus. Wir wären dann beide glücklicher.«

Alvean zuckte die Achseln. »Und wenn wir nicht miteinander auskommen, müssen Sie gehen. Dann bekomme ich eine neue Gouvernante, das ist mir gleich.«

Sie sah mich triumphierend an und gab mir zu verstehen, daß ich nur ein bezahlter Dienstbote war. Ich hätte sie am liebsten geschlagen.

»Jedenfalls ist es weit angenehmer, wenn wir mit unseren Mitmenschen in Harmonie leben als in Zwietracht«, sagte ich.

»Das spielt keine Rolle, wenn man sie jederzeit wegschicken kann. Dann sind es keine Mitmenschen mehr.«

»Freundlichkeit ist wichtiger als alles andere auf der Welt.«

Sie lächelte in ihre Milch hinein und trank sie aus.

»Und jetzt ins Bett!« befahl ich.

Ich stand zusammen mit ihr auf.

»Ich gehe allein ins Bett, Miss. Ich bin nämlich kein Baby, wissen Sie.«

»Vielleicht habe ich dich für jünger gehalten als du bist, weil du noch viel zu lernen hast.«

Sie überlegte sich das. Dann zuckte sie die Acheln.

»Gute Nacht«, sagte sie und entließ mich.

»Ich komme hinüber und wünsche dir eine gute Nacht, wenn du im Bett bist.«

»Nicht nötig.«

»Ich komme trotzdem.«

Sie ging in ihr Zimmer und ich in das meine.

Ich war niedergeschlagen, denn ich erkannte, wie schwierig das Problem war, dem ich gegenüberstand. Ich hatte keine Erfahrung mit Kindern, und wenn ich früher an Kinder dachte, dann hatte ich im Geist gefügige und liebenswerte kleine Wesen vor mir gesehen, für die zu sorgen eine Freude wäre. Hier hatte ich nun ein sogenanntes schwieriges Kind.

Ich gestand mir ein, daß ich mich ein wenig fürchtete. Erst nachdem ich Alvean unter vier Augen gegenübergestanden hatte, begriff ich, daß ich in dieser Stellung vielleicht versagen könnte. Was würde geschehen, wenn man zu dem Schluß kam, daß ich nicht mit ihr fertig wurde? Was wurde aus verarmten Damen, denen es nicht gelang, ihre Arbeitgeber zufriedenzustellen?

Ich konnte natürlich zu Phillida gehen. Ich konnte eine jener alten Tanten werden, die ihr kümmerliches Leben in der Abhängigkeit von anderen verbringen. Aber ich war keine Frau, die sich mit der Abhängigkeit leicht abfand. Ich mußte andere Stellungen suchen.

Ich hätte mich vor Zorn über die Grausamkeit des Lebens auf mein Bett werfen und weinen mögen. Aber was für ein Triumph wäre es für Alvean, wenn ich mit verweintem Gesicht an ihr Bett trat! Das war nicht die rechte Art, den Kampf zu beginnen, der zweifellos zwischen uns stattfinden mußte.

Ich trat ans Fenster und blickte über den Rasen zu dem hügelligen Land dahinter. Ich konnte das Meer nicht sehen, da das Haus mit der Rückseite zur Küste lag.

Solch ein Friede draußen, und welche Konflikte hier drinnen, dachte ich. Als ich mich aus dem Fenster beugte, sah ich Mount Widden auf der anderen Seite der Bucht. Generationen von Nansellocks, Generationen von TreMellys hatten hier gelebt, ihre Schicksale waren ineinander verschlungen, und die Geschichte des einen Hauses war auch die des anderen geworden.

Ich wandte mich vom Fenster ab und ging zu Alvean hinüber.

»Alvean«, flüsterte ich und erhielt keine Antwort. Sie hatte die Augen fest geschlossen – zu fest.

Ich beugte mich über sie.

»Gute Nacht, Alvean. Wir werden gute Freunde sein.«

Ich erhielt keine Antwort.

Trotz meiner Müdigkeit schlief ich in dieser Nacht unruhig. Ich schlief mehrmals ein und fuhr erschrocken wieder hoch, bis ich schließlich ganz wach war.

Ich lag im Bett und sah mich in meinem Zimmer um, in dem die Möbel im Mondschein wie trübe Gestalten standen. Ich hatte das Gefühl, als sei ich nicht allein, als umgäben mich flüsternde Stimmen.

Ich dachte an Alvean, die der Welt aggressiv gegenüberstand. Ich war sicher, daß sich kein Kind ohne Grund Fremden gegenüber so feindselig verhielt, und ich war entschlossen, die Ursache von Alveans Benehmen zu entdecken. Ich war entschlossen, aus ihr ein glückliches, normales Kind zu machen.

Es dämmerte schon, als ich endlich fest einschlief. Die Ankunft des Tages beruhigte mich, da ich mich vor der Dunkelheit dieses Hauses fürchtete. Es war kindisch, aber ich konnte nicht dagegen an.

Ich frühstückte im Unterrichtszimmer mit Alvean, die mir stolz erklärte, daß sie sonst, wenn ihr Vater zu Hause war, mit ihm zusammen aß.

Später gingen wir an die Arbeit. Sie war intelligent. Sie hatte mehr gelesen als die meisten Kinder in ihrem Alter, und während des Unterrichts leuchteten ihre Augen interessiert, trotz ihrer Entschlossenheit, kein Einverständnis zwischen uns aufkommen zu lassen. Meine Stimmung besserte sich allmählich.

Zum Mittagessen gab es gekochten Fisch und Reispudding. Danach bot sich Alvean an, mit mir einen Spaziergang zu machen, und ich hatte den Eindruck, daß ich besser mit ihr vorankam als erwartet.

Zum Besitztum gehörten Wälder, und sie wollte sie mir zeigen. Ich freute mich darüber und folgte ihr gern.

»Schauen Sie!« rief sie, pflückte eine scharlachrote Blume und hielt sie mir hin. »Wissen Sie, was das ist?«

»Eine Petunie.«

Sie nickte. »Sie sollten sich ein paar davon pflücken und in Ihr Zimmer stellen, Miss. Sie wehren die bösen Geister ab.«

Ich lachte. »Das ist ein alter Aberglaube. Wozu sollte ich böse Geister abwehren?«

»Das sollten alle Leute tun. Man pflanzt Petunien in Friedhöfen, weil dort Menschen begraben liegen. Man pflanzt Petunien, weil man sich vor den Toten fürchtet.«

»Das ist dumm. Tote Menschen können einem nichts antun.«

Sie steckte mir die Blume in ein Knopfloch meines Mantels. Ihre Miene war dabei sanftmütig, als wolle sie mich plötzlich beschützen.

»Danke, Alvean«, sagte ich.

Sie sah mich an, und auf einmal wich alle Sanftheit aus ihrem Gesicht.

»Sie können mich nicht fangen!« rief sie und rannte davon.

Ich versuchte es gar nicht erst. »Alvean, komm hierher! Komm sofort zurück!« Aber sie verschwand zwischen den Bäumen, und ich hörte in der Ferne ihr spöttisches Gelächter.

Ich beschloß, umzukehren. Ich ging ein Stück den Weg zurück, aber ich bezweifelte, daß es die Richtung war, aus der wir gekommen waren. Der Wald war dicht. Es war ein sonniger Nachmittag, und ich konnte nicht weiter als eine halbe Stunde vom Haus entfernt sein. Außerdem glaubte ich nicht, daß der Wald sehr groß wäre.

Ich wollte Alvean nicht die Freude machen und ihr zeigen, daß ich mich fürchtete. Deshalb ging ich zielbewußt weiter. Doch der Wald wurde immer dichter. Ich wußte nun sicher, daß wir nicht aus dieser Richtung gekommen waren. Mein Zorn auf Alvean wurde noch größer, als ich Blätter rascheln hörte. Das Kind mußte irgendwo in der Nähe sein.

Dann hörte ich Gesang. Es war eine seltsame Stimme, ein wenig mißtönend:

»Alice, wo bist du?
Heute abend vor einem Jahr
warst du an meiner Seite,
hast geschworen, daß du mich liebst.
Alice, was immer auch geschieht ...«

»Wer ist da?« rief ich.

Ich erhielt keine Antwort, aber nicht weit von mir sah ich zwischen den Bäumen ein Kind mit flachsfarbenem Haar. Es konnte nur Gillyflower sein.

Ich ging weiter. Nach einer Weile lichtete sich der Wald, und ich stand auf der Straße, die zum Tor führte.

Erhitzt und müde erreichte ich das Haus. Als ich mich gewaschen und gekämmt hatte, ging ich ins Unterrichtszimmer, wo der Tee auf mich wartete.

Alvean saß schon am Tisch. Sie sah abweisend aus und erwähnte nichts von unserem ersten Spaziergang.

Nach dem Tee sagte ich: »Ich weiß nicht, wie es deine anderen Gouvernanten gehalten haben, aber ich schlage vor, daß wir unsere Unterrichtsstunden auf den Vormittag legen und dann von fünf bis sechs Uhr noch einmal zusammen lesen.«

Alvean antwortete nicht. Sie musterte mich aufmerksam.

Dann sagte sie unvermittelt: »Miss, gefällt Ihnen mein Name? Haben Sie schon einmal jemanden namens Alvean gekannt?«

Ich sagte, mir gefiele der Name, aber ich hätte ihn noch nie gehört.

»Er ist nämlich cornisch. Wissen Sie, was Alvean heißt?«

»Nein.«

»Dann will ich es Ihnen sagen. Mein Vater spricht und schreibt cornisch.« Sie sah zärtlich aus, wenn sie über ihren Vater sprach, und ich dachte, wenigstens ist er jemand, den sie bewundert und auf dessen Zustimmung sie aus ist. »Auf cornisch heißt Alvean ›kleine Alice‹.«

»Oh!« sagte ich.

»Meine Mutter hieß Alice. Sie ist nicht mehr da, aber man hat mich nach ihr getauft. Deshalb bin ich die kleine Alice.«

Ich stand auf, weil ich den forschenden Blick des Kindes nicht mehr ertragen konnte. Ich trat ans Fenster.

»Schau, auf dem Rasen sind zwei Pfauen!«

Sie trat neben mich. »Sie wollen gefüttert werden. Habgierige Wesen! Daisy wird ihnen gleich ihre Erbsen bringen. Sie wissen es.«

Ich sah nicht die Pfauen auf dem Rasen. Ich mußte an den spöttischen Blick des Mannes im Zug denken, der mich vor Alice gewarnt hatte.

2

Drei Tage nach meiner Ankunft in Mount Mellyn kehrte der Hausherr zurück.

Ich hatte inzwischen bereits die Alltagsarbeit aufgenommen. Alvean und ich hielten jeden Morgen nach dem Frühstück unsere Stunden ab, und abgesehen von ihrem stets gegenwärtigen Wunsch, mich durch Fragen in Verlegenheit zu bringen, von denen sie hoffte, daß ich sie nicht würde beantworten können, war sie eine gute Schülerin. Nicht, als ob sie mir hätte gefallen wollen, aber sie konnte ihren Wissensdurst nicht verleugnen. Ich glaube, sie hatte es sich in den Kopf gesetzt, so rasch wie möglich alles zu lernen, was ich wußte, damit sie ihrem Vater sagen konnte: »Da es nichts mehr gibt, was die Miss mir beibringen kann, ist es sinnlos, sie hierzubehalten.«

Ich mußte oft an Geschichten denken, die ich über Gouvernanten gehört hatte, deren spätere Jahre von ihren einstigen Schülern erhellt wurden. Solch glückliches Schicksal würde mir nicht widerfahren.

Ich war erschrocken, als ich zum erstenmal den Namen Alice gehört hatte, und am Abend, als es dunkel wurde, glaubte ich tatsächlich, das Haus sei voll seltsamer Schatten. Als ich in meinem Zimmer war, fragte ich mich, woran Alice gestorben sein mochte. Sie war noch ziemlich jung gewesen. Vielleicht war ihr so kurz zurückliegender Tod – denn ein Jahr ist schließlich nicht lange – der Grund, daß im Haus noch ihre Anwesenheit zu spüren war.

Ich wachte mitten in der Nacht auf und hörte Stimmen, und sie schienen zu klagen: ›Alice! Alice! Wo ist Alice?‹

Ich ging ans Fenster und horchte hinaus. Die Stimmen wurden vom Wind hergetragen.

Daisy, die wie ihre Schwester keineswegs eine phantasievolle Person war, klärte schon am nächsten Morgen meine Trugbilder auf, als sie mir mein heißes Wasser brachte.

»Haben Sie heut nacht das Meer gehört, Miss? In der Mellyn-Bucht? Sis … sis … sis … woa … woa … woa … die ganze Nacht. Wie zwei alte Klatschbasen, die sich ordentlich was zu erzählen haben!«

»Ja, ich habe es gehört.«

»Das kommt manchmal vor, wenn der Wind aus einer ganz bestimmten Richtung weht.«

Es gab für alles eine Erklärung.

Ich kannte nun schon die Bewohner des Hauses. Mrs. Tapperty rief mich eines Tages in ihr Zimmer zu einem Glas selbstgebrautem Pastinak-Wein. Sie hoffte, daß ich mich in Mount Mellyn wohlfühlte; dann erzählte sie mir, was für eine Not sie mit Tapperty habe, da er weder die Augen noch die Hände von den Dienstmädchen lassen konnte – und je jünger, je besser. Sie fürchtete, Kitty und Daisy schlügen nach ihrem Vater. Das war schade, denn ihre Mutter war, nach ihren eigenen Worten, eine gottesfürchtige Frau, die man jeden Sonntag in der Kirche sah, und dies morgens und abends. Nun, da die Mädchen erwachsen waren, fragte sie sich nicht nur, ob Joe Tapperty hinter Mrs. Tully aus dem Dorf her war, sondern auch, was Daisy im Stall mit Bill Trehay trieb oder Kitty mit dem Hausjungen von Mount Widden. Ein schweres Los für eine gottesfürchtige Frau.

Ich besuchte Mrs. Soady am Tor und erfuhr, daß es niemanden auf der Welt gab, der so viele Socken zerriß wie ihre drei Söhne und deren Kinder. »Es füllt einen ganz aus, sie mit Socken zu versorgen.«

Ich wollte natürlich vor allem etwas über das Haus erfahren, in dem ich nun lebte, und Mrs. Soadys Sockensorgen regten mich nicht sehr auf. Deshalb besuchte ich Mrs. Soady nicht mehr.

Dagegen versuchte ich gelegentlich, mit Gilly ein Wort zu sprechen, aber es gelang mir nicht. Wenn sie mich sah, rannte sie davon.

Ich hatte den Eindruck, daß man sich ihrer annehmen mußte. Ich war ärgerlich über dieses Landvolk, das sie für verrückt hielt, nur weil sie ihnen nicht glich. Ich wollte mit Gilly sprechen, wenn es irgend möglich war, und ergründen, was hinter diesen leeren Augen vorging.

Ich war sicher, daß sie mein Interesse an ihr gespürt hatte. Aber sie fürchtete sich vor mir. Irgend etwas mußte geschehen sein, das sie verängstigt gemacht hatte, denn sie war unnatürlich schüchtern. Ich glaubte, wenn ich ihr verständlich machen konnte, daß sie zumindest von mir nichts zu fürchten hatte, würde ich ihr helfen können, ein normales Kind zu werden.

Während jener Tage dachte ich mindestens ebensoviel über Gilly nach wie über Alvean. Die letztere schien mir nur ein hochnäsiges, verwöhntes Kind zu sein. Es gab

Dutzende ihresgleichen. Das sanfte Geschöpf namens Gillyflower dagegen war etwas Besonderes.

Es war unmöglich, mit Mrs. Polgrey über ihre Enkelin zu sprechen, denn für sie war ein Mensch entweder verrückt oder normal. Und der Grad der Normalheit hing von der Übereinstimmung mit Mrs. Polgreys eigenem Charakter ab. Da sich Gilly von ihrer Großmutter wesentlich unterschied, war Gilly unheilbar irr.

Ich hatte versucht, mit Mrs. Polgrey über dieses Thema zu sprechen, doch sie war unzugänglich, und schon ihre Miene sagte mir, daß ich mich um Miss Alvean kümmern solle und Gilly mich nichts anginge.

So standen die Dinge, als Connan TreMellyn nach Mount Mellyn zurückkehrte.

Alvean war am Nachmittag allein weggegangen, und ich hatte heißes Wasser bestellt, um mich zu waschen, ehe ich meinen Spaziergang machte. Kitty brachte das Wasser, und schon als sie das Zimmer betrat, bemerkte ich eine Veränderung an ihr. Ihre schwarzen Augen glänzten.

»Der Herr ist wieder da!« verkündete sie.

Ich versuchte, mir nichts von meiner Unruhe anmerken zu lassen. Es klopfte, und Daisy steckte den Kopf zur Tür herein. In diesem Augenblick ähnelten die Schwestern einander sehr. Beide hatten etwas Lauerndes an sich. Ich glaubte, den Ausdruck in den Gesichtern dieser beiden mannstollen Mädchen zu verstehen. Vermutlich war keine von beiden mehr unschuldig. Sie veränderten sich unwillkürlich in der Anwesenheit des anderen Geschlechts. Ihre Erregung über die Rückkehr des Herrn, vor dem sich jedermann fürchtete, soweit ich gehört hatte, stieß mich ab, nicht nur wegen der Mädchen, sondern auch wegen der Tatsache, daß ich selbst solche Gedanken hegte.

Ist er also so einer? fragte ich mich.

»Vor einer halben Stunde ist er gekommen«, erklärte Kitty.

Sie sahen mich abschätzend an, und wieder glaubte ich, ich könne ihre Gedanken lesen. Sie sagten sich, daß ich kaum eine Konkurrenz wäre.

Mein Widerwille wuchs, und ich wandte mich ab.

Ich sagte kühl: »Schön, ich wasche mir rasch die Hände. Sie können das Wasser gleich wieder mitnehmen. Ich gehe spazieren.«

Ich setzte meinen Hut auf und ging die Hintertreppe hinab. Die Veränderungen im Haus waren offenkundig. Mr. Polgrey war im Garten beschäftigt, und die beiden Jungen aus dem Dorf arbeiteten, als hinge ihr Leben davon ab. Tapperty säuberte den Stall. Er war so in seine Arbeit vertieft, daß er mich nicht bemerkte.

Kein Zweifel, das ganze Haus fürchtete den Herrn.

Als ich durch den Wald ging, sagte ich mir, daß ich ja jederzeit weg konnte. Ich konnte bei Phillida wohnen, während ich mich nach etwas Neuem umsah. Ich hatte ein paar Verwandte. Ich stand nicht ganz allein in der Welt.

Ich rief nach Alvean, aber meine Stimme verlor sich im Dickicht, und ich bekam keine Antwort. Dann rief ich: »Gilly, bist du da? Komm zu mir, ich tue dir nichts!«

Keine Antwort.

Um halb drei ging ich wieder ins Haus, und als ich die Hintertreppe zu meinem Zimmer hinaufging, kam Daisy hinter mir hergerannt.

»Der Herr hat nach Ihnen gefragt, Miss! Er möchte Sie sprechen. Er wartet im Punschzimmer«, sagte sie atemlos.

»Gut. Ich ziehe mich nur eben rasch um.«

»Er hat Sie hereinkommen sehen, Miss. Sie sollen sofort kommen!«

»Ich setze zuerst meinen Hut ab«, antwortete ich. Ich wußte nicht, weshalb ich aufsässig gestimmt war. Ich glaubte, daß ich sowieso bald meine Koffer packen und zu Phillida fahren würde. Und wenn dies schon sein mußte, dann sollte es wenigstens mit der größten Würde geschehen.

In meinem Zimmer nahm ich den Hut ab und strich mir übers Haar. Meine Augen waren an jenem Tag zweifellos bernsteinfarben. Sie blickten abweisend, und das war lächerlich, ehe ich den Mann kennengelernt hatte.

Als ich ins Punschzimmer hinabging, sagte ich mir, daß ich mir aufgrund der Mienen dieser beiden leichtfertigen Mädchen ein Bild von ihm gemacht hatte, das sicher ungerecht war. Ich war bereits überzeugt, daß die arme Alice an gebrochenem Herzen gestorben war.

Ich klopfte an.

»Herein!« Seine Stimme war kräftig – ›arrogant‹ nannte ich es, noch ehe ich ihn gesehen hatte.

Er stand mit dem Rücken zum Kamin. Er war gut über einen Meter achtzig groß, und seine schlanke Figur – man konnte fast sagen: er war mager – betonte seine Größe noch. Sein Haar war schwarz, seine Augen hell. Er hatte die Hände in die Taschen seiner Reithose gesteckt und trug ein dunkelblaues Jackett mit weißer Krawatte. Er hatte eine lässige Eleganz an sich, als kümmerte ihn seine Kleidung nicht und als könne er einfach nichts dafür, daß er gut aussah.

Er erweckte zunächst den Eindruck von Energie und Härte, doch seine Gesichtszüge sprachen für Empfindsamkeit. Schon im ersten Augenblick wußte ich, daß zwei Männer vor mir standen, zwei ausgeprägte Persönlichkeiten – der Connan TreMellyn, der selbstbewußt der Welt gegenübertrat, und der zurückhaltende, der im Verborgenen blieb.

»Es ist höchste Zeit, daß wir uns kennenlernen, Miss Leigh«, begrüßte er mich.

Er kam mir nicht entgegen. Sein Verhalten schien anmaßend, als wolle er mich daran erinnern, daß ich nur eine Gouvernante war.

»Mir kommt es nicht sehr lange vor. Ich bin erst ein paar Tage im Haus.«

»Wir wollen uns nicht damit aufhalten. Sie sind hier, das ist die Hauptsache.«

Er sah mich spöttisch an. Mir wurde klar, daß ich vor einem Frauenkenner stand. Ich kam mir reizlos und unbeholfen vor, da ich ja selbst für die Nichteingeweihten kein sehr begehrenswertes Exemplar war.

»Mrs. Polgrey hat mir sehr viel Gutes über Sie berichtet.«

»Sie ist sehr freundlich.«

»Warum ist es freundlich, wenn sie mir die Wahrheit sagt? Ich erwarte das von meinen Angestellten.«

»Ich wollte damit sagen, daß sie sehr freundlich zu mir war und dadurch beigetragen hat, daß dieser günstige Bericht möglich wurde.«

»Ich sehe, daß Sie nicht die üblichen Klischees benützen.«

»Ich hoffe es.«

»Schön. Ich glaube, wir werden gut miteinander auskommen.«

Seine Augen musterten jedes Detail meines Äußeren. Er war sich vermutlich im klaren darüber, daß ich einige Zeit in London gelebt hatte, und daß man mir dort – wie

Tante Adelaide es nennen würde – ›jede Möglichkeit‹ gegeben hatte und es mir trotzdem nicht gelungen war, einen Mann zu finden. Als Frauenkenner wußte er vermutlich, weshalb. Wenigstens werde ich vor seinen Aufmerksamkeiten sicher sein, die er zweifellos allen attraktiven Frauen entgegenbringt, denen er begegnet, dachte ich.

»Was halten Sie von meiner Tochter?« fragte er. »Etwas zurück für ihr Alter?«

»Keineswegs. Sie ist außerordentlich intelligent, aber ich finde, es fehlt ihr an Disziplin.«

»Ich bin sicher, Sie werden diesen Mangel beheben.«

»Ich will es versuchen.«

»Natürlich, deshalb sind Sie ja hier.«

»Bitte sagen Sie mir, wie weit ich diese Disziplin durchsetzen darf.«

»Denken Sie an körperliche Züchtigung?«

»Nichts läge mir ferner. Ich meine, habe ich Ihre Erlaubnis, sagen wir, Alvean in ihrer Freiheit einzuschränken, wenn ich es für nötig halte?«

»Bis auf Mord haben Sie meine Erlaubnis zu tun, was Sie für richtig halten, Miss Leigh. Wenn ich mit Ihren Methoden einmal nicht einverstanden sein sollte, sage ich es Ihnen.«

»Sehr schön.«

»Ich halte auch viel von Experimenten. Wenn Ihre Methoden nach etwa einem halben Jahr zu nichts geführt haben ... nun, dann können wir die Sache noch einmal durchsprechen, nicht wahr?«

Sein Blick war hochmütig. Er will mich rasch wieder loswerden, dachte ich. Er hatte gehofft, ich sei ein leichtsinniges, hübsches Geschöpf, das nichts dagegen hätte, ein Verhältnis mit ihm anzufangen, während es so tat, als sorge es für seine Tochter. Nun gut. Das beste wäre es, dieses Haus so rasch wie möglich wieder zu verlassen.

»Ich glaube, wir müssen Alveans Mangel an guten Manieren entschuldigen«, fuhr er fort. »Sie hat vor einem Jahr ihre Mutter verloren.«

Ich suchte in seiner Miene vergeblich nach einer Spur Trauer.

»Ich habe es gehört«, antwortete ich.

»Ich wette, man hat es Ihnen bereitwillig erzählt.«

»Es muß ein großer Schock für das Kind gewesen sein.«

»Es kam sehr plötzlich.« Er schwieg ein paar Sekunden und sagte dann: »Alvean hat keine Mutter mehr. Und ihr Vater ...?« Er zuckte die Achseln.

»Trotzdem sind viele Kinder unglücklicher dran als sie. Sie braucht nur eine feste Hand.«

Er sah mich ironisch an. »Ich bin sicher, daß Sie diese feste Hand haben.«

Ich spürte die Anziehungskraft dieses Mannes. Die klar geschnittenen Züge, die kühlen, hellen Augen, in denen Spott lag – dies alles war nur eine Maske, hinter der etwas lag, das er unter allen Umständen verbergen wollte.

In diesem Augenblick klopfte es, und Celestine Nansellock trat ins Zimmer.

»Ich habe gehört, daß du zurück bist, Connan«, rief sie. Ich hatte den Eindruck, daß sie nervös war. Also übte er auch auf Menschen seines eigenen Standes diese Wirkung aus.

»Wie schnell sich doch so etwas herumspricht«, meinte er.

»Meine liebe Celestine, es ist wirklich reizend von dir, daß du herüberkommst. Ich habe eben unsere neue Gouvernante kennengelernt. Sie meint, daß Alvean intelligent ist, aber Disziplin braucht.«

»Natürlich ist sie intelligent«, sagte Celestine entrüstet. »Hoffentlich hat Miss Leigh nicht vor, zu streng zu ihr zu sein. Alvean ist ein gutes Kind!«

Connan warf mir einen belustigten Blick zu. »Ich glaube nicht, daß Miss Leigh ganz deiner Ansicht ist. Du siehst in unserem kleinen Gänschen einen herrlichen Schwan, Celestine.«

»Vielleicht mag ich sie zu sehr ...«

»Kann ich jetzt bitte gehen?« fragte ich, denn ich hatte das Bedürfnis, die beiden allein zu lassen. »Ich glaube, wir haben alles besprochen.«

Connan TreMellyn sah abwechselnd mich und Celestine amüsiert an. Zweifellos fand er uns beide gleichermaßen reizlos. Ich war sicher, daß keine von uns im mindesten der Frau entsprach, die er bewundern würde.

»Sagen wir, das Gespräch muß noch fortgesetzt werden«, erklärte er leichthin. »Ich denke, daß Sie und ich noch sehr viel zu besprechen haben, was meine Tochter betrifft, Miss Leigh.«

Ich neigte den Kopf und verließ sie.

Im Unterrichtszimmer stand der Tee für mich bereit. Ich war zu aufgeregt, um etwas zu essen, und als Alvean nicht erschien, vermutete ich, sie sei bei ihrem Vater.

Um fünf Uhr war sie noch nicht zu sehen. Daher rief ich Daisy und ließ sie Alvean suchen und daran erinnern, daß wir von fünf bis sechs zu arbeiten hatten.

Ich wartete. Ich war keineswegs überrascht, denn ich hatte damit gerechnet, daß Alvean rebellieren würde. Konnte ich hinunter ins Punschzimmer gehen und verlangen, daß sie nun endlich zum Unterricht kam? Celestine wäre dabei und würde sich auf Alveans Seite gegen mich stellen.

Ich hörte Schritte auf der Treppe. Die Tür von Alveans Zimmer ging auf. Connan TreMellyn stand unter der Tür und hielt Alvean am Arm.

Alvean sah so unglücklich aus, daß ich Mitleid mit ihr bekam. Ihr Vater lächelte, und ich fand, daß er wie ein Faun aussah, als ob ihn die Situation amüsierte, die Alvean Kummer und mir Verlegenheit bereitete.

Im Hintergrund stand Celestine.

»Da ist sie!« verkündete Connan TreMellyn. »Pflicht ist Pflicht, meine Tochter. Wenn deine Gouvernante dich zum Unterricht ruft, hast du zu gehorchen.«

Alvean murrte und konnte kaum die Tränen zurückhalten.

»Aber du bist doch eben erst angekommen, Papa!«

»Miss Leigh sagt, ihr habt zu arbeiten, und sie hat zu bestimmen.«

»Vielen Dank, Mister TreMellyn«, schaltete ich mich ein. »Komm, Alvean, setz dich.«

Alvean sah mich haßerfüllt an.

»Connan«, unterbrach Celestine, »Alvean hat sich so auf dich gefreut.«

»Die Disziplin geht vor«, sagte er. »Komm, wir lassen Alvean mit ihrer Gouvernante allein.« Er verneigte sich in meine Richtung, Alvean warf ihm einen flehentlichen Blick zu, den er ganz offensichtlich ignorierte.

Die Tür schloß sich hinter ihnen, und ich war allein mit meiner Schülerin.

Dieser Zwischenfall hatte mich vieles gelehrt. Alvean vergötterte ihren Vater, und er behandelte sie gleichgültig. Mein Zorn auf ihn wuchs, ebenso mein Mitleid mit dem Kind. Kein Wunder, daß sie schwierig war. Sie wurde von ihrem Vater, den sie liebte, ignoriert, und von Celestine verdorben. Connan TreMellyn hätte mir besser gefallen, wenn er am Tag seiner Rückkehr die Disziplin vergessen und sich ein wenig Zeit für seine Tochter genommen hätte.

Alvean war den ganzen Abend störrisch, aber ich bestand darauf, daß sie zur üblichen Zeit zu Bett ging. Sie sagte mir, daß sie mich haßte, obwohl es nicht nötig war, eine Tatsache zu erwähnen, die unverkennbar war.

Als sie im Bett lag, war mir so elend zumute, daß ich das Haus verließ und einen kleinen Spaziergang in den Wald machte.

Es war ein heißer Tag gewesen, und im Wald war es sehr still. Ich setzte mich nachdenklich auf einen gefällten Baum und fragte mich, ob ich meine Stellung behalten würde. Im jetzigen Stadium war es schwer vorauszusagen, und ich war nicht sicher, ob ich lieber bleiben oder gehen wollte.

Es gab vieles, was mich hielt. Da war zum Beispiel mein Interesse an Gillyflower; da war mein Wunsch, Alvean von ihrer Unruhe zu befreien, aber ich war auf diese Aufgaben weniger aus, nachdem ich nun den Hausherrn kannte. Ich fürchtete mich vor ihm, obwohl ich nicht sagen konnte weshalb. Er hatte etwas Magisches an sich, irgend etwas, das es mir schwermachte, nicht an ihn zu denken.

Er amüsierte sich über mich. Vielleicht, weil ich in seinen Augen so reizlos war; vielleicht, weil er wußte, daß ich zu dem Heer von Frauen gehörte, die sich ihren Lebensunterhalt verdienen müssen und deshalb von Leuten wie ihm abhängig sind. War er ein Sadist? Ich glaubte schon. Vielleicht hatte es Alice bei ihm nicht mehr ausgehalten. Vielleicht war sie wie die Mutter der armen Gilly ins Meer gegangen.

Ich hörte Schritte und war nicht sicher, ob ich warten oder sofort ins Haus zurückkehren sollte.

Ein Mann kam den Weg entlang. Er erschrak, als er mich sah. Dann lächelte er, und ich erkannte ihn. Es war der Mann aus dem Zug.

»Hier treffen wir uns also wieder!« Er lachte. »Ich wußte, daß ein Wiedersehen nicht lange auf sich warten lassen würde. Sie machen ein Gesicht, als sei ich ein Gespenst. Rechnen Sie mit dem Erscheinen von Geistern, seit Sie in Mount Mellyn sind?«

»Wer sind Sie?« fragte ich.

»Mein Name ist Peter Nansellock.«

»Sind Sie Miss Celestines Bruder?«

Er nickte. »Ich wußte nämlich schon im Zug, wer Sie sind. Ich sah Sie in Ihrem Abteil sitzen und habe es erraten. Ihre Kofferanhänger haben dann meine Vermutung bestätigt, denn ich wußte, daß man in Mount Mellyn eine Miss Martha Leigh erwartete.«

»Ich höre gern, daß mein Aussehen meiner jetzigen Stellung entspricht.«

»Sie sind wirklich keine sehr wahrheitsliebende junge Dame. Ich glaube, ich mußte Sie schon im Zug wegen der gleichen Sache rügen. In Wirklichkeit sind Sie ziemlich pikiert, wenn Sie erfahren, daß man Sie für eine Gouvernante hält.«

Ich spürte, wie ich vor Ärger rot wurde. »Wenn ich Gouvernante bin, ist das noch lange kein Grund, daß ich mich von Fremden beleidigen lassen muß.«

Ich stand auf. Er legte mir eine Hand auf den Arm und sagte bittend: »Plaudern wir doch eine Weile miteinander. Ich habe Ihnen viel zu erzählen. Es gibt gewisse Dinge, die Sie wissen sollten.«

Meine Neugier besiegte meine Würde, und ich setzte mich wieder.

»So ist es besser, Miss Leigh. Sie sehen, ich weiß sogar noch, wie Sie heißen.«

»Zu gütig. Und wie liebenswürdig, daß Sie sich schon zu Anfang den Namen einer Gouvernante gemerkt haben.«

»Sie sind wie ein Igel«, erwiderte er. »Man braucht nur das Wort ›Gouvernante‹ auszusprechen, und schon stellen Sie die Stacheln auf. Sie werden sich damit abfinden müssen. Bringt man uns nicht bei, daß wir mit der Position im Leben zufrieden sein müssen, auf die wir gerufen sind?«

»Da ich einem Igel ähnele, habe ich wenigstens Rückgrat.«

Er lachte und wurde sofort wieder ernst. »Ich habe also nicht das zweite Gesicht, Miss Leigh. Ich verstehe nichts von Handleserei. Ich habe Sie an der Nase herumgeführt, entschuldigen Sie.«

»Glauben Sie, ich hätte mich auch nur einen Augenblick an der Nase herumführen lassen?«

»Mehrere Augenblicke. In Wirklichkeit haben Sie sich bis jetzt gefragt, wer ich bin.«

»Ich habe überhaupt nicht an Sie gedacht!«

»Schon wieder eine Lüge! Ich frage mich ernstlich, ob eine junge Dame mit so wenig Wahrheitsliebe geeignet ist, unsere kleine Alvean zu erziehen.«

»Da Sie ein Freund der Familie sind, wäre es vielleicht am besten, Sie warnen sie sofort.«

»Aber es wäre andererseits ein Jammer, wenn Connan die Gouvernante seiner Tochter entläßt. Ich würde einsam durch diesen Wald wandern, ohne hoffen zu können, ihr zu begegnen.«

»Sie sind frech!«

»Stimmt. Mein Bruder war auch frech. Meine Schwester ist das einzige achtenswerte Familienmitglied.«

»Ich habe sie schon kennengelernt.«

»Natürlich. Sie ist ja ständig in Mount Mellyn. Sie vergöttert Alvean.«

»Nun, sie ist die nächste Nachbarin.«

»Und wir, Miss Leigh, werden in Zukunft die nächsten Nachbarn sein. Wie gefällt Ihnen das?«

»Es ist mir gleichgültig.«

»Miss Leigh, Sie sind nicht nur nicht wahrheitsliebend, sondern auch undankbar. Ich hatte gehofft, Sie würden mein Interesse schätzen. Ich wollte Ihnen sagen, wenn das Leben in Mount Mellyn je einmal unerträglich werden sollte, brauchen Sie nur nach Mount Widden herüberzukommen. Sie würden dort bereitwillig Hilfe finden. Ich bin sicher, daß ich unter meinem großen Bekanntenkreis jemanden ausfindig mache, der dringend eine Gouvernante braucht.«

»Warum sollte ich das Leben in Mount Mellyn unerträglich finden?«

»Das Haus ist eine Gruft, Connan ist herrisch, Alvean ist eine Bedrohung für jedermanns Seelenfrieden, und die Atmosphäre ist seit Alices Tod niederdrückend.«

»Sie sagten im Zug, ich solle mich vor Alice hüten. Was haben Sie damit gemeint?«

»Oh, das wissen Sie noch?«

»Es klang so merkwürdig.«

»Alice ist zwar tot«, erklärte er, »aber irgendwie ist sie doch noch da. So kommt es mir wenigstens immer vor, wenn ich in Mount Mellyn bin. Trotzdem ist nichts mehr so wie vorher.«

»Woran ist sie gestorben?«

»Kennen Sie die Geschichte noch nicht?«

»Nein.«

»Es ist eine sehr alltägliche Geschichte. Eine Frau findet das Leben mit ihrem Mann unerträglich. Sie geht weg … mit einem anderen Mann. Das kommt wahrscheinlich jeden Tag vor. Nur ging Alices Geschichte anders aus.«

Er betrachtete seine Schuhspitzen, wie damals im Abteil, als wir zusammen nach Liskeard fuhren. »Der Mann war mein Bruder«, sagte er nach einer Weile.

»Geoffrey Nansellock?« fragte ich.

»Sie haben von ihm gehört?«

»Ja. Er war offenbar ein Schwerenöter.«

»Das ist ein hartes Wort für den armen, alten Geoff. Er hatte Charme … den ganzen Charme der Familie, sagen manche.« Er lächelte mich an. »Andere denken, er sei nicht ganz normal gewesen. Er war kein schlechter Mensch. Seine große Schwäche waren die Frauen. Er fand sie unwiderstehlich. Und Frauen lieben Männer, die sie lieben. Was bleibt ihnen anderes übrig? Es ist doch ein Kompliment, nicht wahr? Eine nach der anderen fiel seinem Charme zum Opfer.«

»Und er zögerte nicht, auch die Frauen anderer Männer zu seinen Opfern zu machen.«

»Sie sprechen wie eine wahrhafte Gouvernante. Leider, meine liebe Miss Leigh, zögerte er nicht … da Alice unter den Opfern war. Aber es war auch in Mount Mellyn nicht alles in Ordnung. Glauben Sie, Connan ist ein Mann, mit dem man leicht zusammenleben kann?«

»Es schickt sich nicht für eine Gouvernante, in dieser Art ihren Brotgeber durchzuhecheln.«

»Sie sind wirklich eine widerspruchsvolle junge Dame. Sie verschanzen sich hinter der Gouvernante, wenn es Ihnen paßt, und dann wieder erwarten Sie von einem, daß man die Gouvernante vergißt. Ich glaube, wer in einem fremden Haus leben muß, sollte auch einen Teil seiner Geheimnisse kennen.«

»Was für Geheimnisse?«

Er beugte sich zu mir vor. »Alice fürchtete sich vor Connan. Sie hatte meinen Bruder schon vor ihrer Ehe gekannt. Sie und Geoffrey ... sind miteinander durchgebrannt.«

»Aha!« Ich fand es unwürdig, auf diese Weise über die vergangenen Skandale zu sprechen, besonders, da diese Skandale mich nichts angingen.

»Man hat Geoffrey identifiziert, obwohl er sehr verstümmelt war. Ganz dicht bei ihm war eine Frau. Sie hatte so schwere Verbrennungen, daß sie nicht mehr zu erkennen war. Aber sie trug ein Medaillon, an dem man sie identifizierte ... und dazu kam natürlich die Tatsache, daß Alice verschwunden war.«

»Ein schrecklicher Tod.«

»Die züchtige Gouvernante ist schockiert, weil die arme Alice starb, während sie mit meinem charmanten, aber irrenden Bruder einen Akt der Untreue beging.«

»War sie so unglücklich in Mount Mellyn?«

»Sie haben Connan kennengelernt. Er wußte, daß sie Geoffrey geliebt hatte, und Geoffrey war immer noch in der Nähe. Ich kann mir vorstellen, daß das Leben für Alice eine Hölle war.«

»Nun, das war sehr tragisch, aber es ist vorbei. Weshalb sagten Sie: ›Hüten Sie sich vor Alice‹, als wäre sie noch am Leben?«

»Sind Sie abergläubisch, Miss Leigh? Nein, natürlich nicht. Sie sind eine vernünftige Gouvernante. Sie lassen sich von Gruselgeschichten nicht beirren.«

»Was für Gruselgeschichten?«

Er lachte mich an und rückte noch näher, und ich bemerkte plötzlich, daß es in ganz kurzer Zeit dunkel wäre. Ich wollte rasch ins Haus zurück und wurde ein wenig ungeduldig.

»Man hat sie nur an ihrem Medaillon erkannt. Manche glauben, es sei nicht Alice gewesen, die im Zug mit Geoffrey zusammen ums Leben kam.«

»Wo soll sie dann sein?«

»Das ist es gerade, was sich die Leute fragen.«

Ich stand auf. »Ich muß zurück. Es wird gleich dunkel.«

Er stand neben mir, ein wenig größer als ich, und unsere Blicke trafen sich.

»Ich dachte, Sie müßten über diese Dinge Bescheid wissen«, sagte er beinahe sanft.

Ich ging in die Richtung, aus der ich gekommen war.

»Meine Pflichten betreffen das Kind, und ich bin zu keinem anderen Zweck hier.«

»Wie kann eine Gouvernante wissen, zu welchem Zweck das Schicksal sie hierher gerufen hat?«

»Ich denke, ich weiß, was man von mir erwartet.« Ich wollte ihn los sein, damit ich mit meinen Gedanken allein wäre. Ich hatte den Eindruck, daß dieser Mann meine Würde angriff, an die ich mich mit einer Entschlossenheit klammerte, die nur denen möglich ist, die ständig fürchten, das wenige, das sie besitzen, noch zu verlieren. Er hatte mich schon im Zug verhöhnt. Er wartete sichtlich auf die Gelegenheit, es noch einmal zu tun.

»Sie brauchen mich nicht zum Haus zu begleiten.«

»Ich muß Ihnen leider widersprechen.«

»Glauben Sie, ich kann nicht auf mich selbst aufpassen?«

»Doch. Aber zufällig war ich auf dem Weg nach Mount Mellyn, und es ist der nächste Weg.«

Ich schwieg, bis wir das Haus erreichten.

Connan TreMellyn kam gerade aus dem Stall.

»Hallo, Con!« rief Peter Nansellock.

Connan TreMellyn sah uns überrascht an. Wahrscheinlich wunderte er sich, daß wir zusammen waren.

Ich eilte zur Rückseite des Hauses.

In jener Nacht fand ich nur schwer Schlaf. Der Wind wehte aus einer gewissen Richtung, ich hörte die Wellen in der Mellyn-Bucht branden. In meiner jetzigen Stimmung war ich nicht sicher, ob nicht doch drunten Stimmen flüsterten: ›Alice, Alice! Wo ist Alice! Alice, wo bist du?‹

3

Am nächsten Morgen kamen mir die Phantasiebilder der vergangenen Nacht töricht vor. Warum machten so viele Menschen, darunter auch ich selbst, ein Mysterium aus dem, was in diesem Haus geschehen war? Die Geschichte war alltäglich genug.

Ich weiß, woher es kommt, sagte ich mir. Wenn die Menschen ein altes Haus wie dieses sehen, bilden sie sich ein, es würde phantastische Geschichten erzählen, wenn es sprechen könnte. Sie denken an die vielen Generationen, die in diesen Mauern gelebt und gelitten haben. Das regt die Phantasie an. Und wenn die Herrin eines solchen Hauses auf tragische Weise um Leben kommt, stellen sie sich vor, daß ihr Geist umgeht.

Ich lachte mich aus, weil ich mich von solchen Gedanken hatte einfangen lassen. Alice war bei einem Eisenbahnunglück ums Leben gekommen. Und hatte nicht Daisy die Herkunft der flüsternden Stimmen erklärt, die ich in der Nacht zu hören glaubte? Es waren nur die Wellen, die in der Bucht an die Steilfelsen donnerten.

Mein Zimmer war voller Sonnenschein, und ich fühlte mich wohler als bisher an jedem anderen Morgen. Ich war gut gelaunt. Ich wußte, weshalb. Es war Connan TreMellyn zuzuschreiben. Nicht etwa, daß ich ihn mochte. Ganz im Gegenteil; aber es war, als hätte er mich herausgefordert. Ich wollte meine Aufgabe meistern. Ich wollte aus Alvean nicht nur eine Musterschülerin machen, sondern auch ein charmantes, ungeziertes, natürliches Kind. Ich fühlte mich so wohl, daß ich leise zu summen begann: »Komm in den Garten ...« Mein Vater hatte das Lied gern gespielt, und Phillida hatte dazu gesungen, denn außer ihren anderen Vorzügen besaß sie auch eine angenehme Stimme.

Einen Augenblick lang vergaß ich das Haus, in dem ich war, und sah meinen Vater am Klavier sitzen, die Brille rutschte ihm auf die Nase, und seine Füße bearbeiteten die Pedale.

Ich hörte drunten Pferdehufe klappern und trat ans Fenster. Es war nichts zu sehen. Der Rasen glänzte noch im Tau, und die Palmen gaben der Szenerie etwas Tropisches. Es war einer jener Morgen voller Versprechungen auf einen schönen Tag – wahrscheinlich einer der letzten, die wir in diesem Sommer zu erwarten hatten. Ich stieß das Fenster auf und lehnte mich hinaus. Meine dikken Zöpfe, deren Enden für die Nacht mit blauen Bändern zusammengebunden waren, baumelten hinaus.

Connan TreMellyn kam aus dem Stall. Er sah mich, ehe ich mich zurückziehen konnte, und ich spürte, daß ich purpurrot vor Verlegenheit wurde, da er mich im Nachthemd und mit geöffnetem Haar sah.

»Guten Morgen, Miss Leigh«, rief er gutgelaunt.

Dann war es also sein Pferd gewesen, das ich gehört hatte. War er schon am frühen Morgen ausgeritten, oder die ganze Nacht fort gewesen? Ich stellte mir vor, daß er eine der fröhlichen Damen in der Nachbarschaft besucht hatte, wenn solche existierten. Ich ärgerte mich darüber, daß er keine Verlegenheit zeigte, während ich knallrot wurde.

»Guten Morgen«, erwiderte ich kurz.

Er kam rasch über den Rasen, zweifellos in der Hoffnung, mich durch nähere Betrachtung noch mehr in Verlegenheit zu bringen.

»Ein herrlicher Morgen«, rief er.

»Ja, wirklich«, antwortete ich.

Ich zog mich in mein Zimmer zurück und hörte ihn rufen: »Morgen, Alvean! Bist du auch schon auf?«

»Morgen, Papa!« Alveans Stimme war sanft und weich und hatte den schwärmerischen Unterton, den ich schon am Tag zuvor bemerkt hatte, als sie mit ihm sprach. Sie mußte aufgewacht und ans Fenster gestürzt sein, als sie seine Stimme hörte. Ich wußte, daß sie selig wäre, wenn er einen Augenblick stehenbliebe und mit ihr plauderte.

Er tat nichts dergleichen. Er ging ins Haus. Ich stellte mich vor den Spiegel. Wenig ansprechend, fand ich. Und ganz und gar würdelos. Ein rosarotes Flanellnachthemd, zugeknöpft bis an den Hals. Mein Gesicht hatte jetzt noch die Farbe des Flanells!

Ich zog meinen Morgenrock an. Einer plötzlichen Eingebung folgend, ging ich zu Alvean hinüber. Ich öffnete die Tür und trat ein. Sie saß rittlings auf einem Stuhl und führte ein Selbstgespräch.

»Du brauchst dich vor gar nichts zu fürchten. Du brauchst dich nur festzuhalten und darfst dich nicht fürchten ... dann fällst du nicht herunter!«

Sie war so in ihr Spiel vertieft, daß sie nicht gehört hatte, wie die Tür aufging. Sie kehrte der Tür den Rükken. Ich beobachtete sie ein paar Sekunden und erfuhr dabei sehr viel. Ihr Vater war ein großartiger Reiter und wollte, daß auch seine Tochter mit Pferden umgehen konnte. Doch Alvean, die sich so verzweifelt um seinen Beifall bemühte, fürchtete sich vor Pferden.

Ich trat einen Schritt auf sie zu, wollte mit ihr sprechen und ihr sagen, daß ich ihr das Reiten beibringen wollte. Dies war eines der Dinge, die ich wirklich konnte, da wir auf dem Land immer Pferde gehabt hatten. Schon mit fünf Jahren hatten Phillida und ich an Kinder-Reitturnieren teilgenommen.

Doch ich zögerte, da ich Alvean zu verstehen begann. Die Tragödie hatte sie in mehr als einer Hinsicht getroffen. Sie hatte ihre Mutter verloren, und das ist die größte Tragödie, die überhaupt ein Kind treffen kann. Und darüber hinaus war sie ihrem Vater, den sie vergötterte, gleichgültig.

Ich ging wieder in mein Zimmer. Sonnenschein lag auf dem Teppich, und mein Wohlgefühl kehrte zurück. Ich wollte in dieser Stellung Erfolg haben. Ich wollte Connan TreMellyn stolz auf seine Tochter machen, ich wollte ihn zwingen, ihr die Beachtung zu schenken, auf die sie ein Recht hatte und die nur ein Unmensch ihr vorenthalten konnte.

Der Unterricht war an diesem Morgen ermüdend. Alvean kam spät, da sie dem Familienbrauch entsprechend mit ihrem Vater frühstückte. Im Geist sah ich sie an der großen Tafel sitzen, in dem Zimmer, das, wie ich erfahren hatte, als Eßzimmer benutzt wurde, wenn keine Gäste im Haus waren. Sie nannten es das ›kleine Speisezimmer‹, aber klein war es nur nach den Maßstäben von Mount Mellyn.

Connan TreMellyn las vermutlich die Zeitung oder ging seine Post durch, stellte ich mir vor, während Alvean am anderen Ende der Tafel saß und vergebens auf ein Wort von ihm hoffte.

Ich mußte sie zum Unterricht rufen lassen.

Das nahm sie mir sehr übel. Ich versuchte, den Unterricht so interessant wie möglich zu machen. Dies muß mir gelungen sein, denn trotz ihrer Ressentiments mir gegenüber konnte sie ihr Interesse an den Geschichts- und Geographiestunden nicht verbergen, die ich für diesen Morgen angesetzt hatte.

Sie nahm das Mittagessen mit ihrem Vater ein. Ich beschloß, nach dem Essen mit Connan TreMellyn zu sprechen. Während ich mir überlegte, wo ich ihn am besten treffen würde, sah ich ihn zum Pferdestall gehen. Ich folgte ihm sofort, und als ich am Stall ankam, befahl er gerade Billy Trehay, Royal Russet für ihn zu satteln.

Er machte ein überraschtes Gesicht, als er mich sah; doch dann lächelte er, und ich war sicher, daß er daran dachte, wie er mich zuletzt gesehen hatte – im Negligé.

»Ich hatte gehofft, daß ich ein paar Worte mit Ihnen sprechen kann«, bgann ich. »Aber vielleicht ist es jetzt ungünstig.«

»Das hängt davon ab, wie viele Worte es sind.« Er zog die Taschenuhr heraus. »Ich kann Ihnen fünf Minuten geben, Miss Leigh.«

Ich warf einen Blick zu Billy Trehay hinüber. Wenn Connan TreMellyn mir je eine Abfuhr erteilte, dann war ich nicht gerade scharf darauf, daß ein Dienstbote es miterlebte.

»Gehen wir ein Stück«, sagte Connan TreMellyn sofort. »Bist du in fünf Minuten fertig, Billy?«

»Jawohl, Herr!«

Connan TreMellyn schlug den Weg zu den Palmen ein. Ich ging neben ihm her.

»Ich glaube, Alvean würde gern reiten lernen«, begann ich. »Ich möchte Sie um die Erlaubnis bitten, es ihr beizubringen.«

»Wenn Sie wollen, können Sie es ja versuchen. Sie haben meine Erlaubnis, Miss Leigh.«

»Das klingt, als bezweifeln Sie, daß es mir gelingt.«

»Ich fürchte, ja.«

»Sie zweifeln meine Fähigkeiten zu unterrichten an, obwohl Sie mich nie auf die Probe gestellt haben.«

»Aber Miss Leigh, ich zweifle nicht an Ihren Lehrfähigkeiten. Ich bezweifle Alveans Fähigkeiten zu lernen.«

»Wollen Sie damit sagen, daß es anderen mißlungen ist?«

»Es ist mir mißlungen.«

»Aber ...«

Er hob die Hand. »Es ist eigenartig, solche Furcht bei einem Kind zu finden. Die meisten Kinder kennen das nicht.«

Ich wollte ihn anfahren: ›Was sind Sie nur für ein Vater? Ich kann mir diesen Unterricht vorstellen, den Mangel an Verständnis, die Erwartung von Mirakeln. Kein Wunder, daß das Kind sich fürchtet!‹

»Es gibt eben Menschen, die nie reiten lernen«, fuhr er fort.

Ich konnte mich nicht beherrschen und platzte heraus: »Es gibt Menschen, die es keinem beibringen können!«

Er blieb stehen und sah mich verwundert an. Es war mir klar, daß niemand in diesem Haus es je gewagt hatte, so mit ihm zu sprechen.

Jetzt ist es aus, dachte ich. Jetzt wird man mir sagen, daß meine Dienste nicht weiter erforderlich seien, und ich möge am Ende des Monats meine Koffer packen.

Ich sah, wie er gegen den Zorn ankämpfte. Er

musterte mich immer noch, aber ich konnte den Ausdruck seiner Augen nicht verstehen. Ich glaubte, es lag Geringschätzung darin. Dann sah er zum Stall hinüber.

»Sie müssen mich jetzt entschuldigen, Miss Leigh.« Er ging.

Ich fand Alvean im Unterrichtszimmer. Sie sah mich trotzig an, wahrscheinlich hatte sie gesehen, wie ich mit ihrem Vater sprach. Ich kam sofort zum Wesentlichen.

»Dein Vater sagt, ich darf dir Reitunterricht geben, Alvean. Hättest du das gern?«

Sie machte ein verkniffenes Gesicht, und ich fuhr rasch fort: »Meine Schwester und ich waren in deinem Alter geschickte Reiterinnen. Sie ist zwei Jahre jünger als ich, und wir haben immer bei Pferderennen mitgemacht. Es waren die aufregendsten Tage für uns, wenn ein Pferderennen in unserem Dorf stattfand.«

»Das haben wir hier auch«, sagte sie.

»Das macht Spaß! Und wenn man mal dahintergekommen ist, fühlt man sich im Sattel richtig zu Hause.«

Sie schwieg einen Augenblick und sagte dann: »Ich mag Pferde nicht.«

»Du magst Pferde nicht!« Meine Stimme klang erschüttert. »Das sind doch die gutartigsten Geschöpfe der Welt!«

»Nein, das sind sie nicht. Sie mögen mich nicht. Ich bin einmal auf Gray Mare geritten. Sie ist davongelaufen und wollte nicht mehr stehenbleiben. Wenn Tapperty nicht gewesen wäre, hätte sie mich umgebracht.«

»Gray Mare war nicht das richtige Tier für dich. Du hättest mit einem Pony anfangen sollen.«

»Dann hatte ich Buttercup. Bei ihr war es umgekehrt. Sie wollte keinen Schritt gehen, wenn ich sie antrieb. Sie nahm ein Maul voll Gras und ich zog am Zügel, aber sie wollte einfach nicht gehen. Als Billy Trehay sagte: ›Komm, Buttercup!‹ gehorchte sie sofort, als wäre alles nur meine Schuld.«

Ich lachte, und sie warf mir einen haßerfüllten Blick zu. Ich beeilte mich, ihr zu versichern, daß sich Pferde eben so betragen, bis sie einen verstehen. »Wenn sie einen einmal verstehen, dann lieben sie einen, als wäre man ihr bester Freund.«

Ich sah den nachdenklichen Ausdruck in ihren Augen und wußte, daß ihre Einsamkeit und ihr Wunsch nach Zuneigung der Grund ihrer Angriffslust war.

»Schau, Alvean, komm mit mir hinunter. Wir wollen sehen, was wir zustandebringen.«

Sie schüttelte den Kopf und sah mich mißtrauisch an. Sie fürchtete offenbar, daß ich sie vielleicht für ihre Widerspenstigkeit bestrafen wollte, indem ich sie lächerlich machte. Ich wollte ihr den Arm auf die Schulter legen, aber ich wußte, daß dies nicht die richtige Art war, mit ihr umzugehen.

»Eines muß man lernen, ehe man reiten kann«, sagte ich, als hätte ich nichts bemerkt. »Du mußt das Pferd gern haben. Dann fürchtest du dich auch nicht vor ihm. Und sobald du dich nicht fürchtest, hat dein Pferd dich auch gern. Es weiß, daß du seine Herrin bist, und es möchte einen Herrn haben. Aber es muß ein sanfter, liebevoller Herr sein.«

Sie horchte auf.

»Wenn ein Pferd davonläuft wie Gray Mare, dann bedeutet das, daß es sich fürchtet. Es fürchtet sich ebensosehr wie du, aber das kann es dir nur dadurch verständlich machen, daß es davonläuft. Wenn du dich fürchtest, darfst du es ihm nie zeigen. Flüstere ihm einfach zu: ›Es ist alles in Ordnung … ich bin da.‹ Und was Buttercup anbetrifft – sie ist ein elender alter Gaul. Sie ist faul und weiß genau, daß du nicht mit ihr umgehen kannst. Deshalb wollte sie dir nicht gehorchen. Aber wenn du ihr einmal gezeigt hast, daß du die Herrin bist, folgt sie aufs Wort. Schau, wie sie sich bei Billy Trehay verhalten hat.«

»Ich wußte nicht, daß Gray Mare sich vor mir gefürchtet hat«, meinte sie nachdenklich.

»Dein Vater möchte, daß du reitest«, drängte ich.

Das war unklug. Es erinnerte sie an frühere Ängste und Demütigungen. Ihre Miene verschloß sich wieder.

»Wäre es nicht nett, wenn wir ihn überraschten?« schlug ich vor. »Ich meine … angenommen, du lernst es und könntest springen und galoppieren, und er erfährt nichts davon, bis er es sieht?«

Es tat mir weh, die Freude in ihrem Gesicht zu sehen. Es war mir ein Rätsel, wie ein Mann so gefühllos sein konnte, einem Kind die Zuneigung vorzuenthalten, um die es bat.

»Versuchen wir's!« sagte ich.

»Ja, versuchen wir's. Ich zieh' mich rasch um.«

Da fiel mir ein, daß ich kein Reitkostüm dabei hatte. Während meiner Jahre bei Tante Adelaide hatte ich wenig Gelegenheit gehabt, eines zu tragen. Tante Adelaide hatte nichts für Pferde übrig und wurde deshalb nie aufs Land zur Jagd eingeladen. Als ich mein Reitkostüm das letzte Mal in der Hand gehabt hatte, waren die Motten darin gewesen. Ich hatte geglaubt, ich würde es nie mehr brauchen.

»Aber ich habe kein Reitkostüm.«

Alvean strahlte. »Kommen Sie mit«, sagte sie fast verschwörerisch, und ich freute mich über das neue Verhältnis zwischen uns. Ich sah darin einen großen Schritt zur Freundschaft hin.

Wir gingen durch die Galerie in den Teil des Hauses, von dem Mrs. Polgrey mir gesagt hatte, ich hätte darin nichts zu suchen. Alvean blieb vor einer Tür stehen, und ich hatte den Eindruck, als kämpfe sie mit sich. Schließlich stieß sie die Tür auf und trat zur Seite, damit ich vorausging. Sie wollte sichtlich, daß ich zuerst eintrat.

Es war ein Ankleideraum. Ein langer Spiegel stand darin, eine Kommode mit Aufsatz, eine Truhe und ein Eichenschrank. Wie die meisten Zimmer im Haus hatte auch dieses zwei Türen – die Zimmer an der Galerie schienen untereinander verbunden zu sein – und die andere Tür stand offen. Dahinter lag ein Schlafzimmer, groß und schön möbliert. Der Boden war mit einem blauen Teppich bedeckt, die Vorhänge waren blauer Samt.

Alvean schien mein Interesse an dem Raum zu stören. Sie ging zur Tür hinüber und schloß sie.

»Im Schrank und in der Truhe sind eine Menge Kleider«, erklärte sie. »Es müssen auch Reitkleider da sein. Wir werden schon etwas finden.« Sie öffnete die Truhe, und es war neu für mich, sie so erregt zu sehen.

In der Truhe waren Kleider, Unterröcke, Hüte und Schuhe. Alvean sagte aufgeregt: »Auf dem Speicher sind noch viele Kleider. Große Koffer voll. Sie stammen noch von Großmama und Urgroßmama. Wenn meine Eltern Parties gaben, hat man sich damit kostümiert ...«

Ich hielt einen schweren Damenhut aus Biberfell in der Hand – er wurde offensichtlich beim Reiten getragen. Ich setzte ihn auf, und Alvean lachte. Es war das Lachen eines Kindes, das nicht oft lachte und dies auf eine fast schuldbewußte Art tat. Ich nahm mir vor, sie oft zum Lachen zu bringen, und ohne daß sie das geringste Schuldgefühl dabei hatte.

»Sie sehen so komisch mit dem Hut aus, Miss!«

Ich stellte mich vor den hohen Spiegel. Ich sah völlig verändert aus. Meine Augen leuchteten, und mein Haar war kupferfarben unter dem schwarzen Hut. Ich fand, daß ich ein wenig attraktiver aussah als gewöhnlich und daß es dies sein mußte, was Alvean ›komisch‹ fand.

»Gar nicht wie eine Gouvernante!« erklärte sie. Dann zog sie ein Kleid aus der Truhe. Es war ein Reitkleid aus schwarzem Wollstoff mit blauem Kragen und blauen Manschetten. Es war sehr elegant geschnitten.

Ich hielt es an mich. »Ich glaube, das würde passen.«

»Probieren Sie es an, Miss. Nein, nicht hier! Nehmen Sie es mit in Ihr Zimmer.«

Sie schien plötzlich von dem Wunsch besessen zu sein, aus diesem Zimmer herauszukommen. Sie nahm den Hut und rannte zur Tür. Ich vermutete, daß sie so schnell wie möglich mit dem Reitunterricht beginnen wollte, und es blieb nicht mehr allzuviel Zeit bis zum Tee um vier Uhr.

Ich nahm ihr das Kleid und den Hut ab und ging in mein Zimmer.

Das Reitkleid paßte nicht ganz. Es war etwas eng an der Taille, und die Ärmel waren ein wenig zu kurz, doch ich sah darüber hinweg, denn eine andere Frau sah mich aus dem Spiegel an, und als ich den Biberhut aufsetzte, war ich begeistert.

Ich lief zu Alvean hinüber. Ihre Augen leuchteten auf, als sie mich sah, und sie betrachtete mich mit mehr Interesse als bisher.

Wir gingen zum Stall hinunter, und ich sagte Billy Trehay, er solle Buttercup für Alvean satteln und ein anderes Pferd für mich.

Er machte kein Hehl aus seiner Verwunderung, doch

ich bat ihn, sich zu beeilen, da wir wenig Zeit hätten und rasch anfangen wollten.

Als er fertig war, nahm ich Buttercup am Halfter. Alvean stieg auf, und ich führte sie hinüber zur Koppel.

Ich konzentrierte mich ganz darauf, ihr Vertrauen zu gewinnen. Ich gewöhnte sie daran, auf dem Pferd zu sitzen und mit ihm zu sprechen. Ich ließ sie sich auf Buttercups Rücken zurücklehnen und in den Himmel blicken. Ich ließ sie die Augen schließen. Dann gab ich ihr Unterricht im Aufsteigen und Absitzen. Ich glaubte, ich hätte am Ende der Stunde viel dazu beigetragen, daß Alvean ihre Furcht verlor, und mehr wollte ich in der ersten Stunde auch nicht erreichen.

Ich war erstaunt, als ich feststellte, daß es halb vier geworden war. Fast eine Stunde lang waren wir auf der Koppel gewesen. Am Ende dieser Stunde wußte ich, daß sich zwischen Alvean und mir ein neues Verhältnis anbahnte. Sie hatte mich noch nicht völlig akzeptiert – das wäre zuviel verlangt gewesen –, aber ich glaubte, daß sie von jenem Nachmittag an wußte, daß ich keine Feindin war.

Als wir von der Koppel ritten, erhob sich eine Gestalt aus dem Gras. Es war Peter Nansellock.

Er klatschte Beifall, als wir näher kamen.

»Ausgezeichnet!« rief er. »Ich wußte nicht, daß auch reiterisches Geschick zu Ihren vielen Vorzügen gehört.«

»Hast du uns zugesehen, Onkel Peter?« forschte Alvean.

»Eine halbe Stunde lang. Meine Bewunderung für euch beide ist grenzenlos.«

Alvean lächelte. »Bewunderst du uns wirklich?«

»So sehr ich versucht bin, zwei schönen Damen zu schmeicheln«, erklärte er und legte dabei die Hand aufs

Herz und verbeugte sich elegant, »so brächte ich doch nie eine Lüge über die Lippen.«

»Bis zu diesem Augenblick«, sagte ich barsch.

»Es ist doch nichts Bewundernswertes, wenn jemand reiten lernt«, meinte Alvean. »Hunderte tun das jeden Tag.«

»Aber die Kunst wurde nie so graziös gelehrt und so geduldig erlernt.«

»Dein Onkel ist ein Spaßvogel, Alvean.«

»Ja, ich weiß«, sagte Alvean beinahe traurig.

»Und es ist Zeit, daß wir zum Tee kommen«, fügte ich hinzu.

»Wie wär's, wenn man mich zum Schulzimmertee einladen würde?«

»Wollen Sie Mr. TreMellyn besuchen?« fragte ich.

»Ich bin gekommen, um mit den beiden Damen Tee zu trinken.«

Alvean lachte. Der Charme dieses Mannes war auch auf sie nicht wirkungslos.

»Mr. TreMellyn hat Mount Mellyn heute früh verlassen. Ich habe keine Ahnung, ob er schon zurück ist.«

»Wenn die Katze fort ist ...«, sagte er leise, und sein Blick huschte dabei auf eine Art über mein Kostüm, die ich nur als unverschämt bezeichnen konnte.

»Komm, Alvean«, sagte ich kühl. »Wir müssen uns beeilen, wenn wir rechtzeitig zum Tee kommen wollen.«

Ich ließ das Pferd traben und hielt Buttercup am Zügel.

Peter Nansellock kam nach, und als wir den Stall erreichten, ging er aufs Haus zu. Alvean und ich stiegen ab, gaben unsere Pferde den Stalljungen und eilten in unsere Zimmer. Ich zog mich um, und als ich wieder mein eigenes Kleid anhatte und mich im Spiegel betrachtete, fand ich mich trist in meiner grauen Baumwolle. Ich beschloß, bei erster Gelegenheit Mrs. Polgrey zu fragen, ob ich das Reitkleid tragen durfte. Ich fürchtete, daß ich zu impulsiv gehandelt hatte, als ich es am Nachmittag anzog.

Als ich das Kleid in den Schrank hängen wollte, fiel mein Blick auf den Namen am Taillenband. Ich erschrak. ›Alice TreMellyn‹ war in winzigen Buchstaben auf die schwarze Seide gestickt. Nun begriff ich. Das Zimmer war ihr Ankleideraum gewesen, das andere, in das ich einen Blick geworfen hatte, ihr Schlafzimmer.

Das Herz schlug mir bis in die Kehle hinauf. Das ist absurd, sagte ich mir. Natürlich, wo sonst hätten wir ein modernes Reitkleid finden sollen. Jedenfalls nicht in den Koffern auf dem Speicher, die Alvean erwähnt hatte. Diese Kleider wurden nur für Maskeraden herausgeholt.

Aber warum sollte ich nicht Alices Reitkleid anziehen? Und war ich nicht daran gewöhnt, abgelegte Kleider zu tragen?

Ich hängte das Reitkleid in den Schrank. Dann trat ich ans Fenster und suchte die lange Fensterreihe des anderen Flügels nach Alices Schlafzimmer ab. Ich glaubte, es entdeckt zu haben.

Mir schauderte. Doch dann sagte ich mir, daß sie sich freuen würde, wenn ich ihr Kleid trug. Sie würde sich ganz ohne Zweifel freuen. Versuchte ich nicht, ihrer Tochter zu helfen? Ich merkte, daß ich mir Selbstsicherheit einredete – was lächerlich war.

Wo war mein gesunder Menschenverstand? Was immer ich mir auch einredete, es konnte die Tatsache nicht verbergen, daß ich wünschte, das Kleid hätte irgend jemandem gehört, nur nicht Alice.

Als ich mich umgezogen hatte, klopfte es an der Tür, und ich war erleichtert, Mrs. Polgrey dastehen zu sehen.

»Treten Sie ein!« bat ich. »Sie sind genau die Dame, mit der ich sprechen möchte!«

Sie kam in mein Zimmer gesegelt, und ich hatte sie in diesem Augenblick sehr gern. Sie hatte etwas Gesundes an sich, das unweigerlich alle Phantasiegebilde in die Flucht schlug.

»Ich habe eben Miss Alvean eine Reitstunde gegeben«, begann ich rasch, denn ich wollte diese Angelegenheit hinter mir haben, ehe sie mir sagen konnte, weshalb sie gekommen war.

»Und da ich kein Reitkleid dabei habe, gab mir Alveans eines. Ich glaube, es hat ihrer Mutter gehört.« Ich öffnete den Schrank.

Mrs. Polgrey nickte.

»Ich habe es heute nachmittag angehabt. Vielleicht war es nicht richtig von mir.«

»Hat Ihnen der Herr erlaubt, diese Reitstunde zu geben?«

»Ja, natürlich.«

»Dann machen Sie sich keine Sorgen. Er wird nichts dagegen haben, wenn Sie das Kleid tragen. Ich sehe nicht ein, weshalb Sie es nicht hierbehalten sollten. Vorausgesetzt natürlich, daß Sie es nur während der Reitstunden tragen.«

»Vielen Dank. Das beruhigt mich sehr.«

Mrs. Polgrey neigte zustimmend den Kopf. Sie war ganz offensichtlich geschmeichelt, daß ich mit meinem kleinen Problem zu ihr gekommen war.

»Mister Peter Nansellock ist unten«, sagte sie dann.

»Ja, wir haben ihn auf dem Heimweg getroffen.«

»Der Herr ist nicht zu Hause, und Mister Peter hat gebeten, daß Sie ihm beim Tee Gesellschaft leisten – Sie und Miss Alvean.«

»Oh, aber ... ich meine, ist das nicht ...«

»Aber Miss, das ist doch völlig in Ordnung. Als Miss Jansen hier war, hat sie oft die Gäste unterhalten. Ich kann mich sogar daran erinnern, daß sie einmal zum Mittagstisch eingeladen wurde.«

»Oh!« sagte ich und hoffte, es würde gebührend beeindruckt klingen.

»Wenn die Hausherrin fehlt, ist man eben manchmal ein wenig in Verlegenheit, und wenn ein Herr ausdrücklich um Ihre Gesellschaft bittet, nun, ich sehe wirklich nicht ein, was es schaden könnte. Ich habe Mr. Nansellock gesagt, daß der Tee im Punschzimmer serviert wird und ich sicher sei, daß Sie und Miss Alvean ihm Gesellschaft leisten. Sie haben doch nichts dagegen?«

»Nein, nein, durchaus nicht.«

Mrs. Polgrey lächelte zufrieden. Sie segelte ebenso majestätisch aus dem Zimmer, wie sie hereingekommen war.

Als ich ins Punschzimmer kam, war Alvean noch nicht da. Peter Nansellock räkelte sich in einem der mit Gobelins bezogenen Sessel. Er sprang auf, als ich eintrat.

»Das ist ja großartig!«

»Mrs. Polgrey sagt, ich soll in der Abwesenheit von Mr. TreMellyn die Honneurs machen.«

»Das sieht Ihnen ähnlich, mich daran zu erinnern, daß Sie nur die Gouvernante sind!«

»Ich hielt es für angebracht, falls Sie es vergessen haben sollten«, antwortete ich.

»Sie sind wirklich eine charmante Gastgeberin! Und ich habe Sie nie einer Gouvernante unähnlicher gesehen als vorhin bei der Reitstunde mit Alvean.«

»Das lag nur an dem Reitkleid. Geborgte Federn. Ein

Fasan würde wie ein Pfau aussehen, wenn er dessen Schwanz hätte.«

»Meine liebe Miss Fasan, da bin ich gar nicht Ihrer Meinung. Die Manieren machen die Dame aus, nicht die feinen Federn. Was halten Sie übrigens von diesem Haus? Werden Sie bei uns bleiben?«

»Es handelt sich eher darum, wie ich dem Haus gefalle und ob die Mächte, die hier herrschen, mich behalten.«

»Ah – die Mächte sind in diesem Fall ein wenig unberechenbar, nicht wahr? Gefällt Ihnen der alte Connan?«

»Das Adjektiv, das Sie benutzen, ist unkorrekt. Und ich habe keine Meinung abzugeben.«

Er lachte laut und zeigte weiße, makellose Zähne. »Liebe Gouvernante, Sie sind noch einmal mein Tod!«

»Es tut mir leid, das zu hören.«

»Obwohl ich mir schon oft vorgestellt habe, daß es eigentlich eine angenehme Todesart sein muß, wenn man sich totlacht.«

Dieser Gegenschlag wurde durch die Ankunft Alveans unterbrochen.

»Ah, die kleine Dame persönlich!« rief Peter. »Liebe Alvean, es ist reizend von dir und Miss Leigh, daß ich mit euch beiden Tee trinken darf.«

»Weshalb bestehst du eigentlich darauf?« fragte Alvean. »Das hast du noch nie getan … außer als Miss Jansen da war.«

»Psst! Keine Geheimnisse ausplaudern!«

Mrs. Polgrey kam mit Kitty ins Zimmer. Kitty stellte das Tablett auf den Tisch, während Mrs. Polgrey einen Spirituskocher anzündete. Eine Teekanne stand auf dem Tablett. Kitty legte ein Tuch auf ein kleines Tischchen und brachte Kuchen und Sandwiches.

»Miss, würde es Ihnen etwas ausmachen, den Tee selbst zu bereiten?« fragte Mrs. Polgrey.

Ich versicherte, es sei mir ein Vergnügen, und Mrs. Polgrey gab Kitty einen Wink. Kitty starrte Peter Nansellock mit einer Miene an, die an Vergötterung grenzte.

Sie verließ das Zimmer nur zögernd, und ich glaubte, daß selbst Mrs. Polgrey bis zu einem gewissen Grad vom Charme dieses Mannes beeindruckt war. Peter brachte es fertig, mit einem einzigen Blick zu schmeicheln, und er verschwendete seine Schmeicheleien großzügig an alle weiblichen Wesen: an Kitty, Mrs. Polgrey und Alvean nicht weniger als an mich.

Mehr sind seine Komplimente also nicht wert, sagte ich mir und war ein wenig pikiert, denn der Mann hatte die Eigenschaft, jede Frau in seiner Gegenwart glauben zu lassen, sie sei die einzige.

Ich bereitete den Tee und Alvean reichte ihm Brot und Butter.

»Welch ein Luxus!« strahlte er. »Ich komme mir vor wie ein Pascha, den zwei schöne Damen bedienen!«

»Du schwindelst schon wieder«, kritisierte Alvean. »Wir sind beide keine Damen, denn ich bin noch nicht erwachsen, und die Miss ist eine Gouvernante.«

»Ein Sakrileg!« rief er, und sein Blick ruhte auf mir, beinahe liebkosend.

Ich wechselte brüsk das Thema. »Ich glaube, Alvean wird bald eine gute Reiterin sein. Was meinen Sie?«

Alvean wartete begierig auf seine Antwort.

»Sie wird der Champion von Cornwall sein, Sie werden es sehen.«

Alvean konnte ihre Freude nicht verbergen.

»Und«, er hob den Zeigefinger und drohte ihr, »vergiß dann nicht, wem du es zu verdanken hast!«

Alvean warf mir einen schüchternen Blick zu, und ich war plötzlich glücklich, daß ich hier war.

»Es muß vorläufig ein Geheimnis bleiben«, sagte Alvean.

»Wir wollen nämlich ihren Vater damit überraschen.«

»Ich werde schweigen wie ein Grab.«

»Warum sagt man eigentlich ›schweigen wie ein Grab‹?« fragte Alvean.

»Weil tote Menschen nicht reden können«, erklärte Peter.

»Aber manchmal kommen sie als Geister wieder«, flüsterte Alvean und blickte sich um.

»Mr. Nansellock will damit nur sagen, daß er unser kleines Geheimnis für sich behält, Alvean. Ich glaube, Mr. Nansellock hätte gern noch mehr Sandwiches.«

Sie sprang auf und reichte ihm den Teller. Es war schön, sie so gehorsam und freundlich zu sehen.

»Sie haben bis jetzt noch keinen Besuch in Mount Widden abgestattet, Miss Leigh«, beklagte sich Peter.

»Das ist mir auch noch nicht in den Sinn gekommen.«

»Wie unnachbarlich! Oh, ich weiß, was Sie sagen wollen. Sie sind nicht hier, um Besuche abzustatten, sondern um Gouvernante zu sein.«

»Ganz recht«, erwiderte ich.

»Unser Haus ist weder so alt noch so groß wie dies hier. Es hat keine Geschichte. Aber es ist nett dort, und ich bin sicher, meine Schwester wäre entzückt, wenn Sie und Miss Alvean uns einmal besuchen würden. Warum kommen Sie nicht gelegentlich zum Tee hinüber?«

»Ich bin nicht sicher ...«, begann ich.

»Ob sich das mit Ihren Pflichten verträgt? Ich will Ihnen sagen, wie wir es arrangieren. Sie bringen Miss Alvean zum Tee nach Mount Widden und führen sie nachher wieder nach Hause. Ich bin sicher, das stimmt mit den Pflichten der peinlich genauesten Gouvernante überein.«

»Wann sollen wir kommen?« fragte Alvean.

»Wann ihr wollt!«

Ich lächelte. Ich wußte, was das bedeutete. Er sprach um des Sprechens willen. Er hatte nicht vor, mich zum Tee zu bitten. Ich konnte mir lebhaft vorstellen, wie er herübergekommen war und mit Miss Jansen geflirtet hatte, die nach allem, was ich gehört hatte, eine reizende junge Frau gewesen war.

Plötzlich ging die Tür auf, und zu meiner Verlegenheit – ich hoffte, sie verbergen zu können – trat Connan TreMellyn ein. Ich stand auf, und er warf mir ein flüchtiges Lächeln zu. »Ist für mich auch noch eine Tasse Tee da, Miss Leigh?«

»Alvean, sei so gut, läute und bestelle noch eine Tasse«, bat ich.

Sie stand sofort auf, aber sie hatte sich verändert. Nun war sie wachsam und begierig darauf, das Richtige zu tun und ihrem Vater zu gefallen. Sie stieß vor Eifer ihre Tasse um und wurde purpurrot vor Scham.

»Macht nichts«, beschwichtigte ich, »läute nur. Kitty bringt das in Ordnung.«

Connan TreMellyn sah belustigt zu. Wenn ich gewußt hätte, daß er so früh zurückkehren würde, hätte ich mich kaum bereitgefunden, Peter Nansellock beim Tee Gesellschaft zu leisten, denn ich war sicher, daß ich nach Connan TreMellys Ansicht hier nichts verloren hatte.

»Miss Leigh war so nett, als Gastgeberin zu fungieren«, erklärte Peter. »Ich habe sie darum gebeten, und sie war freundlicherweise einverstanden.«

»Wirklich sehr freundlich«, meinte Connan TreMellyn leichthin.

Kitty kam, und ich deutete auf die Porzellanscherben auf dem Teppich. »Und bitte bringen Sie noch eine Tasse für Mister TreMellyn.«

Kitty grinste. Offensichtlich amüsierte sie sich. Was mich anbetraf, so war ich nicht der Typ, der charmante Spiele mit Teetassen macht, und nun, da der Hausherr da war, kam ich mir linkisch vor und mußte achtgeben, damit mir nicht ein ähnliches Mißgeschick passierte wie Alvean.

»War es ein geschäftiger Tag, Connan?« fragte Peter.

Connan TreMellyn begann über komplizierte Grundstücksgeschäfte zu sprechen, und dies erinnerte mich daran, daß sich meine Pflichten darauf beschränkten, Tee einzuschenken. Ich sollte mir nicht einbilden, ich sei tatsächlich Gastgeberin. Ich war ein gehobener Dienstbote, weiter nichts.

Ich war ärgerlich, daß er hereingeplatzt war und mir meinen kleinen Triumph verdorben hatte. Ich stellte mir vor, wie er reagieren würde, wenn ich ihm die kleine Reiterin vorführte, die ich aus Alvean machen wollte. Er würde wahrscheinlich eine belanglose Bemerkung machen, uns fühlen lassen, wie vergeblich unsere Mühe war und wie gleichgültig wir ihm waren.

Arme Alvean, dachte ich, du versuchst, die Zuneigung eines Mannes zu gewinnen, der nicht einmal weiß, was Zuneigung ist.

Man brachte mir Tasse und Untertasse, und ich schenkte den Tee ein. Connan TreMellyn sah mir zu und erwartete, daß ich aufstand und es ihm brächte. »Alvean, bitte bring dies deinem Vater«, sagte ich.

Sie tat es bereitwilligst.

Er sagte kurz: »Danke!« und Peter nützte die Gelegenheit, mich ins Gespräch zu ziehen.

»Miss Leigh und ich habe uns im Zug kennengelernt.«

»Wirklich?«

»Ja, tatsächlich. Sie wußte natürlich nicht, wer ich war.

Sie hatte noch nie etwas von den berühmten Nansellocks gehört. Sie wußte nicht einmal etwas von der Existenz Mount Widdens. Ich wußte natürlich, wer sie war. Durch eine seltsame Ironie des Schicksals teilte ich ihr Abteil.«

»Sehr interessant«, bemerkte Connan und sah dabei aus, als könnte nichts uninteressanter sein.

»Deshalb war es eine große Überraschung für sie, als sie erfuhr, daß wir die nächsten Nachbarn sind«, fuhr Peter fort.

»Ich hoffe, es war keine unangenehme«, sagte Connan.

»Keineswegs«, erwiderte ich.

»Vielen Dank für das freundliche Wort, Miss Leigh«, bedankte sich Peter.

Ich sah auf die Uhr. »Es ist fünf. Würden Sie bitte mich und Alvean entschuldigen? Wir haben von fünf bis sechs Unterricht.«

»Aber heute können Sie doch eine Ausnahme machen«, bat Peter.

Alvean sah ihren Vater flehentlich an. Sie war unglücklich in seiner Gegenwart, aber es fiel ihr schwer, ihn zu verlassen.

»Ich glaube, das wäre höchst unklug«, sagte ich und stand auf.

»Komm, Alvean!«

Sie warf mir einen ärgerlichen Blick zu, und ich glaubte, ich hätte die Fortschritte dieses Nachmittags wieder zunichte gemacht.

»Bitte, Papa ...«

»Mein liebes Kind, du hast gehört, was deine Gouvernante gesagt hat.«

Alvean errötete.

Ich sagte: »Guten Abend!« zu Peter Nansellock und ging zur Tür.

Im Unterrichtszimmer fauchte mich Alvean feindselig an:

»Warum müssen Sie immer alles verderben?«

»Verderben?« wiederholte ich. »Alles?«

»Wir hätten unsere Stunde genausogut zu einer anderen Zeit machen können ... irgendwann ...«

»Aber wir haben unsere Stunde zwischen fünf und sechs und nicht irgendwann«, antwortete ich, und meine Stimme klang um so kälter, als ich mich vor der Gemütsregung fürchtete, die in mir aufstieg. Ich wollte ihr erklären: Du liebst deinen Vater, du sehnst dich nach seiner Anerkennung, aber du weißt nicht, wie du es anstellen sollst. Ich will dir nur helfen. Aber natürlich sagte ich nichts dergleichen.

»Komm, wir haben nur eine Stunde Zeit«, sagte ich. »Davon wollen wir nichts vergeuden.«

Sie setzte sich an den Tisch und starrte finster in das Buch, das wir lasen. Es war Dickens »Die Pickwickier«, von denen ich gehofft hatte, sie würden in das ziemlich ernste Dasein meiner Schülerin etwas Licht bringen.

An jenem Tag war von ihrer üblichen Begeisterung über das Buch nichts zu spüren. Sie blickte plötzlich auf und sagte: »Ich glaube, Sie hassen mich. Ich glaube, Sie können es nicht ertragen, wenn er in der Nähe ist.«

»Ich weiß nicht, über wen du sprichst, Alvean.«

»Doch, Sie wissen genau, daß ich meinen Vater meine.«

»Unsinn«, murmelte ich. Aber ich fürchtete, ich könnte rot werden. »Komm, wir vergeuden Zeit.«

Ich konzentrierte mich auf das Buch und sagte mir, daß wir nicht gut das nächtliche Abenteuer mit der älteren Dame in Lockenwickeln lesen konnten. Das wäre höchst ungeeignet für ein Kind in Alveans Alter.

Als sich Alvean an jenem Abend in ihr Zimmer zurückgezogen hatte, machte ich wieder einen Spaziergang in den Wald. Ich sah in diesem Wald langsam einen Zufluchtsort.

Der Tag war ereignisreich gewesen, und es war ein erfreulicher Tag gewesen, bis Connan TreMellyn gekommen war und den Frieden gestört hatte. Vergiß den Mann, befahl ich mir. Geh ihm aus dem Weg, mehr kannst du nicht tun. Aber selbst wenn ich ihn nicht sah, beschäftigten sich meine Gedanken mit ihm.

Ich blieb im Wald, bis die Dämmerung hereinbrach. Dann ging ich zurück ins Haus. Ich war noch keine fünf Minuten in meinem Zimmer, als Kitty klopfte.

»Der Herr hat nach Ihnen gefragt. Er ist in der Bibliothek.«

»Dann ist es am besten, Sie führen mich hin. Ich war noch nie dort.«

Ich hätte mich gern noch gekämmt und ein wenig zurechtgemacht, aber ich wollte nicht, daß Kitty dächte, ich putze mich heraus, ehe ich zum Herrn ging.

Sie führte mich in einen Flügel des Hauses, den ich noch nicht kannte. Ich vermutete hier die Zimmer, die für seinen persönlichen Gebrauch bestimmt waren, denn der Flügel war luxuriöser als jeder andere Teil des Hauses, den ich bis jetzt gesehen hatte.

Kitty stieß die Tür auf und verkündete mit ihrem einfältigen Lächeln: »Die Miss ist da, Herr!«

»Vielen Dank, Kitty. Kommen Sie doch herein, Miss Leigh.«

Er saß an einem Tisch, auf dem ledergebundene Bücher lagen.

»Setzen Sie sich, bitte.«

Er muß erfahren haben, daß ich Alices Reitkleid trug, dachte ich. Er ist empört. Er wird mir eröffnen, daß meine Dienste nicht mehr erforderlich sind.

Ich wartete.

»Es hat mich interessiert, zu erfahren, daß Sie Mr. Nansellock bereits im Zug kennengelernt haben«, begann er.

»Wirklich?« Die Überraschung in meiner Stimme war nicht vorgetäuscht.

»Natürlich war es unvermeidlich, daß Sie ihn früher oder später kennenlernten«, fuhr er fort. »Er und seine Schwester sind oft hier im Haus. Aber ...«

»Aber Sie meinen, es war unpassend, daß er sich mit der Gouvernante Ihrer Tochter bekannt gemacht hat«, unterbrach ich ihn.

»Das, Miss Leigh, haben nur Sie und er zu entscheiden.«

Ich stammelte verlegen: »Sie glauben, daß es sich für mich als Gouvernante nicht schickt ... mit einem Freund Ihrer Familie ...«

»Aber ich bitte Sie, Miss Leigh. Legen Sie mir doch nicht Worte in den Mund, die ich nicht im entferntesten äußern wollte. Ich versichere Ihnen, was für Bekanntschaften Sie schließen, ist völlig Ihre Sache. Aber Ihre Tante hat Sie sozusagen unter meine Obhut gegeben, und ich habe Sie heute abend hierher gebeten, um Ihnen einen Rat zu geben. Ich fürchte, Sie werden es vielleicht ein wenig taktlos finden.«

Ich errötete, und mir wurde nicht gerade wohler, als ich mir vorstellte, daß er sich zweifellos darüber amüsierte.

»Mister Nansellock ist dafür bekannt ... wie soll ich es

ausdrücken … daß er jungen Damen gegenüber – empfänglich ist.«

»Oh«, sagte ich unwillkürlich, so groß war mein Unbehagen.

Er lächelte, und einen Augenblick sah er fast zärtlich aus.

»Miss Leigh, das ist nur eine Warnung.«

»Ich glaube nicht, daß ich eine derartige Warnung brauche«, sagte ich.

»Mr. Nansellock ist sehr charmant«, fuhr er fort, und seine Stimme klang nun wieder spöttisch. »Er hat einen ausgezeichneten Ruf als Charmeur. Vor Ihnen war eine junge Dame hier, eine Miss Jansen, er hat sie oft besucht. Miss Leigh, ich bitte Sie wirklich, mich nicht mißzuverstehen. Und um noch etwas möchte ich Sie bitten: Nehmen Sie nicht alles, was Mr. Nansellock sagt, ernst.«

Ich hörte mich mit hoher Stimme sagen, die meiner normalen Stimme gar nicht ähnelte: »Es ist außerordentlich liebenswürdig von Ihnen, Mr. TreMellyn, daß Sie sich so um mein Wohl sorgen.«

»Aber natürlich sorge ich mich um Ihr Wohl. Sie sind hier, um sich meiner Tochter anzunehmen, deshalb ist es von größter Wichtigkeit für mich.«

Er stand auf, und ich tat das gleiche. Ich sah, daß ich entlassen war.

Er trat rasch auf mich zu und legte mir eine Hand auf den Arm.

»Verzeihen Sie mir. Ich bin ein plumper Mann. Mir fehlen die Tugenden, die bei Mr. Nansellock so offensichtlich sind. Ich wollte Ihnen nur einen gutgemeinten Rat geben.«

Ein paar Sekunden lang sah ich in seine kühlen, hellen

Augen und glaubte, ich hätte einen flüchtigen Blick hinter die Maske erhascht.

»Vielen Dank«, sagte ich und floh aus der Bibliothek in mein Zimmer.

Jeden Tag ritten Alvean und ich auf der Koppel. Schon während der ersten Stunde war mir klar geworden, daß der Vater äußerst ungeduldig mit ihr gewesen sein mußte, denn obwohl das Kind nicht gerade eine geborene Reiterin war, stellte es sich sehr geschickt an.

Ich hatte erfahren, daß im Dorf Mellyn jeden November ein Reitturnier stattfand, und ich hatte Alvean vorgeschlagen, daß sie unbedingt bei einem der Wettbewerbe mitmachen solle. Dieser Plan machte uns Spaß, denn Connan TreMellyn war einer der Schiedsrichter, und wir stellten uns sein Erstaunen vor, wenn die Reiterin, die triumphierend den ersten Preis errang, seine Tochter war, von der er geschworen hatte, sie würde nie reiten lernen.

Dies wäre für Alvean und mich ein Triumph. Ihr Triumph war natürlich die größere Zuneigung ihres Vatcrs, und ich wollte beweisen, daß ich Erfolg hatte, wo er versagte.

Deshalb zog ich jeden Nachmittag Alices Reitkleid an – es störte mich nicht mehr, wem es vorher gehört hatte, denn es war jetzt meines geworden – und trainierte Alvean auf der Koppel.

An dem Tag, an dem wir zum erstenmal Galopp versuchten, kehrten wir in Hochstimmung ins Haus zurück. Da ich mit Alvean zusammen war, gingen wir durch den Vordereingang ins Haus. Wir hatten kaum die Halle betreten, da rannte Alvean los. Ich folgte ihr, und als ich die Halle verließ, nahm ich einen feuchten, modrigen

Geruch wahr und sah, daß die Tür zur Kapelle aufstand. Ich vermutete, daß Alvean hineingeschlüpft war, und trat ein. Es war kalt hier, und ich schauderte.

Ich hatte nur zwei, drei Schritte gemacht und stand mit dem Rücken zur Tür, als hinter mir jemand keuchte.

»Nein!« sagte jemand so entsetzt, daß ich die Stimme nicht erkannte.

Ich fuhr herum, aber es war nur Celestine Nansellock, die mich fassungslos anstarrte.

Sie war so weiß, daß ich fürchtete, sie würde jeden Augenblick in Ohnmacht fallen – aber vielleicht lag es auch nur an dem Licht in der Kapelle. Ich glaubte, sie zu verstehen. Sie hatte mich von hinten in Alices Kleid gesehen und geglaubt, ich sei tatsächlich Alice.

»Alvean und ich hatte eben unsere Reitstunde«, erklärte ich.

Sie zitterte. Ihr Gesicht war jetzt grau.

»Es tut mir leid, wenn ich Sie erschreckt habe«, fuhr ich fort.

»Ich habe mich nur gefragt, wer in der Kapelle ist«, sagte sie scharf. »Wie, um alles in der Welt, kommen Sie hierher?«

»Alvean ist mir weggelaufen, und ich dachte, sie sei vielleicht in der Kapelle.«

»Alvean! Aber nein ... kein Mensch betritt je die Kapelle! Es ist unheimlich hier, finden Sie nicht? Gehen wir!«

»Sie sehen ... unwohl aus, Miss Nansellock. Soll ich Ihnen einen Kognak bringen lassen?«

»Oh, nein ... nein. Ich fühle mich ganz wohl.«

»Sie sehen mein Kleid an«, sagte ich. »Es ist geborgt. Ich gebe Alvean Reitstunden und habe nicht die passenden Kleider dabei. Das hier hat ... ihrer Mutter gehört.«

»Aha!«

»Ich habe es mit Mrs. Polgrey besprochen, und sie fand es völlig in Ordnung.«

»Natürlich. Warum auch nicht?«

»Ich fürchte, ich habe Sie erschreckt.«

»O nein, keineswegs. Ich fühle mich wohl. Es liegt an der Beleuchtung in der Kapelle. Alle sehen darin so geisterhaft aus. Sie sind selbst ein wenig blaß, Miss Leigh. Ich glaube, die Fenster sind aus einem besonders gefärbten Glas ... Es verdirbt uns den Teint.« Sie lachte. »Gehen wir!«

Wir gingen die paar Stufen hinab in die Halle und dann aus dem Haus. Sie hatte ihre normale Farbe wiedergewonnen.

»Machen Alvean die Reitstunden Spaß?« fragte sie. »Kommen Sie jetzt besser mit ihr zurecht? Anfangs war sie doch ein wenig abweisend.«

»Sie gehört zu den Kindern, die der Autorität konsequent feindselig gegenüberstehen. Aber ich glaube, wir werden langsam Freundinnen. Die Reitstunden haben viel dazu beigetragen. Übrigens weiß ihr Vater nichts davon.«

Celestine Nansellock war sichtlich schockiert, und ich fuhr rasch fort: »Ein Geheimnis sind eigentlich nur die guten Fortschritte, die sie macht. Er weiß von den Stunden. Natürlich habe ich ihn zuerst um Erlaubnis gefragt. Aber er weiß nicht, wie gut sie vorankommt. Es soll eine Überraschung sein.«

»Aha. Hoffentlich überanstrengen Sie das Kind nicht.«

»Überanstrengen? Aber warum? Sie ist doch ein normales, gesundes Kind.«

»Sie ist so nervös.«

»Die Stunden machen ihr Spaß, und sie brennt darauf, ihren Vater zu überraschen.«

»So wird sie also Ihre Freundin, Miss Leigh. Ich freue mich, das zu hören. Aber ich habe es eilig. Ich muß jetzt gehen. Ich wollte gerade das Haus verlassen, als ich sah, daß die Tür zur Kapelle offenstand.«

Ich verabschiedete mich und ging in mein Zimmer. Ich trat vor den Spiegel und betrachtete mich. Dies wurde langsam eine Gewohnheit. Das könnte Alice sein ... bis auf das Gesicht, dachte ich. Ich schloß halb die Augen, so daß das Gesicht verschwamm und ich mir ein anderes Gesicht dazu vorstellen konnte.

O ja, es mußte für Celestine ein Schock gewesen sein. Dann fragte ich mich, was Connan TreMellyn sagen würde, wenn er wüßte, daß ich in einem Kleid seiner Frau herumspazierte und nüchterne Menschen wie Celestine Nansellock erschreckte. Ich vermutete, daß er es nicht gern sehen würde.

Aber da ich Alices Kleid für meine Reitstunden mit Alvean brauchte, und da ich entschlossen war, mit diesen Reitstunden fortzufahren, damit ich das Vergnügen hätte, zu Alveans Vater sagen zu können: »Ich habe es Ihnen ja gesagt!« legte ich Wert darauf, ebenso wie vermutlich Celestine Nansellock, daß nichts über unser Zusammentreffen in der Kapelle laut wurde.

Eine Woche verstrich. Die Stunden im Unterrichtszimmer und auf der Pferdekoppel machten erfreuliche Fortschritte. Zweimal kam Peter Nansellock herüber, aber es gelang mir ihm aus dem Weg zu gehen. Ich wußte, daß Connan TreMellyns Warnung begründet war. Ich konnte mir nicht verhehlen, daß Peter Nansellock mir gefiel, und ab und zu ertappte ich mich dabei, daß ich mich auf seine Besuche freute.

Ich dachte hin und wieder auch an seinen Bruder

Geoffrey und schloß, daß Peter ihm sehr ähnlich sein mußte; und wenn ich an Geoffrey dachte, dann dachte ich auch an Mrs. Polgreys Tochter. Jennifer mit ›der schmalsten Taille, die man je gesehen hat‹, und wie sie eines Tages ins Meer ging. Und ich dachte an die Fallen, die auf unbedachte Frauen warteten.

Mein Interesse an Alveans Reitstunden und an ihrem Vater hatte mich die kleine Gilly vorübergehend vergessen lassen. Das Kind war so ruhig, daß man es leicht übersah. Gelegentlich hörte ich sie draußen oder im Haus singen.

Wenn sie Lieder lernen kann, dann kann sie auch andere Dinge lernen, sagte ich mir.

Ich muß in Tagträume befangen gewesen sein, denn neben dem Bild, wie Connan TreMellyn bei dem Reitturnier im November seiner Tochter den ersten Preis aushändigt und mir einen entschuldigenden, bewundernden Blick zuwirft, sah ich noch ein anderes Bild: Gilly saß im Unterrichtszimmer neben Alvean, während ich es im Hintergrund flüstern hörte: »Das wäre ohne Miss Martha Leigh nicht möglich gewesen. Sie wirkt einfach Wunder. Schauen Sie, was sie mit Alvean fertiggebracht hat … und jetzt mit Gilly!«

Doch zu jener Zeit war Alvean noch ein eigensinniges Kind und Gilly ein Rätsel, und – wie die Tapperty-Mädchen sagten – nicht ganz richtig im Kopf.

Dann traten in diesen mehr oder wenigen friedlichen Tagen zwei Ereignisse ein, die mich aus der Ruhe brachten. Das erste war nur ein kurzer Augenblick, aber er quälte mich, und ich konnte ihn mir nicht aus dem Kopf schlagen.

Ich sah Alveans Rechenaufgaben durch und korrigierte ihre Aufgaben, während sie mir gegenüber saß und einen Aufsatz schrieb. Als ich die Seiten des Heftes durchblätterte, fiel ein Blatt Papier heraus.

Es war mit Zeichnungen bedeckt. Ich hatte bereits bemerkt, daß Alvean ein ausgesprochenes Zeichentalent besaß. Wenn sich einmal die Gelegenheit bot, wollte ich mit Connan TreMellyn darüber sprechen, denn ich war der Meinung, man sollte diese Begabung fördern. Ich selbst konnte ihr nur die Grundzüge der Malerei beibringen, aber ich glaubte, sie hätte einen guten Zeichenlehrer verdient.

Das Blatt enthielt lauter Gesichter. Ich erkannte mich sofort. Es war nicht übel. Sah ich wirklich so steif aus? Nicht immer, hoffte ich, aber vielleicht sah sie mich so. Außerdem war ihr Vater da ... in mehreren Fassungen. Ich drehte das Blatt um. Die Rückseite war mit Mädchengesichtern bedeckt. Ich war nicht sicher, wer es sein sollte. Sie selbst? Nein ... Gilly. Und doch ähnelten die Gesichter auch ihr selbst.

Ich war so in das Blatt versunken, daß ich nicht bemerkte, wie sie sich über den Tisch beugte, bis sie mir das Blatt aus der Hand riß.

»Das gehört mir!« fauchte sie.

»Und das sind sehr schlechte Manieren«, tadelte ich.

»Sie haben kein Recht zu spionieren.«

»Mein liebes Kind, das Blatt war in deinem Rechenheft.«

»Das sollte da aber nicht sein.«

»Dann laß es nicht an mir aus«, sagte ich leichthin und fügte dann ernster hinzu: »Ich bitte dich wirklich, mir die Dinge nicht so ungezogen aus der Hand zu reißen.«

»Verzeihen Sie«, murmelte sie, immer noch trotzig.

Ich wandte mich wieder den Rechenaufgaben zu. Rechnen war nicht gerade Alveans stärkste Seite.

Ich fragte mich, weshalb sie so ärgerlich geworden war und weshalb sie Gesichter zeichnete, die halb Gilly, halb sie selbst darstellten.

»Alvean, du wirst dich im Rechnen ein bißchen mehr anstrengen müssen«, sagte ich.

Sie schwieg.

»Du beherrscht nicht einmal die einfachsten Multiplikationen. Wenn dein Rechnen nur halb so gut wäre wie deine Zeichnungen, wäre ich sehr zufrieden.«

Sie antwortete immer noch nicht.

»Warum wolltest du nicht, daß ich die Gesichter sehe, die du gezeichnet hast? Einige davon sind recht gut.«

Immer noch keine Antwort. »Besonders das von deinem Vater«, fuhr ich fort.

Selbst bei einer solchen Gelegenheit entlockte ihr die Erwähnung ihres Vaters ein sehnsüchtiges Lächeln.

»Und diese Mädchengesichter. Sag mir, wer soll das sein, du oder Gilly?«

Das Lächeln erstarrte auf ihren Lippen. Dann fragte sie: »Für wen halten Sie es, Miss?«

»Laß es mich noch einmal sehen.«

Sie zögerte, doch dann gab sie mir das Blatt. Ich studierte die Gesichter. »Das hier kannst genauso gut du oder Gilly sein.«

»Finden Sie, daß wir uns ähnlich sind?«

»N-nein. Ich hatte das bis jetzt noch nicht bemerkt.«

»Und jetzt finden Sie es?« fragte sie.

»Ihr seid im gleichen Alter, und junge Leute sind sich oft ähnlich.«

»Ich bin nicht wie sie!« rief sie leidenschaftlich. »Ich bin nicht wie diese ... Idiotin.«

»Alvean, du darfst so ein Wort nicht in den Mund nehmen. Weißt du nicht, daß das außerordentlich ungezogen ist?«

»Aber es ist wahr. Ich bin nicht wie sie. Das brauche ich gar nicht erst zu betonen. Wenn Sie das noch einmal sagen, bitte ich meinen Vater, Sie zu entlassen. Ich brauche ihn nur zu bitten, und Sie müssen gehen.«

Sie schrie und versuchte sich selbst von zwei Dingen zu überzeugen: daß nicht die geringste Ähnlichkeit zwischen ihr und Gilly bestand, und daß sie ihren Vater nur um etwas zu bitten brauchte, und der Wunsch sofort erfüllt wurde.

Woher kam dieser ungestüme Ausbruch? fragte ich mich.

Ich sah auf die Uhr, die an mein graues Baumwollmieder angesteckt war, und sagte leise: »Du hast noch genau zehn Minuten für deinen Aufsatz.«

Ich nahm mir wieder das Rechenheft vor und tat so, als vertiefe ich mich in die Aufgaben.

Der zweite Vorfall war noch aufregender.

Es war ein recht friedlicher Tag gewesen, der Unterricht war gut vorangegangen. Ich hatte meinen abendlichen Spaziergang in den Wald gemacht. Als ich zurückkam, standen zwei Kutschen vor dem Haus. Eine kannte ich, sie stammte von Mount Widden, daher nahm ich an, daß entweder Peter oder Celestine zu Besuch gekommen waren. Die andere Kutsche war mir fremd. Es war ein vornehmer Wagen.

Ich ging rasch die Hintertreppe zu meinem Zimmer hinauf.

Der Abend war warm. Ich setzte mich ans Fenster und hörte Musik. Connan TreMellyn unterhielt seine Gäste.

Ich sah sie im Geist in einem der Zimmer sitzen, in die ich noch nicht einmal einen Blick geworfen hatte. Connan TreMellyn, elegant gekleidet, würde am Kartentisch präsidieren oder vielleicht mit seinen Gästen plaudern und Musik hören. Man spielte Mendelssohns »Sommernachtstraum«, und ich hatte plötzlich das Verlangen, unten dabei zu sein. Ich war erstaunt darüber, daß dieser Wunsch jetzt größer war als bei Tante Adelaides Soireen oder den Dinnerparties, die Phillida gab. Ich konnte der Versuchung nicht widerstehen, Kitty oder Daisy herbeizuläuten, die immer wußten, was vorging und dieses Wissen nur zu bereitwillig an jeden weitergaben, der es hören wollte.

Es war Daisy, die kam. Sie war erregt.

»Ich möchte etwas heißes Wasser, Daisy. Können Sie mir das bitte bringen?«

»Freilich, Miss.«

»Heute abend sind Gäste da, nicht wahr?«

»O ja, Miss. Aber das ist gar nichts im Vergleich zu den Parties, die wir früher hatten. Ich glaube, jetzt, wo das Trauerjahr vorbei ist, wird der Herr wieder öfters Gesellschaften geben. Mrs. Polgrey sagt das wenigstens.«

»Im letzten Jahr muß es sehr still gewesen sein.«

»Nun ja ... nach einem Todesfall in der Familie.«

»Selbstverständlich. Was für Gäste sind heute abend da?«

»Miss Celestine und Mr. Peter natürlich.«

»Ja, den Wagen habe ich gesehen.« Meine Stimme klang neugierig, und ich schämte mich. Ich war keinen Deut besser als jedes klatschsüchtige Dienstmädchen.

»Und wissen Sie, wer noch da ist?«

»Wer denn?«

»Sir Thomas und Lady Treslyn!«

Sie sah mich verschwörerisch an, als käme den beiden eine besondere Bedeutung zu.

»So?« sagte ich ermutigend.

»Mrs. Polgrey meint ja, Sir Thomas gehört ins Bett statt auf Parties.«

»Ist er krank?«

»Er ist über siebzig und hat ein schlechtes Herz. Mrs. Polgrey sagt, mit so einem Herzen kann man jeden Augenblick abkratzen. Da braucht man gar nicht viel dazu zu tun.«

Sie hielt inne und zwinkerte mir zu. Ich wollte sie bitten fortzufahren, hielt dies aber für unter meiner Würde. Enttäuschenderweise kam sie vom Thema ab.

»Mit ihr ist es natürlich etwas ganz anderes.«

»Mit wem?«

»Mit Lady Treslyn natürlich. Sie sollten Sie mal sehen! Ihr Kleid ist ausgeschnitten bis hierher und auf der Schulter trägt sie Blumen. Sie wartet sichtlich nur darauf, daß ...«

»Wenn ich recht verstehe, ist sie jünger als ihr Mann.«

Daisy kicherte. »Man sagt, sie seien fast vierzig Jahre auseinander. Und sie tut gern so, als wären es fünfzig.«

»Sie haben sie offenbar nicht besonders gern.«

Daraufhin brach Daisy in ein hysterisches Gelächter aus. Ich schämte mich, daß ich mich an Dienstbotengeschwätz beteiligt hatte, und sagte: »Ich hätte nun doch gern das heiße Wasser, Daisy.«

Daisy gehorchte und ließ mich mit einem etwas klareren Bild dessen, was drunten vorging, zurück.

Ich dachte immer noch an die Party, als ich mir die Hände gewaschen, mein Haar geöffnet und mich zum Schlafengehen bereit gemacht hatte.

Die Musiker spielten einen Chopin-Walzer, und er schien mich davonzutragen aus meinem Gouvernantenzimmer. Ich sah mich im Geist als elegante Schönheit in den Salons, wie es sie in diesem Hause gab, mit Witz, Charme und der Macht begabt, den auserkorenen Mann für mich zu entflammen.

Ich erschrak über solche Gedanken. Wie kam ich dazu – eine Gouvernante?

Ich trat wieder ans Fenster. Das Wetter war seit langer Zeit anhaltend schön und warm. Nun würden bald die Herbstnebel kommen. Ich roch das Meer und hörte den sanften Rhythmus der Wellen. In der Mellyn-Bucht flüsterten die ›Stimmen‹.

Und dann sah ich in einem dunklen Teil des Hauses plötzlich ein Licht. Es war das Fenster des Zimmers, in das Alvean mich geführt hatte, um mein Reitkleid auszuwählen – Alices Ankleidezimmer.

Die Jalousie war herabgelassen. Ich war sicher, daß sie am frühen Abend hochgezogen gewesen war, denn es war mir zur Gewohnheit geworden – die ich bedauerte und von der ich mich zu befreien versuchte –, zu Alices Fenster hinüberzusehen, sooft ich an meinem stand.

Die Jalousie war dünn, und ich sah deutlich das Licht dahinter. Es war ein schwaches Licht, aber nicht zu übersehen. Und es bewegte sich.

Dann sah ich einen Schatten auf der Jalousie – die Silhouette einer Frau.

Ich hörte eine Stimme: »Das ist Alice!« und wurde mir bewußt, daß ich selbst laut gesprochen hatte.

Ich muß träumen, sagte ich mir. Ich bilde mir das nur ein.

Ich umklammerte den Fenstersims. Meine Hände zitterten, während ich das flackernde Licht beobachtete. Ich kämpfte mit mir, ob ich Daisy oder Kitty rufen oder zu Mrs. Polgrey gehen sollte.

Ich unterdrückte diesen Wunsch und stellte mir vor, wie lächerlich das aussehen würde.

Ich stand noch lange am Fenster, aber ich sah nichts mehr.

Im Wohnzimmer spielten sie noch einen Chopin-Walzer, und ich blieb am Fenster, bis ich sogar an diesem warmen Septemberabend fröstelte.

Dann ging ich zu Bett. Als ich endlich einschlief, träumte ich, eine Frau käme in mein Zimmer. Sie trug ein Reitkleid mit blauem Kragen und Manschetten. Sie sagte: »Ich war nicht in jenem Zug, Miss Leigh. Es liegt an Ihnen, mich zu finden.« Ich hörte in der Bucht die Wellen flüstern.

Am nächsten Morgen stand ich auf, sobald es dämmerte. Ich trat als erstes ans Fenster und schaute hinüber zu dem Zimmer, das noch vor wenig mehr als einem Jahr Alice gehört hatte.

Die Jalousie war hochgezogen. Ich sah deutlich das satte Blau der Samtvorhänge.

4

Ungefähr eine Woche später lernte ich Linda Treslyn kennen.

Es war ein paar Minuten nach sechs. Alvean und ich hatten unsere Bücher beiseite gelegt und waren zum Stall gegangen, um nach Buttercup zu sehen, die sich, wie wir glaubten, an diesem Nachmittag eine Sehne gezerrt hatte.

Der Tierarzt war gekommen und hatte ihr einen heißen Breiumschlag aufgelegt. Alvean war ernstlich besorgt, und das freute mich, da ich es gern sah, wenn sie zarte Gefühle zeigte.

»Nicht weinen, Miss Alvean«, hatte Joe Tapperty sie getröstet. »In einer Woche fühlt sich Buttercup wieder pudelwohl. Jim Bond ist der beste Pferdedoktor hier in der Gegend.«

Ich sagte ihr, daß wir am nächsten Tag Black Prince statt Buttercup nehmen würden. Das machte sie etwas ängstlich, denn sie wußte, daß Black Prince ihren Mut auf die Probe stellen würde. Trotzdem war ihre Vorfreude größer als die Furcht.

Als wir den Stall verließen, sah ich auf die Uhr.

»Wie wär's, wenn wir noch eine halbe Stunde durch die Gärten schlenderten? Wir haben bis zum Essen noch Zeit.« Zu meiner Überraschung war sie einverstanden.

Das Plateau, auf dem Mount Mellyn stand, war etwa eine Meile breit. Der Hang fiel steil zur See ab, doch es führten mehrere Zickzackwege hinunter. Die Gärtner verbrachten hier sehr viel Zeit, und die Anlage war in der Tat schön, mit blühenden Büschen und Blumen, die hier besonders üppig wuchsen. An mehreren Stellen waren Lauben, an denen Rosen emporrankten. Sie blühten selbst in dieser späten Jahreszeit noch üppig, und ihr Duft füllte die Luft.

Von hier aus bot die Südseite des Hauses einen großartigen Anblick, ein Wall aus grauem Granit oben auf der Klippe wie eine mächtige Festung. Das Haus hatte etwas Trotziges, als fordere es nicht nur die See heraus, sondern die ganze Welt.

Wir stiegen die süß duftenden Pfade hinab und waren schon nahe bei einer der Lauben, als wir bemerkten, daß dort zwei Menschen saßen.

Alvean stieß einen überraschten Laut aus, und als ich ihrem Blick folgte, sah ich die beiden. Sie saßen dicht beieinander. Sie war sehr dunkel und eine der schönsten Frauen, die ich je gesehen hatte. Sie hatte ausgeprägte Gesichtszüge und trug ein Spitzentuch über dem Haar, in dem Goldmünzen glänzten. Wie aus dem Sommernachtstraum, dachte ich – Titania vielleicht, obwohl ich mir diese immer blond vorgestellt hatte. Sie besaß jene Schönheit, die den Blick anzieht wie ein Magnet die Nadel. Man mußte hinsehen, ob man wollte oder nicht. Man mußte bewundern. Ihr Kleid war aus Chiffon, blaß malvenfarben, und wurde am Hals von einer großen Diamantbrosche gehalten.

Connan bemerkte uns zuerst.

»Ah, da sind meine Tochter und ihre Gouvernante. Schnappen Sie mit Alvean ein wenig Luft?«

»Es ist ein herrlicher Abend«, sagte ich und wollte Alvean an der Hand nehmen, doch sie entschlüpfte mir auf ihre ungraziöseste Art.

»Darf ich mich zu dir und Lady Treslyn setzen, Papa?« fragte sie.

»Aber Kind, du gehst doch mit Miss Leigh spazieren!«

»Ganz recht« antwortete ich an ihrer Stelle. »Komm, Alvean.«

Connan wandte sich an seine Begleiterin: »Wir sind sehr glücklich, daß wir Miss Leigh gefunden haben. Sie ist ... bewundernswert.«

»Die perfekte Gouvernante diesmal, hoffe ich, es wäre dir zu gönnen, Connan.«

Ich kam mir begutachtet vor wie ein Pferd, dessen Vorzüge diskutiert wurden. Ich war sicher, daß er mein Unbehagen bemerkte und sich darüber amüsierte. Es gab Augenblicke, in denen ich ihn für einen sehr unangenehmen Menschen hielt.

»Ich glaube, wir müssen umkehren«, sagte ich frostig. »Wir haben nur einen kleinen Spaziergang gemacht, ehe Alvean zu Bett geht. Komm, Alvean!« Ich nahm sie fest am Arm und zog sie weg.

»Ich möchte bleiben!« protestierte Alvean. »Ich möchte mit dir sprechen, Papa.«

»Aber du siehst doch, daß ich beschäftigt bin. Ein andermal, mein Kind.«

»Nein«, widersprach sie, »es ist wichtig ... jetzt gleich.«

»So wichtig kann es nicht sein. Wir sprechen morgen darüber.«

»Nein … nein, jetzt!« Alveans Stimme klang hysterisch. Ich hatte noch nie erlebt, daß sie sich ihm so heftig widersetzte.

Lady Treslyn sagte leise: »Alvean hat einen sehr entschlossenen Charakter.«

Connan TreMellyn meinte kühl: »Miss Leigh wird schon mit ihr fertig.«

»Natürlich. Die perfekte Gouvernante.« In Lady Treslyns Stimme lag ein Anflug von Spott. Das brachte mich so auf, daß ich Alvean grob am Arm packte und sie den Weg, den wir gekommen waren, zurückzerrte. Sie schluchzte halb, aber sie sprach kein Wort, bis wir im Haus waren.

»Ich hasse sie«, sagte sie dann. »Wissen Sie, Miss Leigh, daß sie meine neue Mama werden möchte?«

Ich antwortete ihr nicht. Ich hatte den Eindruck, daß man im Haus so leicht belauscht werden konnte. Erst als wir in ihrem Zimmer waren und ich die Tür geschlossen hatte, sagte ich:

»Das war eine außergewöhnliche Bemerkung. Wie kann sie deine Mama werden wollen, wenn sie verheiratet ist?«

»Er wird bald sterben. Alle sagen, sie warten nur darauf.«

Ich war außer mir, daß sie solch ein Geschwätz gehört hatte, und nahm mir vor, mit Mrs. Polgrey darüber zu sprechen. Man mußte darauf achten, was man vor Alvean sprach.

»Sie ist immer da«, fuhr Alvean fort. »Aber sie darf nicht die Stelle meiner Mutter einnehmen. Niemand!«

»Du regst dich über Unwahrscheinlichkeiten auf. Ich muß darauf bestehen, daß du nie wieder so etwas zu mir sagst. Es entwürdigt deinen Papa.«

Das machte sie nachdenklich. Wie sie ihn liebt! dachte ich. Arme, kleine Alvean.

Noch vor ein paar Minuten hatte ich mir selbst leid getan, als ich in diesem herrlichen Garten stand und mich von der schönen Frau in der Laube kränken lassen mußte. Das ist nicht gerecht, hatte ich mir gesagt. Weshalb hat ein Mensch so viel und der andere nicht? Könnte nicht auch ich schön sein und Chiffon tragen und Diamanten? Ich bin sicher, sie würden mir besser stehen als Baumwolle und die Türkisbrosche meiner Großmutter.

Nun aber gehörte mein ganze Mitleid Alvean.

Ich hatte Alvean zu Bett gebracht und war niedergeschlagen in mein Zimmer gegangen. Ich mußte immer noch an Connan TreMellyn und Lady Treslyn denken. Ich hätte gern gewußt, ob sie noch draußen in der Laube saßen und worüber sie sprachen. Natürlich hatten Alvean und ich einen Flirt gestört. Ich konnte es nicht begreifen, daß er sich in ein so unwürdiges Verhältnis einließ; es schien mir ganz und gar unwürdig zu sein, da die Dame einen Mann hatte, dem sie die Treue schuldete.

Ich trat ans Fenster und war froh, daß es mir keinen Blick auf die Anlagen im Süden und das Mccr bot. Ich stützte die Ellbogen auf den Sims und blickte in die Dämmerung hinaus. Es war noch nicht ganz dunkel. Mein Blick fiel auf das Fenster, hinter dem ich gestern nacht den Schatten auf der Jalousie gesehen hatte.

Die Jalousie war hochgezogen, und ich sah deutlich den blauen Vorhang. Ich starrte ihn unverwandt an. Ich weiß nicht, was ich erwartete. Glaubte ich, daß ein Gesicht im Fenster erschien, eine winkende Hand? Es gab Zeiten, in denen ich mich wegen meiner Hirngespinste auslachte. Aber die Dämmerung gehörte nicht zu diesen Zeiten.

Da bewegte sich der Vorhang. Es mußte jemand im Zimmer sein.

Ich war an jenem Abend in einer sonderbaren Stimmung. Es hing mit Connan TreMellyn und Lady Treslyn zusammen, aber ich war mir damals über meine Gefühle noch nicht soweit im klaren, daß ich meine Empfindungen deuten konnte. Ich hielt unsere letzte Begegnung für demütigend, aber ich war bereit, ein weiteres Zusammentreffen zu riskieren, das noch demütigender wäre.

Alices Zimmer lag nicht in meinem Teil des Hauses, doch das kümmerte mich nicht. Die Gedanken an Alice beherrschten mich. Es gab Augenblicke, in denen ich ein so brennendes Verlangen spürte, das Geheimnis ihres Todes zu enträtseln, daß ich bereit war, alles einzusetzen.

Deshalb verließ ich mein Zimmer und eilte durch die Galerie in den anderen Flügel zu Alices Ankleideraum. Ich klopfte leise an die Tür und öffnete sie rasch. Mein Herz hämmerte.

Ich sah niemanden. Dann bewegte sich der Vorhang. Jemand versteckte sich dahinter. »Wer ist da?« fragte ich.

Keine Antwort.

Ich ging rasch zum Fenster und zog den Vorhang zur Seite – vor mir stand Gilly. Die Lider der leeren blauen Augen zitterten erschrocken. Ich streckte die Hand nach ihr aus, doch sie zog sich vor mir zurück und preßte sich ans Fenster. »Du brauchst keine Angst zu haben, Gilly«, sagte ich. »Ich tue dir nichts. Aber was machst du hier?«

Sie antwortete nicht. Sie blickte sich im Zimmer um, als bitte sie jemanden um Hilfe, und einen Augenblick hatte ich das unheimliche Gefühl, daß sie jemanden sah, den ich nicht sehen konnte.

»Gilly, du weißt doch, daß du dieses Zimmer nicht betreten sollst, nicht wahr?«

Sie nickte und schüttelte darauf sofort den Kopf.

»Ich nehme dich jetzt mit in mein Zimmer, Gilly. Dort plaudern wir ein wenig miteinander, ja?«

Ich legte ihr den Arm um die Schulter. Ich führte sie zur Tür. An der Türschwelle blickte sie über die Schulter zurück. Plötzlich rief sie: »Madam ... Komm wieder! Komm ...!«

Ich führte sie entschlossen aus dem Zimmer und schloß die Tür hinter uns. Ich mußte sie fast in mein Zimmer zerren. Dort blieb ich mit dem Rücken zur Tür stehen.

»Gilly, du mußt verstehen, daß ich dir nichts tue. Ich möchte deine Freundin sein«, sagte ich eindringlich. Sie blickte mich unverwandt an, und ich sagte aufs Geratewohl: »Ich möchte deine Freundin sein, genau wie es Mrs. TreMellyn gewesen war.«

Für einen Moment verschwand die Leere aus ihrem Blick. Ich hatte eine weitere Entdeckung gemacht. Alice war freundlich zu diesem Kind gewesen.

»Du hast dort drüben Mrs. TreMellyn gesucht, nicht wahr?«

Sie nickte.

Sie sah so liebebedürftig aus, daß ich mich zu einer Gefühlsdemonstration hinreißen ließ, die mir sonst nicht lag. Ich kniete nieder und umarmte sie.

»Du kannst sie nicht finden, Gilly. Sie ist tot. Es ist sinnlos, wenn du hier im Hause nach ihr suchst.«

Gilly nickte, und ich war nicht sicher, was sie damit meinte – ob sie mir zustimmte, daß es keinen Zweck hatte, oder ob sie glaubte, sie könte Mrs. TreMellyn im Haus finden.

»Deshalb müssen wir versuchen, sie zu vergessen, Gilly«, fuhr ich fort.

Sie schloß die Augen.

»Wir werden Freundinnen sein«, wiederholte ich. »Wenn wir Freundinnen sind, bist du nicht mehr allein!«

Sie schüttelte den Kopf, und ich glaubte, ihre Augen hätten etwas von der Leere verloren. Sie zitterte jetzt nicht mehr, und ich war sicher, daß sie sich nicht mehr vor mir fürchtete. Plötzlich entwand sie sich mir und lief zur Tür. Ich ging ihr nicht nach. Sie drehte sich an der Tür noch einmal zu mir um. Auf ihren Lippen lag ein schwaches Lächeln. Dann war sie fort.

Ich glaubte, daß sich eine kleine Freundschaft zwischen uns anbahnte und daß sie ihre Furcht vor mir verloren hatte. Ich dachte an Alice, die gut zu diesem Kind gewesen war. Allmählich bekam ich ein klareres Bild von ihr.

Ich trat ans Fenster und sah zu ihrem Zimmer hinüber. Ich dachte an jenen Abend, an dem ich den Schatten auf der Jalousie gesehen hatte. Daß ich drüben Gilly entdeckt hatte, erklärte dies nicht. Was ich gesehen hatte, war nicht die Silhouette eines Kindes gewesen, sondern die einer Frau.

Am nächsten Tag war ich bei Mrs. Polgrey zum Tee. Ich hatte Mrs. Polgrey erklärt, daß ich gern etwas mit ihr besprechen würde, was ich für ziemlich wichtig hielt. Sie schwoll vor Stolz. Die Gouvernante, die ihren Rat suchte, war in ihren Augen die ideale Gouvernante.

»Ich wäre entzückt, wenn ich Ihnen eine Tasse von meinem besten Earl-Grey anbieten dürfte«, hatte sie erwidert.

Über die Teetassen hinweg musterte sie mich mit einer Miene, die an Zuneigung grenzte.

»Nun, Miss Leigh, was haben Sie auf dem Herzen?«

»Ich bin ein wenig beunruhigt«, begann ich und rührte

dabei nachdenklich in der Tasse. »Es ist wegen einer Bemerkung Alveans. Ich bin überzeugt, daß sie Schwätzereien belauscht, und ich halte das für gar nicht wünschenswert bei einem Kind in ihrem Alter.«

»Bei uns anderen ebensowenig, finden Sie nicht?« fügte Mrs. Polgrey hinzu, und ich glaubte ein gewisses Maß an Heuchelei herauszuhören.

Ich erzählte ihr, wie wir durch die Anlagen spaziert waren und dort den Hausherrn mit Lady Treslyn getroffen hatten. »Und danach sagte Alvean, daß Lady Treslyn hofft, ihre Mama zu werden!«

Mrs. Polgrey schüttelte bedächtig den Kopf. »Wie wär's mit einem Löffel Whisky in den Tee? Das belebt die Geister.«

Ich hatte kein Verlangen nach Whisky, aber ich nahm an, daß Mrs. Polgrey enttäuscht gewesen wäre, wenn ich abgelehnt hätte. Deshalb sagte ich: »Einen kleinen Teelöffel bitte, Mrs. Polgrey.«

Sie holte die Flasche aus dem Schrank und maß den Whisky noch genauer ab als den Tee.

Wir glichen nun einem Paar Verschwörern, und Mrs. Polgrey fühlte sich sichtlich wohl.

»Ich fürchte, Sie werden es etwas skandalös finden, Miss«, begann sie.

»Ich bin vorbereitet«, versicherte ich.

»Sir Thomas Treslyn ist ein alter Mann und hat diese junge Dame erst vor ein paar Jahren geheiratet. Es heißt, sie sei Schauspielerin. Sir Thomas fuhr eines Tages nach London und kam mit ihr zurück. Die Nachbarschaft stand kopf, kann ich Ihnen sagen.«

»Das kann ich mir vorstellen.«

»Man sagt, sie sei eine der schönsten Frauen des Landes.«

»Auch das glaube ich gerne.«

»Schönheit ist eine eigene Sache. Und die Männer können töricht sein. Der Herr hat seine Schwächen«, gab Mrs. Polgrey zu.

»Ich wäre sehr froh, wenn Alvean dieses Gerede nicht zu Ohren käme.«

»Natürlich, Miss. Aber die Gerüchte gehen nun einmal um, und dieses Kind hat Ohren wie ein Hase.«

»Glauben Sie, daß Daisy und Kitty tratschen?«

Mrs. Polgrey rückte näher. Ihr Atem roch nach Whisky.

»Jedermann tratscht, Miss.«

»Aha!«

»Manche sagen, daß die beiden nicht zu den Leuten gehören, die auf den kirchlichen Segen warten.«

»Möglich.«

Ich kam mir sehr verworfen vor. Ich verabscheue das, sagte ich mir. Das ist niedrig.

»Der Herr ist von Natur aus impulsiv, und auf seine Weise hat er viel für Frauen übrig.«

»Sie glauben also ...«

Sie nickte ernst. »Wenn Sir Thomas stirbt, bekommt dieses Haus eine neue Herrin. Die beiden brauchen nur zu warten. Mrs. TreMellyn ist schon tot.«

Ich wollte nicht die Frage stellen, die sich mir aufdrängte, aber es schien in mir Kräfte zu geben, die stärker waren als ich.

»War es schon so ... als Mrs. TreMellyn noch lebte?«

Mrs. Polgrey nickte. »Er hat sie oft besucht. Manchmal reitet er nachts aus, und wir sehen ihn bis zum Morgen nicht. Nun, er ist der Herr. An uns liegt es zu kochen und abzustauben, das Haus in Ordnung zu halten oder das Kind zu erziehen ... wofür wir eben da sind.«

»Sie glauben also, daß Alvean nur das wiedergibt, was alle wissen? Wenn Sir Thomas stirbt, wird Lady Treslyn ihre neue Mama?«

»Manche halten es für mehr als wahrscheinlich. Und manche würden das auch nicht sehr bedauern. Die gnädige Frau gehört nicht zu der Sorte, die sich viel um den Haushalt kümmert, und ich bin der Meinung, es ist besser, wenn die Dinge ihren geregelten Gang gehen.« Scheinheilig fuhr sie fort: »Ich würde den Herrn dieses Hauses, dem ich diene, lieber im Ehestand leben sehen als in Sünde, das kann ich Ihnen versichern. Und so geht es uns allen.«

»Könnten wir nicht den Mädchen sagen, sie sollen wenigstens vor Alvean über diese Angelegenheit schweigen?«

»Können Sie einen Kuckuck im Frühling vom Singen abhalten? Die Mädchen sind nun mal so. Sie können nichts dafür. Es liegt ihnen im Blut. Und es hat auch keinen Zweck, es mit anderen Dienstboten zu versuchen. Heutzutage ...«

Ich nickte verständnisvoll. Ich dachte an Alice, die von den Beziehungen zwischen ihrem Mann und Lady Treslyn gewußt haben mußte. Kein Wunder, daß sie sich bereitwillig von Geoffrey Nansellock entführen ließ.

Mrs. Polgrey war in so redseliger Stimmung, daß ich fand, ich könnte das Gespräch getrost auch auf andere Themen bringen, die mich interessierten.

»Haben Sie je daran gedacht, Gilly das Lesen und Schreiben beizubringen?« fragte ich.

»Gilly?! Das wäre ganz und gar sinnlos. Sie müssen wissen, Miss, Gilly ist nicht ganz so, wie sie sein sollte.« Mrs. Polgrey tippte sich an die Stirn.

»Sie singt sehr viel. Wenn sie Lieder lernen kann, dann kann sie auch etwas anderes lernen.«

»Sie ist ein verschrobenes Kind. Ich glaube, sie ist schon so auf die Welt gekommen. Ich spreche nicht gern über diese Dinge, aber ich schwöre, Sie haben von meiner Jennifer gehört.«

Mrs. Polgreys Stimme wurde wehmütig. Ich fragte mich, ob es von dem Whisky käme, und wieviel Teelöffel sie an jenem Tag schon genommen hatte. »Manchmal denke ich, auf Gillyflower liegt ein Fluch. Wir wollten sie nicht. Sie war noch ein winziges Wesen in der Wiege … zwei Monate alt … als Jennifer starb. Die Flut hat ihre Leiche zwei Tage später ans Land geschwemmt. Man hat sie drunten in der Mellyn-Bucht gefunden.«

»Das ist sehr tragisch«, sagte ich mitfühlend.

Mrs. Polgrey schüttelte die Gefühle von sich ab. »Jennifer war tot, aber Gilly war noch da. Und von Anfang an war sie nicht ganz wie andere Kinder.«

»Vielleicht spürte sie die Tragödie«, warf ich ein.

Mrs. Polgrey sah mich verständnislos an. »Wir haben alles getan, was in unserer Macht stand – ich und Mr. Polgrey. Er war ganz vernarrt in das Kind.«

»Wann ist Ihnen zum erstenmal aufgefallen, daß Gilly nicht wie andere Kinder ist?«

»Wenn ich mir's genau überlege, als sie vier Jahre alt war.«

»Und wie lange ist das her?«

»Ungefähr vier Jahre.«

»Dann muß sie so alt sein wie Alvean. Sie sieht wesentlich jünger aus.«

»Sie ist ein paar Monate nach Miss Alvean zur Welt gekommen. Die Kinder haben ab und zu miteinander gespielt, da sie im gleichen Haus lebten, wissen Sie. Dann passierte ein Unfall, warten Sie … es war kurz vor ihrem vierten Geburtstag.«

»Was für ein Unfall?«

»Sie spielte dort drüben in der Einfahrt, nicht weit vom Tor. Die Herrin ritt herein. Sie war eine großartige Reiterin, wissen Sie. Gilly schoß aus den Büschen hervor und erhielt vom Pferd einen Tritt. Sie fiel auf den Kopf. Es war ein Wunder, daß sie am Leben blieb. Die Herrin war außer sich. Sie hat sich die Schuld daran gegeben, obwohl sie nichts dafür konnte. Gilly hätte klüger sein müssen. Man hatte ihr oft genug gesagt, sie soll sich auf den Wegen umschauen. Schießt einfach heraus, einem Schmetterling hinterher.« Mrs. Polgrey schüttelte den Kopf. »Gilly hat schon immer viel für Blumen, Vögel und Insekten übrig gehabt. Die Herrin hat sich nach dem Zwischenfall sehr um sie gekümmert, und Gilly lief ihr überallhin nach.«

Mrs. Polgrey schenkte sich noch eine Tasse Tee ein und fragte mich, ob ich auch noch eine haben wollte. Ich lehnte ab. Sie gab wieder einen Teelöffel Whisky in die Tasse. »Gilly wurde in Sünde geboren«, fuhr sie fort. »Sie hatte kein Recht, auf die Welt zu kommen. Es sieht aus, als nähme Gott an ihr Rache, denn es heißt, die Sünden der Väter werden an den Kindern heimgesucht.«

Ich ertappte mich bei dem Wunsch, der Frau ins Gesicht zu schlagen, die so gelassen ihren Whisky trinken konnte und das Elend ihrer Enkelin als den Willen Gottes hinnahm.

Ich war empört über die Dummheit dieser Leute, die Gillys Zustand nicht mit dem Unfall in Verbindung brachten, sondern glaubten, dies sei die gerechte Strafe eines rachsüchtigen Gottes für die Sünden ihrer Eltern.

Aber ich schwieg, denn ich hatte den Eindruck, daß ich in diesem Haus gegen seltsame Kräfte ankämpfte, und wenn ich mein Ziel erreichen wollte, brauchte ich alle Verbündeten, die ich gewinnen konnte.

Ich wollte Gilly verstehen. Ich wollte Alvean besänftigen. Ich entdeckte in mir eine Liebe zu Kindern, von der ich nichts gewußt hatte, ehe ich in dieses Haus gekommen war. Tatsächlich hatte ich erst hier viel über mich selbst erfahren. Es gab noch einen anderen Grund, warum ich mich auf diese beiden Kinder konzentrierte: Dies hielt mich davon ab, über Connan TreMellyn und Lady Treslyn nachzudenken. Schon der Gedanke an sie machte mich ärgerlich. Damals nannte ich meinen Ärger »Abscheu«.

So saß ich in Mrs. Polgreys Zimmer, hörte mir ihr Geschwätz an und sagte ihr nicht, was ich davon hielt.

Im ganzen Haus herrschte Aufregung, weil der erste Ball seit Alices Tod bevorstand. Eine Woche lang sprach man über nichts anderes, und es war schwierig, Alveans Aufmerksamkeit auf den Unterricht zu konzentrieren. Kitty und Daisy schnappten fast über vor Freude, und ich ertappte sie ständig dabei, wie sie einander in den Armen lagen und Walzer tanzten.

Die Gärtner schleppten Pflanzkübel aus dem Treibhaus herbei, schmückten den Ballsaal und taten ihr möglichstes, damit die Blüten ihnen Ehre machten. Einladungen wurden in die Umgebung verschickt.

»Ich verstehe nicht, weshalb dich das so aufregt«, sagte ich zu Alvean. »Weder du noch ich werden dabei sein.«

»Wir haben oft Bälle gegeben, als meine Mutter noch lebte«, sagte Alvean verträumt. »Sie konnte gut tanzen. Sie kam vor dem Ball immer zu mir und hat sich im Ballkleid vorgestellt. Sie war schön. Dann hat sie mich ins Solarium geführt, und ich durfte durchs Guckloch in den Saal hinunterschauen.«

»Durchs Guckloch?«

»Ah, das wissen Sie nicht!« Sie sah mich triumphierend an. Es war wohltuend für sie, daß sie ihre Gouvernante, die ständig über ihr Unwissen schockiert war, selbst in diesem Zustand ertappen konnte.

»In diesem Haus gibt es sehr vieles, von dem ich nichts weiß, Alvean. Ich kenne noch nicht einmal ein Drittel des Hauses.«

»Ja, Sie kennen das Solarium noch nicht«, stimmte sie zu. »Es gibt mehrere Gucklöcher in diesem Haus. In vielen großen Häusern hat man das. Sogar in Mount Widden ist eines. Meine Mutter hat mir erzählt, daß früher die Damen dort oben gesessen haben, wenn die Männer Feste feierten und die Frauen nicht dabeihaben wollten. Auch in der Kapelle ist so ein Guckloch. Wir nennen es die ›Aussätzigen-Öffnung‹. Sie durften nicht hinein, wenn sie aussätzig waren, aber sie konnten durchs Guckloch schauen. Jedenfalls gehe ich ins Solarium. Sie müssen mitkommen, Miss.«

»Nun, warten wir ab«, sagte ich.

Am Balltag absolvierten Alvean und ich unsere Reitstunden wie gewöhnlich, nur saß Alvean auf Black Prince statt auf Buttercup.

Als ich das Kind zum erstenmal auf diesem Pferd sah, war mir etwas unbehaglich zumute. Aber wenn sie wirklich reiten lernen wollte, dann mußte sie über Buttercup hinauswachsen. Wenn sie einmal Prince geritten hätte, würde sie mehr Vertrauen gewinnen und höchstwahrscheinlich nie mehr zu Buttercup zurückkehren wollen.

Wir waren während der ersten paar Reitstunden gut vorangekommen. Prince benahm sich vorbildlich, und Alveans Selbstvertrauen wuchs. Wir zweifelten beide nicht mehr daran, daß sie mindestens an einem der Wettbewerbe beim Reitturnier teilnehmen konnte.

Doch an jenem Tag hatten wir kein Glück. Alvean war in Gedanken mehr mit dem Ball als mit der Reitstunde beschäftigt. Sie mißtraute mir noch immer. Nur während unserer Reitstunden waren wir seltsamerweise die besten Freunde. Aber sobald wir die Reitkleider ausgezogen hatten, herrschte wieder das alte Verhältnis. Ich versuchte vergeblich, dies zu ändern.

Wir hatten ungefähr die Hälfte der Stunde hinter uns, als Prince plötzlich zu galoppieren begann. Ich hatte ihr nicht erlaubt zu galoppieren, solange das Pferd nicht am Leitseil war. Auf der Pferdekoppel war ohnehin wenig Platz dafür, und ich wollte absolut sicher sein, daß Alvean Selbstvertrauen hatte, ehe ich ihr größere Freiheiten zugestand.

Alles wäre in Ordnung gewesen, wenn Alvean den Kopf behalten und daran gedacht hätte, was ich ihr beigebracht hatte. Doch als Prince davonjagte, wurde sie ängstlich, und ihre Angst übertrug sich sofort auf das Tier.

Alvean vergaß, was ich ihr beigebracht hatte, und es sah aus, als würde sie jeden Augenblick stürzen.

Ich jagte ihr sofort hinterher. Ich mußte Prince einholen, ehe er die Hecke erreichte, denn ich vermutete, daß er springen würde, was für meine Schülerin einen üblen Sturz bedeuten konnte. Die Furcht gab mir Kraft, und kurz ehe er die Hecke erreichte, hatte ich Princes Zügel in der Hand. Ich brachte ihn zum Stehen, und die blasse, zitternde Alvean stieg unverletzt ab.

»Das ist ja noch mal gut gegangen. Wo waren deine Gedanken, Alvean?« schimpfte ich. »Du bist noch nicht soweit, daß du auch nur einen Augenblick vergessen darfst, was du tust.«

Trotz ihres Schreckens ließ ich sie wieder aufsteigen.

Ich wußte, daß ihre frühere Furcht vor Pferden von einem Vorfall wie diesem herrührte. Ich hatte diese Furcht vertrieben und durfte nicht dulden, daß sie wiederkam.

Sie gehorchte, wenn auch zögernd. Doch am Ende der Stunde war ihre Angst verflogen. Deshalb war ich an jenem Tag noch zuversichtlicher als zuvor, daß ich aus Alvean eine gute Reiterin machen konnte.

Als wir die Koppel verließen, lachte Alvean plötzlich laut.

»Was ist?« fragte ich und drehte mich um.

»Ihr Kleid ist in der Armhöhle gerissen. Oh ... es wird immer schlimmer.«

Ich tastete mit der Hand danach und wußte sofort, was geschehen war. Das Reitkleid war immer ein wenig zu eng für mich gewesen, und während meiner Anstrengungen, Alvean vor dem Sturz zu bewahren, waren die Nähte der zusätzlichen Beanspruchung nicht gewachsen gewesen.

Wahrscheinlich hatte ich meinen Ärger darüber gezeigt, denn Alvean sagte: »Macht nichts, Miss. Ich suche Ihnen ein anderes heraus. Es sind noch genügend da.«

Ich hatte Alvean noch nie in so guter Laune gesehen. Es war jedoch etwas beunruhigend, daß ihr der Anblick meiner mißlichen Lage solches Vergnügen bereitete, daß sie die Gefahr vergaß, der sie mit knapper Not entronnen war.

Allmählich trafen die Gäste ein. Ich konnte der Versuchung nicht widerstehen, sie heimlich von meinem Fenster aus zu beobachten. Die Einfahrt stand voller Kutschen, und die Kleider, die ich sah, ließen mich neidisch werden.

Der Ball fand im großen Saal statt, den ich am Mittag bewundert hatte. Es war Kitty gewesen, die mich drängte, einen Blick hineinzuwerfen. »Es sieht phantastisch aus, Miss! Mr. Polgrey läuft herum wie ein Hund mit zwei Schwänzen. Er wird jeden beißen, der seinen Blumen nur das Geringste antut.«

Ich hatte noch nie eine prachtvollere Dekoration gesehen. Die Deckenbalken waren mit Girlanden geschmückt: »Eine alte cornische Sitte«, erklärte Kitty, »besonders im Mai. Spielt aber keine Rolle, Miss, daß wir jetzt September haben. Nun ist die Trauerzeit ja vorbei, da werden öfters Bälle stattfinden. Man kann nicht ewig trauern, nicht wahr?«

Der Saal gereichte Mr. Polgrey und seinen Gärtnern zur Ehre. Ich stellte mir vor, wie es aussehen würde, wenn die Kerzen brannten und die Gäste in ihren herrlichen Gewändern, mit Perlen und Diamanten geschmückt, tanzten.

Ich wollte dazugehören. Kitty tanzte durch den Saal, sie lächelte und verbeugte sich vor einem imaginären Partner.

Ich spürte plötzlich einen Kloß im Hals und wandte mich ab.

Alvean und ich aßen an jenem Abend zusammen. Sie konnte nicht mit ihrem Vater speisen, da er sich seinen Gästen widmen mußte.

»Ich hab' Ihnen ein neues Reitkleid in den Schrank gehängt, Miss«, erklärte sie.

»Vielen Dank. Das war sehr nett von dir.«

»In dem da könnten Sie schließlich nicht gut reiten.« Sie deutete spöttisch auf mein lavendelfarbenes Kleid.

Ich sah mißmutig an meinem Baumwollkleid herab. Es war eines der beiden Kleider, die Tante Adelaides

Schneiderin eigens für mich gemacht hatte, als ich diese Stellung bekam.

Das eine war grau, eine Farbe, die mir gar nicht stand, und ich stellte mir vor, daß ich im lavendelfarbenen etwas weniger prüde, etwas weniger wie eine Gouvernante aussah. Aber wie unvorteilhaft war es mit seinem hochgeknöpften Mieder, dem cremefarbenen Spitzenkragen und den Spitzenmanschetten!

»Beeilen Sie sich, Miss«, drängte Alvean. »Vergessen Sie nicht, daß wir ins Solarium gehen.«

»Ich nehme an, du hast die Erlaubnis deines Vaters ...«, begann ich.

»Ich habe immer vom Solarium aus zugesehen, Miss. Alle wissen das. Meine Mutter hat oft heraufgeschaut und mir zugewinkt.« Ihr Gesicht legte sich in Falten. »Heute abend werde ich mir vorstellen, sie sei dort unten«, fuhr sie fort. »Miss, glauben Sie, daß die Menschen wiederkommen, wenn sie tot sind?«

»Natürlich nicht.«

»Dann glauben Sie also nicht an Geister. Manche Leute glauben daran. Sie sagen, sie hätten welche gesehen. Denken Sie, die Leute lügen, wenn sie sagen, sie hätten Geister gesehen?«

»Ich denke, daß solche Menschen die Opfer ihrer eigenen Phantasie sind.«

»Trotzdem werde ich mir einbilden, sie sei da und tanzt unten im Saal. Vielleicht sehe ich sie, wenn ich es mir stark genug einbilde. Vielleicht werde ich dann das Opfer meiner Phantasie.«

Ich schwieg, weil mir unbehaglich zumute war.

»Wenn sie tatsächlich wiederkäme«, grübelte sie, »würde sie zum Ball kommen. Sie hat so gern getanzt.« Plötzlich schien sich Alvean wieder an mich zu erinnern.

»Miss, wenn Sie nicht mit zum Solarium kommen wollen, gehe ich allein.«

»Ich komme mit.«

»Gut. Gehen wir!«

»Aber erst essen wir zu Ende«, sagte ich.

Die Weitläufigkeit des Hauses verblüffte mich immer von neuem. Alvean führte mich durch die Galerie, dann steinerne Treppen hinauf und durch mehrere Schlafzimmer zu einem Raum, den sie das »Solarium« nannte. Das Dach war teilweise aus Glas, und ich verstand, weshalb es so genannt wurde. Im Sommer mußte es unerträglich heiß hier oben sein.

Die Wände waren mit teuren Gobelins bedeckt, die die Geschichte des großen Aufstandes und der Wiederherstellung der Monarchie darstellten. Man sah die Hinrichtung Karls I., daneben Bilder von seiner Ankunft in England, von seiner Krönung und von einem Besuch in seinen Schiffswerften.

»Schauen Sie sich das ein andermal an, Miss! Wir haben zwei Gucklöcher hier. Wollen Sie sie nicht sehen?«

Ich warf einen flüchtigen Blick auf das Schreibpult, das Sofa, die Stühle mit den vergoldeten Rückenlehnen; und ich sah Alice dasitzen, sich mit ihrer Tochter unterhalten – die tote Alice, die immer lebendiger wurde, je länger ich in Mount Mellyn war.

An den beiden Stirnseiten des langgestreckten Raumes waren hohe Fenster mit schweren Brokatvorhängen. Vier Vorhänge vom gleichen Stoff hingen an den Wänden. Ich vermutete Türen dahinter – durch die eine davon waren wir eingetreten, eine weitere lag am äußersten Ende des Raumes und je eine zu beiden Seiten. Doch bei den letzten beiden irrte ich mich.

Alvean war hinter einem dieser Vorhänge verschwunden und rief mich leise. Als ich zu ihr trat, stand ich in einem Alkoven. In der Wand befand sich eine ziemlich große sternförmige Öffnung. Ich trat näher und sah das Innere der Kapelle.

»Miss Jansen hat mir erzählt, daß man früher hier oben saß, wenn man krank war und nicht mehr zum Gottesdienst hinuntergehen konnte. Es war immer ein Priester im Haus. Miss Jansen wußte eine Menge über das Haus. Sie war gern hier oben am Guckloch.«

»Ich glaube, es hat dir leid getan, daß sie gehen mußte.«

»Ja. Das zweite Guckloch ist drüben auf der anderen Seite. Von dort sieht man in den Saal.«

Sie ging hinüber und zog den Vorhang zurück. Auch hier war eine sternförmige Öffnung in der Wand.

Ich sah in den Saal hinab und hielt den Atem an. Es war ein großartiger Anblick. Auf dem Podium saßen Musiker. Die Gäste tanzten noch nicht. Sie standen in Gruppen zusammen und unterhielten sich.

Die Stimmen drangen klar zu uns herauf. Alveans suchender Blick ließ mich schaudern. Glaubte sie wirklich, Alice würde aus der Gruft aufstehen, weil sie gerne tanzte? Ich hätte Alvean gern den Arm um die Schulter gelegt und sie an mich gezogen, aber ich unterdrückte diesen Impuls. Alvean sehnte sich nicht nach meinem Mitgefühl.

Connan TreMellyn sprach mit Celestine Nansellock. Peter war ebenfalls da. Wenn Peter einer der charmantesten Männer war, die ich kennengelernt hatte, dann war Connan der eleganteste. Ich sah nur wenige Gesichter, die mir bekannt waren, aber Lady Treslyn entging mir nicht. Selbst aus dieser glanzvollen Gesellschaft stach sie heraus. Sie trug ein Gewand aus vielen Metern flammenfarbenem Chiffon, und ich nahm an, daß sie eine der wenigen war, die es wagen konnten, diese Farbe zu tragen. Und wenn sie Aufsehen erregen wollte, hätte sie nichts Raffinierteres wählen können. Ihr dunkles Haar wirkte beinahe schwarz, und ihr Hals und ihre Schultern waren die weißesten, die ich je gesehen hatte. Sie trug ein Diamantenband im Haar wie eine Tiara.

Alvean war ebenso fasziniert von ihr wie ich. Sie runzelte die Stirn.

»Dann ist sie also auch da«, murmelte sie.

»Und ihr Mann?« fragte ich.

»Ja, der kleine Mann dort drüben, der mit Colonel Penlands spricht.«

»Und welcher ist Colonel Penlands?«

Sie deutete auf den Colonel. Neben ihm stand ein gebückter alter Mann, weißhaarig und zerfurcht. Es war kaum zu glauben, daß er der Ehemann dieser strahlenden Schönheit war.

»Schauen Sie!« flüsterte Alvean. »Mein Vater eröffnet den Ball. Er hat es immer mit Tante Celestine getan und meine Mutter mit Onkel Geoffrey. Bin gespannt, mit wem er es diesmal tut. Jetzt fangen die Musiker an. Sie beginnen immer mit dem gleichen Stück. Wissen Sie, was das ist? Der Furientanz. Einige unserer Ahnen stammten aus Helston, dort wurde er gespielt. Papa und Mama tanzten mit ihren Partnern die ersten Takte, und dann machten die andern mit.«

Connan nahm Celestine bei der Hand und führte sie in die Mitte des Saales. Peter Nansellock folgte. Er hatte Lady Treslyn als Partnerin gewählt.

Ich beobachtete aufmerksam, wie die vier die ersten Schritte des traditionellen Tanzes machten und dachte: arme Celestine. Selbst in ihrem Blauseidenen sah sie in diesem Quartett deplaciert aus. Ihr fehlte die Eleganz und Nonchalance von Connan, die Schönheit von Lady Treslyn und der Charme ihres Bruders.

Ich bedauerte, daß Connan mit Celestine den Ball eröffnete. Aber das verlangte schließlich die Tradition. Dieses Haus war voller Tradition. Dies und jenes wurde nur aus dem einen Grund getan, weil es immer so getan worden war. So ist es eben in alten Häusern, sagte ich mir.

Weder Alvean noch ich wurden müde, den Tänzern zuzuschauen. Eine Stunde verstrich, und wir standen immer noch da. Ich glaubte, Connan sah ein- oder zweimal herauf. Wußte er von der Gewohnheit seiner Tochter? Alvean hätte wahrscheinlich längst im Bett sein sollen, aber ich fand, daß bei einem solchen Anlaß ein wenig Nachsicht erlaubt war.

Die Art, in der sie die Tänzer beobachtete, faszinierte mich. Sie sah inbrünstig hinab, als wäre sie sicher, daß sie das Gesicht, das sie suchte, sehen würde, wenn sie nur lange genug hinunterschaute.

Draußen war es jetzt Nacht geworden, aber der Mond stand am Himmel. Ich wandte den Blick vom Tanzboden und sah durch das Glasdach zu dem großen, zunehmenden Mond hinauf. Keine Kerzen für dich, schien er zu sagen. Du bist aus der Fröhlichkeit und dem Glanz ausgeschlossen, aber ich schenke dir dafür mein weiches, zärtliches Licht.

Der Raum nahm im Mondlicht etwas Überirdisches an. Ich hatte den Eindruck, daß in einem solchen Raum alles möglich war. Ich blickte wieder zu den Tänzern hinab. Drunten tanzte man Walzer, und ich spürte, wie ich mich im Rhythmus wiegte. Niemand war erstaunter gewesen als ich, daß ich mich als gute Tänzerin erwiesen hatte. An Partnern hatte es daher nicht gefehlt bei den Tanzabenden, zu denen mich Tante Adelaide in jenen Tagen geführt hatte, als sie es noch für möglich hielt, mich zu verheiraten. Zu Tante Adelaides Kummer hatten diese Aufforderungen zum Tanz keine weiteren Folgen gehabt.

Während ich gedankenverloren dastand, wurde ich an der Hand gefaßt. Ich erschrak so, daß ich leise aufschrie.

Neben mir stand Gillyflower.

»Willst du zusehen?« fragte ich. Sie nickte.

Sie war nicht ganz so groß wie Alvean und konnte nicht durchs sternförmige Guckloch schauen, deshalb nahm ich sie auf den Arm. Ich war sicher, daß ihr Blick nicht mehr leer war.

»Alvean, bitte bring einen Stuhl, damit Gillyflower daraufstehen kann«, sagte ich.

»Sie soll sich selbst einen holen.«

Gilly nickte, und ich stellte sie auf den Boden. Sie brachte den Stuhl.

Alvean wollte nun, da Gilly gekommen war, offenbar nicht mehr hinunterschauen. Sie trat vom Guckloch zurück, und als die Musiker unten die Einleitungstakte des Walzers begannen, der mich immer bezauberte, »An der schönen blauen Donau«, begann sie zu tanzen.

Die Musik schien auch mir in die Beine zu fahren. Ich weiß nicht, was an jenem Abend über mich kam. Es war, als hätte ein übermütiger Kobold meinen Körper ergriffen – ich konnte der »Schönen blauen Donau« nicht widerstehen. Ich tanzte auf Alvean zu. Ich tanzte wie in den Ballsälen, in die Tante Adelaide mich geführt hatte, aber ich war sicher, daß ich nie so getanzt habe wie an jenem Abend im Solarium.

Alvean jauchzte vor Vergnügen. Ich hörte auch Gilly lachen.

»Weiter, Miss!« rief Alvean. »Nicht aufhören! Sie machen es gut.«

Ich tanzte mit einem imaginären Partner, ich tanzte durch das Solarium, während der Mond mich schief anlächelte. Als ich das Ende des Raumes erreichte, trat eine Gestalt auf mich zu, und ich tanzte plötzlich nicht mehr allein.

Es war Peter Nansellock in seinem eleganten Abendanzug. Meine Füße versagten. »Nein, nein«, sagte er. »Hören Sie, die Kinder protestieren. Sie müssen mit mir tanzen, Miss Leigh, Sie sind wie dazu geschaffen, mit mir zu tanzen.«

Wir tanzten weiter. Es war, als könnten meine Füße nicht mehr aufhören, nachdem sie einmal begonnen hatten.

»Das ist äußerst ungewöhnlich«, kritisierte ich.

»Das ist äußerst herrlich«, antwortete er.

»Sie sollten bei den Gästen sein.«

»Bei Ihnen gefällt es mir besser.«

»Sie vergessen ...«

»Daß Sie eine Gouvernante sind? Ich könnte es vergessen, wenn Sie es mir erlauben würden.«

»Es gibt wahrhaftig keinen Grund, weshalb Sie das vergessen sollten.«

»Ich glaube, Sie wären glücklicher, wenn wir alle es vergessen würden. Sie tanzen ausgezeichnet.«

»Es ist mein einziger gesellschaftlicher Vorzug.«

»Ich bin sicher, es ist einer von vielen Vorzügen, die brachliegen.«

»Ich muß jetzt wieder zu den Kindern.« Wir waren nahe an sie herangetanzt. Gilly war sichtlich hingerissen, und ich sah Bewunderung in Alveans Augen. Wenn ich aufhörte zu tanzen, wäre ich wieder die Gouvernante. Solange ich weitertanzte, war ich ein höheres Wesen.

»Da steckt er also!«

Zu meinem Entsetzen sah ich, daß mehrere Menschen ins Solarium gekommen waren, und mein Schreck wurde nicht gerade geringer, als ich unter ihnen das flammenfarbene Kleid von Lady Treslyn bemerkte, denn wo immer dieses Kleid war, da mußte auch Connan TreMellyn sein.

Jemand klatschte Beifall, und die anderen fielen ein. Dann endete »Die schöne blaue Donau«.

Ich strich mir verlegen übers Haar. Ich spürte, daß sich beim Tanz die Nadeln gelockert hatten.

Morgen werde ich wegen meines Übermuts entlassen, und vielleicht verdiene ich es, dachte ich.

»Eine ausgezeichnete Idee«, rief jemand. »Ein Tanz im Mondschein! Was wäre verständlicher? Und hier oben hört man die Musik fast so gut wie unten.«

»Das ist ja ein phantastischer Ballsaal, Connan«, sagte eine andere Stimme.

»Dann wollen wir tanzen!« antwortete er. Er ging ans Guckloch und rief hinab: »Noch mal die ›Schöne blaue Donau‹!«

Ich drehte mich zu Alvean und nahm Gilly bei der Hand. Die Gäste begannen bereits zu tanzen. Sie unterhielten sich, und sie gaben sich nicht die Mühe, leise zu sprechen. Weshalb auch?

Ich hörte jemanden sagen: »Die Gouvernante, wissen Sie!«

»Naseweise Person! Wahrscheinlich eine von Peters leichten Dämchen!«

»Die armen Dinger tun mir leid. Das Leben muß furchtbar eintönig für sie sein.«

»Aber im Mondschein!«

»Die letzte mußte entlassen werden, glaube ich.«

»Bei der wird's auch nicht lange dauern.«

Ich errötete. Ich wollte ihnen allen gegenübertreten und sagen, daß mein Verhalten wahrscheinlich weniger verwerflich war als das ihre.

Ich war wütend und ein wenig ängstlich. Ich sah Connans Gesicht. Er stand neben mir. Ich glaubte in seiner Miene äußerste Mißbilligung zu entdecken.

»Alvean, geh in dein Zimmer und nimm Gillyflower mit«, sagte er unvermittelt.

Sie wagte nicht zu widersprechen.

Ich sagte so kühl ich konnte: »Ja, gehen wir.«

Als ich den Kindern folgen wollte, fühlte ich mich am Arm gefaßt.

»Sie tanzen ausgezeichnet, Miss Leigh«, sagte Connan TreMellyn. »Ich konnte einer guten Tänzerin nie widerstehen. Vielleicht deshalb, weil ich selbst in der Tanzkunst nicht besonders geschickt bin.«

»Vielen Dank«, murmelte ich. Er hielt mich immer noch am Arm fest.

»Ich bin sicher, die ›Schöne blaue Donau‹ ist Ihr Lieblingswalzer.« Damit nahm er mich in die Arme, und ich tanzte mit ihm mitten unter seinen Gästen ... in meinem lavendelfarbenen Baumwollkleid und mit meiner Türkisbrosche.

Ich war froh über das Mondlicht. Ich war überwältigt vor Scham, denn ich glaubte, er sei ärgerlich und wollte mich noch mehr beschämen.

Meine Füße nahmen den Rhythmus auf. Die »Schöne blaue Donau« wird mich in aller Zukunft an einen unwirklichen Tanz im Solarium mit Connan TreMellyn erinnern, dachte ich.

»Ich möchte mich für die schlechten Manieren meiner Gäste entschuldigen, Miss Leigh.«

»Ich mußte das erwarten, denn ich verdiene es.«

»Unsinn!« sagte er, und ich glaubte, ich träumte, denn seine Stimme, die nahe an meinem Ohr war, klang sanft.

Wir waren zum Ende des Raumes gekommen, und zu meiner großen Überraschung tanzte er mit mir durch die Vorhänge und aus dem Solarium hinaus, auf einen kleinen Treppenabsatz in einen Teil des Hauses, den ich nicht kannte.

Wir hörten auf zu tanzen. Er hielt mich immer noch im Arm. An der Wand brannte eine Paraffinlampe aus grüner Jade, ihr Licht reichte gerade aus, daß ich sein Gesicht sah. Es wirkte ein wenig brutal.

»Miss Leigh, Sie sind reizend, wenn Sie Ihre Würde ablegen.«

Ich hielt den Atem an, er drängte mich an die Wand und küßte mich.

Ich war entsetzt, ebensosehr über meine Regungen wie durch das, was hier geschah. Ich wußte, was dieser Kuß bedeutete: Du hast nichts gegen einen kleinen Flirt mit Peter Nansellock, warum also nicht auch mit mir?

Mein Zorn war so groß, daß ich mich nicht beherrschen konnte. Ich stieß ihn von mir. Er taumelte zurück. Ich raffte meine Röcke zusammen und lief so rasch ich konnte die Treppe hinab.

Ich wußte nicht, wo ich war, aber ich lief blindlings weiter. Schließlich gelangte ich in die Galerie und fand von da an den Weg in mein Zimmer.

Dort warf ich mich auf mein Bett und blieb liegen, bis ich wieder zu Atem kam.

Ich kann nur eines tun, sagte ich mir, ich muß dieses Haus schleunigst verlassen. Ich hatte nicht den geringsten Zweifel daran, daß Miss Jansen gehen mußte, weil sie sich nicht auf seine Absichten einließ. Der Mann ist ein Ungeheuer. Er glaubte offenbar, daß jede, die er beschäftigte, ihm gehört. Hielt er sich für einen orientalischen Pascha?

Meine Kehle schnürte sich zusammen, und ich glaubte, ich müsse ersticken. Noch nie in meinem Leben war ich so unglücklich gewesen. Und mehr als alles andere verletzte mich, daß er mit solcher Geringschätzung auf mich herabsah.

Ich befahl mir, nüchtern zu denken.

Ich stand auf und schloß die Tür ab. Ich mußte mich vergewissern, daß meine Tür während der letzten Nacht, die ich in diesem Haus verbringen würde, verschlossen war. Der einzige andere Weg zu meinem Zimmer führte durch Alveans und das Unterrichtszimmer. Er würde es nicht wagen, auf diesem Weg zu kommen.

Trotzdem war ich unsicher.

Unfug, sagte ich mir, du kannst dich wehren. Wenn er es wagen sollte, dein Zimmer zu betreten, kannst du sofort läuten.

Als erstes mußte ich nun einen Brief an Phillida schreiben. Ich setzte mich und versuchte es, aber meine Hände zitterten und meine Schrift war so wackelig, daß es unmöglich aussah.

Aber ich konnte anfangen zu packen.

Ich ging zum Schrank und öffnete die Tür. Ich schrie erschrocken auf, denn ich dachte, es stünde jemand im Schrank. Doch dann sah ich sofort, was es war: das Reitkleid, das Alvean mir besorgt hatte. Ich hatte es ganz vergessen.

Ich brauchte nicht lange, um meinen Koffer zu pakken. Ich hatte nicht viel Habseligkeiten. Als ich mich etwas gefaßt hatte, setzte ich mich und schrieb den Brief an Phillida. Nachdem auch dies getan war, trat ich ans Fenster. Ich hörte unten Stimmen. Einige Gäste waren auf den Rasen herausgekommen und tanzten.

Ich hörte jemanden sagen: »Es ist eine himmlische Nacht. Diesen Mondschein darf man nicht versäumen!«

Ich beobachtete sie. Und schließlich sah ich, worauf ich gewartet hatte: Da kam Connan. Er tanzte mit Lady Treslyn. Sein Kopf war nahe dem ihren. Ich konnte mir denken, was er zu ihr sagte.

Ich wandte mich ärgerlich vom Fenster ab und versuchte mir einzureden, daß meine Pein Widerwille sei.

Ich zog mich aus und ging zu Bett. Ich lag lange wach, und als ich endlich einschlief, hatte ich wirre Träume, in denen ich Connan, mich und Lady Treslyn sah. Und immer stand im Hintergrund dieser Träume jene schattenhafte Gestalt, die meine Gedanken verfolgte, seit ich hier war.

Ich fuhr erschrocken auf. Der Mond stand noch am Himmel, und in meinem halbwachen Zustand sah ich in meinem Zimmer die Umrisse einer Frau.

Ich wußte, es war Alice. Sie sprach nicht, und doch sagte sie mir etwas.

»Du darfst nicht fort. Du mußt bleiben ... Ich finde keine Ruhe. Du kannst mir helfen. Du kannst uns allen helfen.«

Ich zitterte am ganzen Körper und setzte mich im Bett auf. Nun sah ich, was mich erschreckt hatte. Ich hatte die Schranktür offengelassen, und was mir der Geist von Alice zu sein schien, war nur ihr Reitkleid.

Am nächsten Morgen stand ich spät auf, denn als ich endlich Ruhe gefunden hatte, war ich in tiefen Schlaf gefallen. Ich erwachte, als Kitty mir heißes Wasser brachte und an die Tür klopfte. Sie wunderte sich offenbar, daß ich mich eingeschlossen hatte.

Ich sprang aus dem Bett und öffnete die Tür.

»Ist etwas nicht in Ordnung, Miss?« fragte sie.

»Doch, doch, alles in Ordnung.«

Sie wartete ein paar Sekunden und hoffte, daß ich ihr die abgeschlossene Tür erklärte.

Ich hatte keineswegs vor, dies zu tun, und sie war noch derart von dem Ball angefüllt, daß ihre Neugier nicht so groß war, wie es sonst der Fall gewesen wäre.

»War es nicht herrlich, Miss? Ich hab' von meinem Fenster aus zugesehen. Sie haben im Mondschein auf dem Rasen getanzt. So etwas habe ich noch nie gesehen. Es war genau wie früher, als die Herrin noch lebte. Sie sehen müde aus, Miss. Konnten Sie nicht einschlafen?«

»Nein.«

»Na, jetzt ist es ja vorbei. Mr. Polgrey hat schon die Pflanzen zurückbringen lassen. Er hat sich dabei benommen wie eine Henne mit ihren Küken. Im Saal sieht es heute schön durcheinander aus, kann ich Ihnen sagen. Daisy und ich werden den ganzen Tag zu tun haben, bis das wieder in Ordnung ist.«

Ich gähntc. Sie stellte das heiße Wasser neben das Sitzbad und ging. Nach fünf Minuten war sie wieder da.

Ich war erst halb angezogen und hielt mir ein Handtuch vor, um mich vor zu neugierigen Blicken zu schützen.

»Der Herr hat nach Ihnen gefragt, Miss. Er möchte Sie sofort sprechen. Im Punschzimmer. Er sagte: ›Richten Sie Miss Leigh aus, es ist äußerst dringend!‹«

»So?«

»Äußerst dringend«, wiederholte Kitty, und ich nickte.

Ich zog mich rasch an. Ich konnte mir denken, was dies bedeutete. Sehr wahrscheinlich würde er einen Grund zur Klage haben. Man würde mir die Kündigung überreichen, da ich in irgendeiner Hinsicht versagt hätte. Ich dachte an Miss Jansen und ich fragte mich, ob auch in ihrem Fall etwas in dieser Art vorgefallen war. »Sie mußte von heute auf morgen gehen.«

Schön. Ich würde ihm meinen Entschluß zu gehen mitteilen, ehe er dazu kam, mich zu entlassen. Ich ging kampfbereit ins Punschzimmer hinab.

Er trug eine blaue Reitjacke. Man sah ihm nicht an, daß er die halbe Nacht aufgewesen war.

»Guten Morgen, Miss Leigh!« Zu meinem Erstaunen lächelte er.

Ich erwiderte das Lächeln nicht. »Guten Morgen. Ich habe bereits meine Koffer gepackt und möchte so schnell wie möglich abreisen.«

»Miss Leigh!« Seine Stimme klang vorwurfsvoll, und ich fühlte in mir eine widersinnige Freude aufsteigen. Er möchte nicht, daß ich gehe. Er will sich entschuldigen.

Mit hoher, affektierter Stimme, die ich bei jeder anderen als altjüngferlich bezeichnet hätte, hörte ich mich sagen: »Ich halte es für die einzige Möglichkeit, die mir bleibt, nach ...«

»... nach meinem niederträchtigen Verhalten von gestern abend«, unterbrach er. »Miss Leigh, darf ich Sie bitten, es zu vergessen? Ich fürchte, die Stimmung des Augenblicks hat mich überwältigt. Ich vergaß, mit wem ich tanzte. Ich bitte Sie, über meine Verworfenheit hinwegzusehen und großzügig zu sagen – ich bin sicher, daß Sie großzügig sind, Miss Leigh – wir wollen über diesen unerfreulichen kleinen Vorfall einen Schleier ziehen und so weitermachen wie bisher.«

Ich spürte, daß er mich verspottete, aber ich war plötzlich so glücklich, daß es mir nichts ausmachte.

Ich mußte nicht gehen. Der Brief an Phillida mußte nicht abgeschickt werden.

Ich senkte den Kopf und sagte: »Ich nehme Ihre Entschuldigung an, Mr. TreMellyn. Wir wollen diesen unangenehmen und peinlichen Vorfall vergessen.«

Ich drehte mich um und ging hinaus.

Ich nahm drei Stufen auf einmal.

Der Vorfall war abgetan. Ich würde bleiben. Ich wußte, daß ich sehr traurig gewesen wäre, wenn ich dieses Haus hätte verlassen müssen. Weshalb eigentlich? fragte ich mich.

Ich wußte auch die Antwort: weil es hier ein Geheimnis gab; weil ich es lösen wollte; weil ich diesen beiden unglücklichen Kindern helfen wollte, denn Alvean war ebenso unglücklich wie die kleine Gilly.

Aber vielleicht war das nicht der einzige Grund. Vielleicht war ich am Herrn des Hauses doch ein wenig mehr interessiert.

An jenem Abend absolvierten Alvean und ich unsere Reitstunde wie gewöhnlich, und ich trug dabei das neue Reitkleid. Es unterschied sich vom anderen, denn es bestand aus einem enganliegenden Kleid und einem Jakkett, das fast nach Herrenmode geschneidert war.

Ich freute mich, daß Alvean nach ihrem Mißgeschick vom Tag zuvor keine Furcht zeigte, und ich sagte ihr, daß wir nach ein paar Tagen versuchen wollten, ein wenig zu springen.

Als ich nach der Reitstunde das Jackett auszog, dachte ich an den Schreck, den dieses Kleidungsstück mir in der Nacht eingejagt hatte, und ich lachte über meine Furchtsamkeit, denn ich war in Hochstimmung. Ich schlüpfte mit einiger Anstrengung aus dem Kleid (Alice war ein wenig schlanker gewesen als ich) und zog mein graues Baumwollkleid an – Tante Adelaide hatte mir eingeschärft, daß es nicht ratsam war, das gleiche Kleid an zwei aufeinanderfolgenden Tagen zu tragen. Ich wollte das Reitkostüm gerade in den Schrank hängen, als ich in der Jackettasche etwas spürte. Ich war sicher, daß sie vorher leer gewesen war.

Die Tasche war auch jetzt noch leer, aber es stak etwas unter dem Seidenfutter. Ich legte das Jackett aufs Bett und entdeckte bald die Geheimtasche. Ich knöpfte sie auf und zog ein kleines Notizbuch heraus.

Mein Herz hämmerte. Ich zögerte einen Augenblick, aber ich konnte dem Drang nicht widerstehen, einen Blick hineinzuwerfen. Ich hatte sogar den Eindruck, daß es meine Pflicht war, hineinzusehen.

Auf dem Vorsatzblatt stand mit kindlicher Handschrift geschrieben: ›Alice TreMellyn.‹

Ich prüfte das Datum. Alice hatte dieses Tagebuch während ihres letzten Lebensjahres geführt.

Ich blätterte darin. Wenn ich eine aufschlußreiche Enthüllung erwartet hatte, so wurde ich enttäuscht. Alice hielt nur ihre Verabredungen darin aufgezeichnet. Das Buch enthielt nichts, wodurch ich sie besser verstanden hätte.

Ich überflog die Eintragungen: »Mount Widden zum Tee«, »Trelanders zum Dinner«. – »C. nach Penzance«, »C. zurück.«

Die letzten Eintragungen waren vom Juli. Unter dem 14. stand: »Treslyns und Trelandes zum Dinner.« »Den Schneider aufsuchen wegen blauem Satin.« »Nicht vergessen, mit Polgrey wegen der Blumen zu sprechen.« »Gilly zum Schneider schicken.« »Alvean zur Anprobe mitnehmen.« »Wenn der Juwelier bis zum 16. die Brosche nicht geschickt hat, ihn aufsuchen.«

Und am 16.: »Brosche nicht erhalten. Morgen früh hingehen. Muß sie zur Dinnerparty bei Trelanders am 18. haben.« Es klang alles sehr alltäglich. Was ich für eine große Entdeckung gehalten hatte, war nicht viel wert. Ich steckte das Buch wieder in die Tasche und ging ins Unterrichtszimmer hinüber zum Tee.

Während Alvean und ich zusammen lasen, kam mir plötzlich ein Gedanke. Ich wußte nicht genau, wann Alice gestorben war, aber es mußte geschehen sein, kurz nachdem sie diese alltäglichen Dinge in ihr Tagebuch geschrieben hatte. Merkwürdig, daß sie sich diese Mühe gemacht hatte, während sie vorhatte, ihren Mann und ihre Tochter wegen eines anderes Mannes zu verlassen.

Es war plötzlich wichtig, ihren Todestag zu kennen. Deshalb nahm ich mir vor, nach unserer Lesestunde nach Mellyn zu gehen und den Friedhof aufzusuchen, wo Alice begraben sein mußte. Ich war bis jetzt noch nicht dort gewesen, da ich wenig Gelegenheit gehabt hatte, so große Spaziergänge zu machen.

Ich lief fast den ganzen Weg bergab und war bald im Dorf.

Das Dorf drängte sich um eine alte Kirche, deren grauer Turm halb mit Efeu bewachsen war. Um einen kleinen Dorfpark standen ein paar graue Steinhäuser, darunter einige, die ebenso alt sein mußten wie die Kirche. Ich nahm mir vor, das Dorf später eingehender zu erforschen. Im Augenblick kam es mir nur auf Alices Grab an.

Ich betrat durch ein schmiedeeisernes Tor den Friedhof. Zu dieser Tageszeit war es hier sehr still. Ich spürte, daß ich von der Ruhe des Todes umgeben war und wünschte, ich hätte Alvean mitgebracht. Sie hätte mich zum Grab ihrer Mutter führen können.

Wie sollte ich es unter diesen vielen grauen Kreuzen und Grabsteinen finden? Ich blickte mich hilflos um. Dann dachte ich: Zweifellos haben die TreMellyns ein großes Familiengrab. Ich mußte nach dem größten Grab suchen.

Ich sah ein riesiges Grabmal aus schwarzem Marmor und Gold, und ging rasch darauf zu. Doch es war das der Familie Nansellock. Aber da fiel mir ein, daß Geoffrey Nansellock am gleichen Tag wie Alice gestorben war.

Ich las die Inschrift, die in den Marmor gemeißelt war. In dieser Gruft lagen die Gebeine aller verstorbenen Nansellocks bis zurück in die Mitte des siebzehnten Jahrhunderts.

Trotzdem war es nicht schwer, Geoffreys Namen zu finden, denn es war die letzte Eintragung. Er war am 17. Juli des vergangenen Jahres gestorben.

Ich war begierig, in Alices Tagebuch das letzte Datum nachzuschauen.

Als ich mich umdrehte und gehen wollte, sah ich Celestine Nansellock auf mich zukommen.

»Miss Leigh, ich dachte doch gleich, daß Sie es sind.«

Ich spürte, wie ich errötete, denn ich hatte sie am vergangenen Abend unter den Gästen im Solarium bemerkt. Ich fragte mich, was sie nun über mich dachte.

»Ich habe einen kleinen Spaziergang ins Dorf gemacht und bin dabei hier hereingeraten«, erklärte ich.

»Ich sehe, Sie stehen vor unserer Familiengruft.«

»Ja, sie ist sehr schön.«

»Sofern man so etwas schön nennen kann. Ich komme oft hierher und bringe Alice ein paar Blumen.«

»Ach ja«, stammelte ich.

»Haben Sie schon die Gruft der TreMellyns gesehen?«

»Nein.«

»Sie ist dort drüben. Kommen Sie.«

Die Gruft der TreMellyns wetteiferte mit derjenigen der Nansellocks an Großartigkeit.

Auf dem schweren Grabstein stand eine Vase mit Wildastern – große, makellose Blüten wie malvenfarbene Sterne.

»Ich habe sie eben gebracht«, erklärte sie. »Es waren ihre Lieblingsblumen.«

Ihre Lippen zitterten, und ich fürchtete, sie würde jeden Augenblick in Tränen ausbrechen.

Ich warf einen Blick auf das Datum. Es war das gleiche wie das, an dem Geoffrey Nansellock gestorben war.

»Ich glaube, ich muß jetzt gehen«, sagte ich leise.

Sie schien zu besorgt zu sein, um sprechen zu können. Sie muß Alice sehr geliebt haben, dachte ich. Sie scheint sie mehr geliebt zu haben als alle anderen.

Es lag mir auf der Zunge, ihr von dem Tagebuch zu erzählen, das ich gefunden hatte, doch ich zögerte. Was für ein Recht hatte ich, mich in ihre Familienangelegenheiten einzumischen?

Ich verabschiedete mich von ihr und ging. Sie sank auf die Knie. Ich drehte mich noch einmal um. Sie verbarg das Gesicht in den Händen und ihre Schultern zitterten.

Ich eilte zum Haus zurück und holte sofort das Tagebuch heraus. Am 16. Juli letzten Jahres, am Tag, ehe sie angeblich mit Geoffrey Nansellock geflohen war, hatte sie notiert, daß sie zum Juwelier gehen müsse, denn sie brauche ihre Brosche bei einer Dinnerparty zum 18. Juli!

Diese Eintragung stammte nicht von einer Frau, die vorhatte, mit einem Liebhaber zu fliehen.

Hier hatte ich fast den sicheren Beweis in Händen, daß

die Leiche, die man neben Geoffrey Nansellock in dem verunglückten Zug gefunden hatte, nicht die Alices gewesen war.

Ich stand vor der alten Frage: Was ist mit Alice geschehen? Wenn sie nicht in der schwarzen Mamorgruft lag, wo war sie dann?

5

Ich dachte zunächst, ich hätte etwas Wichtiges entdeckt. Jeden Tag wachte ich erwartungsvoll auf, aber die Tage verstrichen, ohne daß ich weiterkam. Manchmal spielte ich mit dem Gedanken, etwas zu unternehmen. Ich überlegte, ob ich zu Connan TreMellyn gehen und ihm sagen sollte, ich hätte das Tagebuch seiner Frau gefunden und es beweise eindeutig, daß sie nicht vorgehabt hatte, ihn zu verlassen. Aber ich traute Connan TreMellyn nicht ganz. Angenommen, Alice war gar nicht in jenem Zug gewesen und es war ihr etwas anderes zugestoßen, wer würde dann am ehesten die Wahrheit kennen? Wäre es nicht Connan TreMellyn?

Ich hätte mich vielleicht Peter Nansellock anvertrauen können, aber er war zu oberflächlich; er verwandelte jedes Gespräch in einen Flirt. Oder seine Schwester? Celestine trauerte sehr um Alice, sie mußten gute Freundinnen gewesen sein. Doch ich zögerte auch hier. Celestine gehörte in jene andere Welt, zu der ich keinen Zutritt hatte, wie man mir schon mehr als einmal zu verstehen gegeben hatte. Es stand mir, einer Gouvernante, nicht zu, mich als Untersuchungsrichter aufzuspielen.

Deshalb beschloß ich, vorläufig meinen Verdacht für mich zu behalten. Der Oktober war gekommen. Der brausende Südwestwind war warm und feucht und würzig. Ich hatte noch nie so viele Spinngewebe gesehen wie in jenem Oktober. Sie legten sich über die Hecken wie feine Gaze, die mit Brillanten besetzt war. Wenn die Sonne schien, war es fast so warm wie im Juni.

»In Cornwall bleibt es lange Sommer«, erklärte Tapperty.

Die Nebel zogen landein und umhüllten den grauen Stein des Hauses, so daß es manchmal vom südlichen Garten aus nicht zu sehen war. Die Möwen kreischten an jenen Tagen melancholisch, als wollten sie uns darauf aufmerksam machen, daß das Leben bejammernswert sei. In dem feuchten Klima blühten immer noch die Hortensien, blau, rosa und gelb, mit kräftigen Blüten, wie ich sie nur in einem Treibhaus erwartet hätte. Auch Rosen blühten noch und Fuchsien.

Als ich eines Nachmittags einen Spaziergang ins Dorf machte, entdeckte ich an der Kirchentür ein Plakat, demzufolge das Reitturnier am 1. November stattfinden sollte.

Ich erzählte es daheim Alvean und war glücklich, daß ihre Vorfreude auf das Ereignis nicht nachgelassen hatte. Bis dahin hatte ich gefürchtet, ihre Furcht käme wieder, je näher das Turnier rückte.

»Wir haben nur noch drei Wochen Zeit. Wir müssen tüchtig trainieren«, sagte ich und schlug vor, daß wir unsere Übungsstunden verlängerten und morgens und nachmittags je eine Stunde ritten.

Alvean war einverstanden und freute sich sogar darauf.

Connan TreMellyn war nach Penzance gefahren. Ich

erfuhr dies durch einen Zufall. Kitty erzählte es mir, als sie mir am Abend das Wasser brachte.

»Der Herr ist heute nachmittag fort. Er bleibt wahrscheinlich eine Woche weg oder noch länger.«

»Hoffentlich ist er rechtzeitig zum Reitturnier zurück.«

»Aber freilich, Miss! Er ist doch Schiedsrichter.«

Ich ärgerte mich über den Mann. Ich hatte zwar nicht erwartet, daß er mich von seinem Weggehen unterrichtete, aber er hätte sich wenigstens von seiner Tochter verabschieden können.

Ich dachte viel über ihn nach und ertappte mich bei der Frage, ob er tatsächlich nach Penzance gefahren sei. Ich hätte gern gewußt, ob Lady Treslyn zu Hause war, oder ob sie es notwendig gefunden hatte, Verwandte zu besuchen.

Langsam, mahnte ich mich. Was ist denn in dich gefahren? Wie kommst du auf solche Gedanken? Hast du einen Beweis?

Ich versicherte mir, daß ich nicht an Connan TreMellyn zu denken brauchte, während er weg war, und daß dies eine Wohltat war. Es wäre nun nicht nötig, die Tür abzuschließen, aber ich tat es trotzdem weiterhin, wegen der Tapperty-Mädchen. Sie brauchten nicht zu wissen, daß ich die Tür aus Furcht vor dem Herrn verschloß. In solchen Dingen waren sie recht scharfsinnig.

»Jetzt wollen wir uns aufs Reitturnier konzentrieren und viel üben«, sagte ich zu Alvean. Ich holte den Programmzettel hervor. Zwei Springwettbewerbe für Alveans Altersgruppe waren darauf verzeichnet. Ich fand, daß sie in der Anfängerklasse teilnehmen sollte, denn ich glaubte, da hätte sie die Chance, einen Preis zu gewinnen. Und es kam natürlich darauf an, daß sie einen Preis errang und ihren Vater überraschte.

»Schauen Sie, Miss, da ist ein Wettbewerb, an dem Sie teilnehmen könnten!« rief Alvean begeistert.

»Das geht nicht.«

»Warum nicht?«

»Mein liebes Kind, ich bin hier, um dich zu unterrichten und nicht, um an Reitturnieren teilzunehmen.«

Ein koboldhafter Ausdruck trat in ihre Augen. »Miss, ich werde Sie anmelden. Sie werden gewinnen. Hier in der Gegend gibt es niemanden, der so gut reiten kann wie Sie. Sie müssen mitmachen!«

Sie sah mich stolz an, und ich freute mich. Sie wollte, daß ich gewann. Nun, warum nicht? Es gab bei diesen Wettbewerben schließlich keine gesellschaftlichen Beschränkungen.

»Wir werden sehen«, erklärte ich.

Am nächsten Tag ritten wir in der Nähe von Mount Widden und trafen Peter Nansellock.

Er saß auf einer herrlichen kastanienbraunen Stute, bei deren Anblick meine Augen vor Neid funkelten.

Er galoppierte auf uns zu, zog theatralisch den Hut und verbeugte sich dabei aus der Hüfte. Alvean mußte lachen.

»Eine glückliche Begegnung, schöne Damen«, rief er. »Wollten Sie uns besuchen?«

»Keineswegs«, antwortete ich.

»Wie unfreundlich! Aber da Sie schon einmal hier sind, müssen Sie zu einer Erfrischung hereinkommen.«

Ich wollte protestieren, aber Alvean rief: »Fein! O bitte, Miss. Onkel Peter, wir kommen!«

»Ich hatte den Besuch schon längst erhofft«, sagte er vorwurfsvoll.

»Wir haben keine definitive Einladung bekommen«, erinnerte ich ihn.

»Für Sie steht Mount Widden immer offen, habe ich das nicht klargemacht?«

Wir ritten nebeneinander her, und ich betrachtete unverwandt seine Stute.

»Gefällt sie Ihnen?« fragte er.

»Allerdings. Ein herrliches Tier.«

»Das stimmt, nicht wahr, Jacinth?«

»Heißt sie Jacinth?«

»Ein schöner Name für ein schönes Geschöpf. Sie läuft wie der Wind. Sie ist so viel wert wie vier von diesen trägen alten Kutschengäulen, wie Sie einen reiten, Miss Leigh.«

»Träger, alter Kutschengaul! Dion ist ein sehr feines Pferd!«

»War, Miss Leigh! War! Ich hätte wirklich gedacht, Connan gibt Ihnen etwas Besseres als den armen alten Dion.«

»Er weiß nicht, was für Pferde wir reiten, nicht wahr, Miss?« schaltete sich Alvean hitzig ein. »Das sind die Pferde, die Tapperty uns gegeben hat.«

»Arme Miss Leigh! Ich hätte gern, daß Sie eine Runde auf Jacinth reiten, ehe Sie gehen. Dann werden Sie sehen, was für ein Gefühl es ist, wenn man auf einem ordentlichen Pferd sitzt.«

»Oh, wir sind ganz zufrieden mit dem, was wir haben«, sagte ich leichthin. »Es erfüllt seinen Zweck, Alvean das Reiten beizubringen.«

»Wir üben jetzt fürs Turnier«, erzählte Alvean. »Ich will nämlich mitmachen. Aber sag' Papa nichts davon. Es soll eine Überraschung sein.«

Peter legte den Zeigefinger auf die Lippen.

»Und die Miss macht auch mit. Ich hab' sie dazu überredet.«

»Sie wird siegen!« rief er. »Ich gehe jede Wette ein.«

»Da bin ich gar nicht so sicher«, sagte ich kühl. »Es war Alveans Idee.«

»Aber Sie müssen, Miss«, ereiferte sich Alvean. »Ich bestehe darauf.«

»Wir beide bestehen darauf«, fügte Peter hinzu.

Wir hatten das Tor von Mount Widden erreicht. Es stand offen. Hier war kein Pförtnerhäuschen vorhanden wie in Mount Mellyn. Wir ritten die Einfahrt hinauf. Auch hier wuchsen Hortensien und Fuchsien, die zu dieser Landschaft gehörten.

Das Haus, aus grauem Stein wie Mount Mellyn, war wesentlich kleiner und hatte weniger Nebengebäude. Ich bemerkte sofort, daß es nicht so gepflegt war wie ›unser‹ Haus, wie ich es unwillkürlich nannte. Und es bereitete mir ein seltsames Vergnügen, daß Mount Mellyn gegenüber Mount Widden so vorzüglich abschnitt.

Wir übergaben unsere Pferde einem Stallknecht und gingen ins Haus.

Peter klatschte in die Hände und rief: »Dick! Wo steckst du?«

Der Hausjunge, den ich gelegentlich gesehen hatte, wenn er mit Nachrichten nach Mount Mellyn herübergeschickt wurde, erschien.

»Tee, Dick! Sofort in der Bibliothek! Wir haben Gäste«, kommandierte Peter.

»Jawohl, Herr.« Dick eilte davon.

Wir standen in der Halle, die im Vergleich zu der unseren recht modern schien. Der Fußboden war mit Fliesen ausgelegt, und eine breite Treppe an einem Ende der Diele führte zu einer Galerie mit Ölgemälden, vermutlich die Porträts der Familie Nansellock. Ich lachte im stillen über mich, daß ich auf das Haus verächtlich herabsah, das sehr viel großartiger war als das Pfarrhaus, in dem ich meine Kindheit verbracht hatte. Doch man spürte hier die Vernachlässigung, man konnte fast sagen: den Verfall.

Peter führte uns in die Bibliothek, einen riesigen Raum, dessen Wände von Büchern verdeckt waren. Auf den Möbeln lag Staub, und die schweren Vorhänge waren schmutzig. Was hier fehlt, dachte ich, ist eine Mrs. Polgrey mit ihrem Bienenwachs und Terpentin.

»Bitte setzen Sie sich doch, meine Damen.« Peter schob uns Stühle zurecht. »Wir wollen hoffen, daß der Tee nicht zu lange auf sich warten läßt, obwohl ich Sie darauf aufmerksam machen muß, daß hier die Mahlzeiten nicht mit jener Akkuratesse serviert werden wir bei unseren Rivalen jenseits der Bucht.«

»Rivalen?« wiederholte ich.

»Nun, weshalb nicht? Wir wohnen hier dicht nebeneinander, aber drüben ist man in jeder Hinsicht im Vorteil. Sie haben das großartigere Haus und die entsprechenden Dienstboten. Dein Vater, liebe Alvean, ist ein reicher Mann. Wir Nansellocks sind die armen Verwandten.«

»Ihr seid nicht unsere Verwandten«, korrigierte ihn Alvean sofort.

»Aber man sollte es eigentlich denken. Nachdem wir nun seit so vielen Generationen Nachbarn sind, sollte man annehmen, die beiden Familien hätten sich vermischt. Es muß charmante TreMellyn-Mädchen und reizende Nansellock-Männer gegeben haben. Merkwürdig, daß wir nicht Verwandte geworden sind! Ich glaube, die mächtigen TreMellyns haben immer ihre arroganten Nasen über die armen Nansellocks gerümpft und sind zur Brautschau weiter landein gezogen. Aber jetzt ist

Alvean da. Schade, daß wir keinen Jungen in deinem Alter haben, der dich heiraten möchte. Ich werde auf dich warten müssen.«

Alvean lachte. Sie war fasziniert von ihm. Vielleicht ist es ihm ernster darum als er zugibt, dachte ich. Vielleicht macht er Alvean schon auf versteckte Art den Hof.

Alvean sprach über das Turnier, und er hörte ihr aufmerksam zu. Ich beteiligte mich gelegentlich am Gespräch, und so verstrich die Zeit, bis der Tee kam.

»Miss Leigh, würden Sie uns die Ehre erweisen und einschenken?« fragte Peter.

Ich sagte, es sei mir ein Vergnügen und setzte mich an die Stirnseite des Teetischs.

Peter sah mir aufmerksam zu, was ich etwas peinlich fand, da dies nicht nur bewundernd geschah, sondern auch selbstzufrieden.

»Wirklich, ein Glück, daß wir uns getroffen haben«, sagte er, als Alvean ihm seine Teetasse reichte. »Zu denken, wenn ich fünf Minuten früher oder fünf Minuten später gekommen wäre, hätten sich unsere Wege nicht gekreuzt. Was doch der Zufall in unserem Leben für eine große Rolle spielt.«

»Wahrscheinlich wären wir uns ein andermal begegnet.«

»Uns bleibt vielleicht nicht mehr viel Zeit.«

»Sie sprechen so düster. Glauben Sie, daß einem von uns etwas zustoßen wird?«

Er sah mich ernst an. »Miss Leigh, ich gehe fort.«

»Wohin, Onkel Peter?« forschte Alvean.

»Weit fort, mein Kind. Auf die andere Seite der Erde.«

»Bald?« fragte ich.

»Wahrscheinlich im neuen Jahr.«

»Aber warum gehst du fort?« rief Alvean aufgeregt.

»Um mein Glück zu suchen.«

»Du machst Spaß! Immer verkohlst du uns!«

»Diesmal nicht. Ich habe von einem Freund gehört, der mit mir zusammen in Cambridge war. Er ist in Australien und hat dort sein Glück gemacht. Gold! Denk dir, Alvean! Und Sie auch, Miss Leigh. Herrliches Gold ...! Gold, das einen Mann – oder eine Frau – reich machen kann. Und man braucht nichts anderes zu tun als danach zu graben.«

»Viele gehen in der Hoffnung, ihr Glück zu machen«, meinte ich. »Aber gelingt es allen?«

»Da spricht die praktische Frau. Nein, Miss Leigh, es gelingt nicht allen. Aber es gibt ein Ding namens Hoffnung. Nicht alle finden Gold. Aber alle können hoffen.«

»Und was nützt die Hoffnung, wenn sie sich als trügerisch erweist?«

»Bis sie sich als trügerisch erwiesen hat, kann sie uns viel Freude machen, Miss Leigh.«

»Ich wünsche Ihnen, daß sich Ihre Hoffnungen nicht als trügerisch erweisen.«

»Vielen Dank.«

»Ich möchte nicht, daß du gehst, Onkel Peter«, sagte Alvean.

»Das ist nett von dir, vielen Dank. Aber ich werde als reicher Mann wiederkommen. Stell dir das vor! Dann baue ich an Mount Widden einen neuen Flügel an. Das Haus soll so großartig werden wie Mount Mellyn – nein, noch großartiger. Und später werden die Leute sagen, daß es Peter Nansellock war, der den Familienbesitz gerettet hat. Denn, meine lieben, schönen Damen, irgend jemand muß ihn retten ... und zwar bald.«

Dann erzählte er von seinem Freund, der als mittelloser junger Mann nach Australien reiste und nun Millionär war, oder fast Millionär.

Er sprach über seine Pläne, wie er das Haus umbauen wollte, und wir trugen Vorschläge dazu bei. Es war ein nettes Spiel, im Geiste ein Haus zu bauen.

So verging eine angenehme Teestunde.

Danach führte er uns zum Stall, und er und Alvean bestanden darauf, daß ich Jacinth bestieg und ihnen zeigte, was ich mit ihr zustande brächte. Mein Sattel wurde dem Tier aufgelegt. Ich galoppierte und sprang mit ihr, und sie reagierte auf die leiseste Berührung. Sie war ein herrliches Geschöpf, und ich beneidete Peter ehrlich um sie.

»Sie mag Sie, Miss Leigh. Nicht der geringste Protest gegen die neue Reiterin auf ihrem Rücken.«

Ich tätschelte Jacinth. »Sie ist eine Schönheit«, sagte ich.

Und das feinfühlige Tier schien zu verstehen.

Dann bestiegen wir wieder unsere Pferde, und Peter ritt mit uns auf Jacinth bis zum Tor von Mount Mellyn.

Ich fand, daß es ein sehr schöner Nachmittag gewesen war.

Alvean kam mit mir in mein Zimmer. »Ich glaube, er hat Sie gern, Miss.«

»Er ist nur höflich.«

»Nein, ich glaube, er hat Sie ganz besonders gern ... so wie Miss Jansen.«

»Ging Miss Jansen zum Tee nach Mount Widden?«

»O ja. Wir waren einmal zum Tee drüben, genau wie heute. Er hatte damals gerade Jacinth gekauft und wollte sie uns vorführen. Er sagte, er wolle ihr einen neuen Namen geben, damit sie ganz sein Pferd sei. Dann taufte er sie Jacinth. Das war Miss Jansens Vorname.«

Ich fühlte mich herabgesetzt und sagte: »Es muß ihm sehr leid getan haben, als sie so plötzlich ging.«

Alvean wurde nachdenklich. »Ich glaube ja. Aber er hat sie bald vergessen. Schließlich ...«

Ich beendete den Satz für sie: »Schließlich war sie ja nur die Gouvernante.«

Zwei Stunden später kam Kitty in mein Zimmer gerannt:

»Miss, aus Mount Widden ist eine Nachricht für Sie gekommen. Und nicht nur das, Miss.« Es war sichtlich etwas Aufregendes. Aber ich fragte nicht, was es sei, da ich es ja gleich sehen würde.

»Schön, wo ist die Nachricht?«

»Im Stall, Miss.« Sie kicherte. »Kommen Sie und sehen Sie es sich an!«

Ich ging zum Stall, Kitty in angemessener Entfernung hinter mir her.

Dick, der Hausjunge von Mount Widden, stand dort und hielt Jacinth am Halfter.

Er überreichte mir einen Brief:

Daisy, ihr Vater und Billy Trehay sahen mich belustigt an.

Ich öffnete den Brief und las:

»Liebe Miss Leigh,
Sie konnten Ihre Begeisterung für Jacinth nicht vor mir verbergen. Ich glaube, sie erwidert Ihre Gefühle. Erlauben Sie deshalb, daß ich sie Ihnen schenke. Ich kann es nicht mit ansehen, wie sich eine so hervorragende und graziöse Reiterin wie Sie mit dem armen, alten Dion begnügen muß.

Ihr verehrungsvoller Nachbar,
Peter Nansellock«

Obwohl ich mich bemühte, meine Gefühle unter Kontrolle zu halten, wurde ich puterrot. Ich wußte, daß Tapperty nur mit Mühe ein Gekicher unterdrückte.

Wie konnte Peter so etwas tun? Machte er sich über mich lustig? Und wie konnte ich solch ein Geschenk annehmen, selbst wenn ich gewollt hätte? Pferde müssen gefüttert und gepflegt werden. Es schien fast, als hätte er vergessen, daß dies nicht mein Haus war.

»Soll ich ihm etwas ausrichten, Miss?« fragte Dick.

»Allerdings! Ich gehe sofort in mein Zimmer und gebe Ihnen die Antwort mit.«

Ich ging mit so viel Würde, wie ich vor den neugierigen Blicken aufbringen konnte, ins Haus, und als ich in meinem Zimmer war, schrieb ich:

»Lieber Mrs. Nansellock,
ich danke Ihnen für Ihr herrliches Geschenk, das ich natürlich unmöglich annehmen kann. Ich habe nicht die Mittel, hier ein Pferd zu halten. Es ist Ihnen vielleicht entfallen, daß ich in diesem Haus als Gouvernante angestellt bin. Ich kann mir Jacinth nicht leisten. Ich danke Ihnen für Ihre Liebenswürdigkeit.

Mit freundlichen Grüßen
Martha Leigh«

Ich ging wieder zum Stall. Sie lachten und sprachen aufgeregt miteinander.

»Hier, Dick, bringen Sie diesen Brief Ihrem Herrn, und nehmen Sie Jacinth wieder mit.«

»Aber ...«, stammelte Dirk. »Ich sollte sie doch hierlassen.«

»Mr. Nansellock macht eben gern mal einen kleinen Scherz«, sagte ich. Ich drehte mich um und ging ins Haus.

Der nächste Tag war ein Sonntag. Deshalb fragte Alvean, ob wir nicht ins Moor reiten könnten. Ihre Großtante Clara besaß dort ein Haus, und sie würde sich über unseren Besuch freuen.

Ich fand, daß es recht angenehm wäre, für ein paar Stunden das Haus zu verlassen, denn ich wußte, daß alle über mich und Peter Nansellock sprachen.

Wir brachen nach dem Frühstück auf. Der Tag war zum Reiten wie geschaffen. Die Oktobersonne war nicht mehr allzu warm, und es wehte ein sanfter Südwind. Alvean war bester Laune, und ich sah in unserem Ausflug eine gute Reitübung und hoffte, sie würde den langen Ritt ohne zu ermüden hinter sich bringen.

Es war eine Wohltat, den wachsamen Augen der Dienstboten zu entrinnen und ins Land hinauszureiten.

Ich stellte fest, daß das weite Moorland mit den niederen Steinmauern, den grauen Findlingen und den kleinen Bächen, genau zu meiner Stimmung paßte. Alvean war jetzt achtsam, und ich brauchte mir keine Sorgen um sie zu machen.

Wir studierten die Landkarte. Das Haus von Großtante Clara lag ein paar Meilen südlich von Bodmin. Alvean war schon zweimal mit der Kutsche zu ihr gefahren, und sie glaubte, sie kenne den Weg. Aber im Moor verirrte man sich leicht, und ich benützte diese Gelegenheit, um ihr ein wenig Kartenlesen beizubringen.

Ich hatte einen großen Teil meiner Würde im Haus gelassen und lachte mit Alvean, wenn wir die falsche Richtung eingeschlagen hatten und unseren Weg auf der Karte zurückverfolgen mußten.

Schließlich kamen wir beim »Haus am Moor« an, wie der romantische Name von Großtante Claras Haus lautete. Es war ein reizendes Haus am Rand eines Dorfes. Eine Kirche war da, ein Gasthaus, ein paar Häuser. Das »Haus am Moor« glich einem kleinen Schlößchen.

Als wir vor Großtante Claras Haus erschienen, herrschte große Aufregung, da wir unangemeldet kamen.

»Ich will tot umfallen, wenn das nicht Miss Alvean ist!« rief eine ältere Haushälterin. »Und wen hast du denn da mitgebracht?«

»Miss Leigh, meine Gouvernante«, erklärte Alvean.

»Nein, so etwas! Und ihr seid allein gekommen? Ist dein Papa nicht dabei?«

»Nein, Papa ist in Penzance.«

Ich fragte mich, ob es richtig gewesen war, Alveans Wunsch nachzugeben und Großtante Clara zu besuchen, ohne zuerst um Erlaubnis zu fragen. Ich war gespannt, ob man mich zu den Dienstboten in die Küche verbannen würde. Es hätte mich nicht sehr gestört, es wäre mir sogar lieber gewesen, als mit einer hochmütigen alten Dame zusammenzusitzen.

Doch ich sollte angenehm überrascht werden. Wir wurden ins Wohnzimmer geführt. Großtante Clara saß in einem Sessel, eine reizende alte Dame mit weißem Haar, rosaroten Wangen und hellen, freundlichen Augen. Neben ihr stand ein Ebenholzstock, woraus ich schloß, daß sie beim Gehen Schwierigkeiten hatte.

Alvean stürmte auf sie zu und wurde herzlich umarmt. Großtante Claras Blick fiel auf mich.

»Sie sind also Alveans Gouvernante. Das ist nett! Und wie schön, daß Sie Alvean hergebracht haben. Es trifft sich heute besonders gut, denn zufällig ist auch mein

Enkel da, und ich fürchte, es ist ihm ein wenig langweilig, wenn er keinen gleichaltrigen Spielgefährten hat. Er wird außer sich sein vor Freude, wenn er hört, daß Alvean gekommen ist.«

Ich glaubte nicht, daß der Enkel mehr außer sich wäre als Großtante Clara selbst. Und sie war überaus reizend zu mir. Ich vergaß meine Schüchternheit und kam mir vor wie jemand, der eine gute Freundin besucht.

Löwenzahnwein wurde aufgetragen, und man drängte uns, ein Glas davon zu trinken. Gebäck stand daneben. Der Wein war köstlich. Ich erlaubte Alvean ein sehr kleines Glas, aber als ich meinen Wein ausgetrunken hatte, fragte ich mich, ob dies klug gewesen war, denn das Getränk war sehr stark.

Großtante Clara wollte alle Neuigkeiten von Mount Mellyn hören. Sie war eine redselige alte Dame, was vermutlich daher kam, daß sie ein einsames Leben in ihrem Haus im Moor führte.

Der Enkel kam ins Zimmer gestürmt, ein hübscher Junge, etwas jünger als Alvean, und die beiden rannten vors Haus zum Spielen.

Sobald die Kinder uns verlassen hatten, fieberte Großtante Clara auf einen ausgiebigen Tratsch. Und ob es nun an dem starken Löwenzahnwein lag, oder ob ich in ihr eine Verbindung zu Alice sah, ich fand ihre Unterhaltung faszinierend.

Sie sprach mit größter Offenheit über Alice, und ich wußte bald, daß ich von dieser redseligen Dame mehr erfahren würde als von jedem anderen.

Kaum waren wir allein, begann sie: »Und jetzt berichten Sie mir, wie es in Mount Mellyn wirklich steht!«

Ich hob die Augenbrauen, als verstünde ich nicht ganz, was sie meine.

»Es war ein großer Schock, als Alice so plötzlich starb«, fuhr sie fort. »Daß einem so jungen Mädchen etwas so Tragisches zustoßen konnte, denn sie war kaum mehr als ein Mädchen.«

»Wirklich?«

»Sagen Sie nicht, Sie hätten nicht erfahren, was passiert ist.«

»Ich weiß sehr wenig darüber.«

»Alice und Geoffrey Nansellock, wissen Sie. Die beiden sind miteinander fortgelaufen. Und dann dieser schreckliche Unfall.«

»Ich habe gehört, daß sie bei einem Unfall ums Leben kam.«

»Ich denke oft an die beiden jungen Leute. Und dann gebe ich mir die Schuld.«

Ich horchte auf. Ich verstand nicht, wie diese gutmütige alte Dame sich die Schuld an Alices Untreue geben konnte.

»Man soll sich eben nie in das Leben anderer Leute einmischen, oder? Was denken Sie, meine Liebe? Wenn man von Nutzen sein kann ...«

»Ja«, sagte ich nachdenklich. »Wenn man von Nutzen sein kann, sollte man einem die Einmischung verzeihen, glaube ich.«

»Aber wie weiß man, ob man von Nutzen ist?«

»Wenn man das tut, was man für richtig hält.«

»Aber man kann das Rechte wollen und doch das Falsche tun.«

»Allerdings.«

»Ich denke so oft an Alice ... meine arme, kleine Nichte. Sie war ein süßes Geschöpf. Aber nicht gerüstet, um den Grausamkeiten des Lebens entgegenzutreten, möchte ich sagen.«

»So?«

»Sie sind sehr gut zu Alvean, Miss Leigh. Alice wäre so glücklich, wenn sie sehen könnte, was Sie für das Kind getan haben. Als Alvean mich das letzte Mal besucht hat, war sie mit ihrem … mit Connan da. Sie war nicht annähernd so glücklich … so natürlich wie heute.«

»Danke. Ich bringe ihr zur Zeit das Reiten bei. Ich glaube, das hat ihr gut getan.« Ich war nicht willens, ihren Redestrom zu unterbrechen, dem ich vielleicht etwas Neues über Alice entnehmen konnte. »Sie haben über Alveans Mutter gesprochen. Ich bin sicher, Sie haben keinen Grund, sich Vorwürfe zu machen.«

»Ich wollte, es wäre so. Es quält mich manchmal. Vielleicht sollte ich Sie nicht damit belästigen. Aber Sie sind so verständnisvoll. Und schließlich leben Sie in dem Haus. Sie sorgen für die kleine Alvean wie … wie eine Mutter. Ich bin Ihnen so dankbar dafür, meine Liebe.«

»Sie wissen, daß ich dafür bezahlt werde.« Ich konnte diese Bemerkung nicht unterdrücken. Und ich stellte mir das Lächeln vor, das sie bei Peter Nansellock hervorgerufen hätte.

»Es gibt Dinge auf der Welt, die man nicht kaufen kann. Liebe und Zuneigung gehören dazu. Alice lebte vor ihrer Heirat bei mir. Hier in diesem Haus. Es war so bequem, wissen Sie, nur ein paar Stunden bis nach Mount Mellyn. Ich wollte den jungen Leuten die Möglichkeit geben, sich kennenzulernen.«

»Kannten sie einander denn nicht?«

»Die Heirat wurde abgesprochen, als sie noch in der Wiege lagen. Sie hat ihm große Besitztümer in die Ehe gebracht. Sie haben gut zusammengepaßt – beide reich, beide aus guter Familie. Connans Vater lebte damals noch, und Connan war ein eigenwilliger Junge, wissen Sie. Man fand, daß sie so bald wie möglich heiraten sollten.«

»Er hat es also geduldet, daß diese Ehe für ihn arrangiert wurde?«

»Sie haben es beide als eine Selbstverständlichkeit hingenommen. – Ich habe Alice sehr geliebt.«

»Ich glaube, viele Leute haben sie geliebt.«

Großtante Clara nickte, und in diesem Augenblick kamen Alvean und der Enkel ins Zimmer.

»Ich möchte Alvean meine Zeichnungen zeigen«, verkündete er.

»Dann geh und hol' sie dir«, sagte seine Großmutter. »Bring sie herunter und zeige sie uns.«

Ich glaube, sie wußte, daß sie ein bißchen zu viel gesprochen hatte, und sie fürchtete sich vor ihrer eigenen Schwatzhaftigkeit.

Der Enkel kam mit seinem Zeichenblock wieder, und die Kinder setzten sich an den Tisch. Ich ging zu ihnen hinüber und war so stolz auf Alveans Zeichenversuche, daß ich mir wieder vornahm, bei der ersten Gelegenheit ihrem Vater vorzuschlagen, ihr Zeichenstunden geben zu lassen.

Und doch war ich etwas enttäuscht, als ich bei den Kindern stand, denn ich war sicher, daß Großtante Clara im Begriff gewesen war, mir etwas äußerst Wichtiges anzuvertrauen.

Wir aßen bei Tante Clara zu Mittag, und verließen sie sofort danach. Wir fanden den Rückweg leicht, und ich nahm mir vor, wieder zum Haus im Moor zu reiten, und zwar bald.

Als ich in der nächsten Woche durchs Dorf schlenderte, kam ich an einem kleinen Juweliergeschäft vorbei. Vielleicht war das nicht die richtige Bezeichnung, denn es lagen keine wertvollen Schmuckstücke im Schaufenster, sondern nur ein paar Silberbroschen und einfache

Goldringe. In einige war das Wort Mizpah‹ eingraviert. Ich stellte mir vor, daß die Dorfbewohner hier ihre Verlobungs- und Hochzeitsringe kauften und daß der Juwelier ansonsten hauptsächlich von Reparaturen lebte.

Im Fenster lag eine Brosche in der Form einer Peitsche. Sie war aus Silber, recht geschmackvoll und keineswegs teuer.

Ich wollte diese Peitsche Alvean am Vorabend des Reitturniers schenken und ihr sagen, daß sie ihr Glück bringen sollte.

Ich ging drei Stufen hinunter in den Laden.

Ein alter Mann saß hinter dem Ladentisch. Er ließ seine Stahlbrille auf die Nasenspitze rutschen und sah mich fragend an.

»Ich hätte gern die Nadel gesehen, die Sie im Schaufenster ausgelegt haben. Die silberne Peitsche.«

»Mit Vergnügen, Miss.« Er holte sie vom Schaufenster herein.

»Hier, stecken Sie's an und schauen Sie, wie's aussieht.« Er deutete auf einen kleinen Spiegel auf dem Ladentisch. Ich fand die Brosche hübsch und sehr geschmackvoll.

Ich legte die Nadel wieder auf den Tisch, und dabei fiel mein Blick auf ein Tablett mit Schmuckstücken, an denen kleine Zettel befestigt waren. Es war eindeutig Schmuck, den man ihm zur Reparatur gebracht hatte. Ich fragte mich, ob dies der Juwelier war, dem Alice vor einem Jahr ihre Brosche gebracht hatte.

»Sie sind von Mount Mellyn, Miss?« fragte er.

»Ja«, sagte ich und lächelte ermutigend. Ich sprach neuerdings mit jedem, von dem ich hoffte, daß er mir über das Thema, von dem ich langsam besessen war, etwas Neues mitteilen könnte.

»Ich möchte diese Nadel meiner Schülerin schenken.«

»Ah, Alvean«, sagte er. »Das arme kleine Mädchen. Es ist schön, daß sie jetzt jemanden so Freundliches gefunden hat.«

»Ich nehme die Nadel«, erklärte ich.

»Ich gebe Ihnen ein kleines Etue dazu. Ein nettes kleines Etue ist das A und O, wenn man etwas verschenkt, finden Sie nicht, Miss?«

»Ganz gewiß.«

Er bückte sich, zog unter dem Ladentisch ein kleines Pappschächtelchen hervor und stopfte Watte hinein.

»Ich mache ein kleines Nest dafür, Miss.« Er lächelte.

Ich vermutete, daß er mich nicht so ohne weiteres gehen ließe.

»Neuerdings sieht man selten jemanden von Mount Mellyn. Mrs. TreMellyn war oft da.«

»Ja, das glaube ich.«

»Wenn sie ein kleines Schmuckstück im Fenster sah, das ihr gefiel, kam sie immer herein und kaufte es. Manchmal für sich selbst, manchmal für andere. Sie war an ihrem Todestag hier.«

Er flüsterte nun, und die Erregung packte mich. Ich dachte an Alices Tagebuch, das in der Geheimtasche des Reitkostüms steckte. »Wirklich?« fragte ich.

Er legte die Nadel in die Watte und sah mich an. »Ich habe es damals merkwürdig gefunden. Ich erinnerte mich ganz genau. Sie kam hier herein und sagte: ›Haben Sie die Brosche fertig, Mr. Patern? Es ist sehr wichtig, ich brauche sie morgen. Wir besuchen Mr. und Mrs. Trelander. Mrs. Trelander hat mir die Brosche zu Weihnachten geschenkt. Ich muß ihr doch zeigen, daß ich das Geschenk schätze!‹« Er sah mich fragend an. »So war sie immer. Sie sagte einem immer, wo sie hinging und warum sie etwas haben wollte. Ich konnte meinen Ohren nicht trauen, als ich hörte, daß sie am gleichen Abend ihr Haus verlassen hat.«

Ich nickte. »Das war allerdings sehr merkwürdig.«

»Wissen Sie, Miss, sie brauchte mir ja so etwas nicht zu erzählen. Wenn sie es anderen Leuten erzählt hätte, könnte man denken, sie wollte ihnen Sand in die Augen streuen. Aber weshalb sollte sie so etwas zu mir sagen? Ich denke oft darüber nach.«

»Vielleicht haben Sie sie mißverstanden?« meinte ich.

Er schüttelte den Kopf. Er glaubte so wenig wie ich, daß er sie mißverstanden hatte.

Celestine Nansellock kam am nächsten Tag herübergeritten, um Alvean zu besuchen. Wir wollten gerade mit unserer Reitstunde beginnen und nahmen sie mit.

»Heute machen wir Generalprobe«, sagte ich. »Wir wollen sehen, ob du Miss Nansellock überraschen kannst, so wie wir deinen Vater überraschen wollen.«

Wir ritten ins Dorf und noch ein Stück weiter zur Pferderennbahn. Celestine war ehrlich verblüfft über Alveans Fortschritte.

»Sie haben ein Wunder vollbracht, Miss Leigh!«

Wir sahen zu, wie Alvean über die Bahn galoppierte. »Ich hoffe, ihr Vater wird sich freuen. Sie nimmt an einem der Wettbewerbe beim Turnier teil.«

»Er wird begeistert sein!«

»Aber bitte verraten Sie ihm nichts. Es soll eine Überraschung sein.«

Celestine lächelte. »Er wird Ihnen sehr dankbar sein, Miss Leigh, ich bin sicher.«

»Ich zähle darauf, daß er sich freut.«

Sie lächelte gütig. Plötzlich sagte sie: »Ach, Miss

Leigh, da fällt mir etwas ein. Es ist wegen Jacinth. Ich wollte mit Ihnen im Vertrauen darüber sprechen.«

Ich errötete leicht und ärgerte mich darüber. »Es war ein zu wertvolles Geschenk, als daß ich es hätte annehmen können«, antwortete ich. »Außerdem wären die Unterhaltungskosten für mich zu teuer.«

»Natürlich. Peter ist manchmal gedankenlos. Aber er ist der großzügigste Mensch, den man sich denken kann. Er fürchtet, er hat Sie gekränkt.«

»Aber nein, nicht im geringsten. Bitte sagen Sie ihm, daß ich nicht gekränkt bin. Wenn er darüber nachdenkt, wird er verstehen, weshalb ich ein solches Geschenk nicht annehmen konnte.«

»Ich habe es ihm erklärt. Er verehrt Sie sehr, Miss Leigh, aber er hat einen Hintergedanken dabei. Er wollte, daß Jacinth in gute Hände kommt. Sie wissen, daß er England verlassen will.«

»Er hat es erwähnt.«

»Ich denke, er wird einige der Pferde verkaufen. Ein paar behalte ich, aber ich kann mir keinen kostspieligen Stall leisten.«

»Da haben Sie recht.«

»Er findet, daß Sie eine würdige Herrin für das Tier wären. Er hat diese Stute sehr gern.«

»Aha!«

»Miss Leigh, möchten Sie nicht ein Pferd wie Jacinth?«

»Wer möchte das nicht?«

»Soll ich Connan fragen, ob Jacinth nicht für Sie in seinen Stall übernommen werden kann?«

Ich antwortete mit großem Nachdruck: »Es ist äußerst liebenswürdig von Ihnen, Miss Nansellock, und ich schätze Ihren Wunsch – und den Ihres Bruders –, mir eine Freude zu machen. Aber ich möchte hier keine Vorrechte genießen. Mr. TreMellyn hat einen großen Stall, der unser aller Bedürfnisse deckt.«

»Sie sind sehr energisch und sehr stolz.« Sie beugte sich vor und berührte meine Hand. In ihren Augen standen die Tränen. Meine Lage rührte sie. Sie verstand, wie verzweifelt ich mich an meinen Stolz klammerte, weil er mein einziger Besitz war.

Ich fand sie freundlich und konnte gut verstehen, weshalb Alice sich mit ihr angefreundet hatte. Ich glaubte, daß auch ich ihre Freundin werden konnte. Eines Tages werde ich ihr erzählen, was ich über Alice herausgefunden habe, dachte ich. Aber heute noch nicht. Ich war, wie ihr Bruder gesagt hatte, so stachlig wie ein Igel. Ich dachte nicht einen Augenblick daran, daß Celestine Nansellock mich zurechtweisen würde, aber ich wollte kein Risiko eingehen.

Alvean kam zu uns herübergeritten, und Celestine gratulierte ihr zu ihrer Reitkunst. Wir ritten zum Haus zurück, und ich präsentierte beim Tee, der im Punschzimmer serviert wurde.

Am Tag vor dem Reitturnier kam Connan TreMellyn zurück. Ich war froh, daß er nicht früher gekommen war, denn ich fürchtete, Alvean könnte sich in ihrer Aufregung verraten.

Ich war für einen der ersten Wettbewerbe registriert. Es war ein gemischter Wettbewerb, bei dem Herren und Damen gegeneinander antraten.

Tapperty wußte, daß ich am Turnier teilnehmen würde und wollte davon nichts hören, daß ich auf Dion ritt.

»Wenn Sie Jacinth genommen hätten, wäre Ihnen der erste Preis sicher«, brummte er. »Der alte Dion ist ein gutes Pferd, aber mit ihm gewinnt man keinen Preis. Wir wär's mit Royal Rover?«

»Und wenn Mr. TreMellyn etwas dagegen hat?«

Tapperty zwinkerte mir zu. »Er hat nichts dagegen. Er reitet mit May Morning zum Turnier, deshalb ist Royal frei. Wissen Sie was? Wenn der Herr mir je sagen sollte: ›Sattle mir Royal Rover, Tapperty, schön, dann sattle ich eben Rover für ihn und May Morning für Sie, Miss. Nichts würde den Herrn mehr freuen, als wenn sein Pferd einen Preis gewinnt.«

Ich wollte so rasch wie möglich aus dem Stall, ehe Connan TreMellyn mich dort sah, und stimmte Tappertys Vorschlag zu. Schließlich brachte ich Alvean das Reiten bei, und das bedeutete, daß ich mir mit der Zustimmung des Stallmeisters ein Pferd aussuchen konnte.

Am Abend vor dem Turnier schenkte ich Alvean die Nadel. Sie war begeistert. »Das ist ja eine Peitsche!«

»Steck sie dir an die Halsbinde. Sie soll dir Glück bringen.«

»Das wird sie tun, Miss! Ganz bestimmt!«

»Aber verlaß dich nicht zu sehr darauf. Denk daran, daß nur die Glück haben, die es verdienen. Und wenn du springst, dann vergiß nicht, immer mit dem Pferd mitgehen.«

»Ich denke daran.«

»Bist du aufgeregt?«

»Es dauert noch so lange.«

»Es kommt rasch genug.«

Als ich an jenem Abend in ihr Zimmer ging, um ihr gute Nacht zu sagen, setzte ich mich auf ihr Bett. Wir sprachen über das Reitturnier.

Ich war ein wenig ängstlich, denn sie war so aufgeregt. Ich versuchte sie zu beruhigen und sagte ihr, daß sie schlafen müsse, sonst wäre sie am nächsten Morgen nicht frisch.

»Aber wie soll man schlafen, wenn der Schlaf einfach nicht kommt, Miss?«

Da erkannte ich, wieviel ich erreicht hatte. Noch vor wenigen Monaten hatte Alvean es nicht gewagt, ein Pferd zu besteigen. Nun freute sie sich auf das Turnier.

Das war schön und gut, aber ich hätte es vorgezogen, wenn ihr Interesse nicht so völlig auf ihren Vater gerichtet gewesen wäre. Es war sein Beifall, der so viel für sie bedeutete.

Ich ging in mein Zimmer und holte ein Buch mit Longfellows Gedichten. Ich setzte mich zu ihr aufs Bett und las ihr vor, denn ich wußte, daß nichts einen unruhigen Geist so sehr besänftigte wie sein Gedicht ›Hiawatha‹.

Ich sagte es oft auf, wenn ich selbst nicht einschlafen konnte und fühlte mich dann von den Ereignissen dieser Welt losgelöst und wanderte in der Phantasie durch die uralten Wälder und hörte das ›Brausen der großen Ströme … und ihren donnernden Widerhall‹.

Die Worte flossen mir von den Lippen. Ich wußte, daß ich für Alvean Visionen heraufbeschwor. Sie hatte jetzt das Reitturnier vergessen, ihre Furcht und ihre Hoffnung. Sie schlief.

Als ich am nächsten Morgen aufwachte, stellte ich fest, daß der Nebel in mein Zimmer gedrungen war. Ich stand sofort auf und trat ans Fenster. Kleine Nebelschwaden hüllten die Palmen ein, und die fedrigen Blätter der immergrünen Pinien waren mit Tropfen geschmückt.

Hoffentlich hebt sich der Nebel bis zum Nachmittag, dachte ich. Doch er hielt den ganzen Vormittag an, und im Haus sah man ängstliche Blicke und hörte es flüstern, denn alles dachte an das Reitturnier. Fast das ganze Hauspersonal ging hin. Sie taten das immer, wie Kitty mir erzählte, da es den Herrn als einen der Schiedsrichter ehrte, und Billy Trehay und einige der Stalljungen nahmen sogar am Turnier teil.

»Es versetzt den Herrn immer in gute Laune, wenn seine Pferde gewinnen«, berichtete Kitty. »Aber es heißt, er urteilt bei seinen eigenen schärfer als bei anderen.«

Alvean und ich brachen kurz nach dem Mittagessen auf. Sie ritt Black Prince und ich Royal Rover. Es war herrlich, auf einem guten Pferd zu sitzen, und ich war ebenso aufgeregt wie Alvean. Ich fürchtete, ich war genauso darauf aus wie sie, vor Connan TreMellyn zu glänzen.

Als wir am Rennplatz ankamen, hatten sich die Zuschauer bereits eingefunden.

Alvean und ich trennten uns, und ich stellte fest, daß der Wettbewerb, an dem ich teilnahm, als erster stattfand.

Das Turnier sollte um 2.15 Uhr beginnen, aber es trat die übliche Verspätung ein, und zwanzig nach zwei warteten wir immer noch auf den Beginn.

Der Nebel hatte sich etwas gehoben, aber es war ein bleierner Tag. Der Himmel war eine graue Decke, und über allem lag eine feuchte Schicht. Das Meer roch stark, war aber spiegelglatt. Die Möwen kreischten noch klagender als gewöhnlich.

Connan traf Minuten später mit den anderen drei Schiedsrichtern ein. Es waren alles Respektspersonen aus dem Dorf. Connan ritt wie erwartet auf May Morning, da man mir Royal Rover gegeben hatte. Die Dorfkapelle stimmte eine alte Hymne an, und alle sangen mit.

Zu meiner Überraschung sah ich Gillyflower unter den Zuschauern. Sie war mit Daisy gekommen, und ich hoffte, das Mädchen würde auf sie achtgeben.

Gilly sah mich, und ich winkte ihr. Sie blickte sofort zu Boden, aber sie lächelte.

»Tatsächlich! Miss Leigh persönlich!« hörte ich hinter mir jemanden rufen.

Ich drehte mich um und sah Peter Nansellock auf Jacinth.

»Guten Tag«, sagte ich.

»Sagen Sie nicht, daß wir beide beim ersten Wettbewerb Rivalen sind!« rief Peter Nansellock.

Ich trug die Startnummer auf dem Rücken, die einer der Veranstalter mir dort angeheftet hatte.

»Machen Sie auch mit?«

Er drehte sich um. Auch er hatte eine Nummer auf dem Rücken.

»Dann habe ich keine Hoffnung mehr«, murmelte ich.

»Meinetwegen?«

»Wegen Jacinth.«

»Sie könnten sie jetzt reiten, Miss Leigh.«

»Sie müssen verrückt gewesen sein. Im Stall spricht man über uns.«

»Wer schert sich um Stalljungen?«

»Ich! Eine Gouvernante muß auf die Meinung von allen und jedem achten.«

»Sie sind keine gewöhnliche Gouvernante.«

»Ich glaube, alle Gouvernanten in Ihrem Leben waren keine gewöhnlichen Gouvernanten, Mr. Nansellock. Sonst hätten sie keinen Platz in Ihrem Leben gehabt.«

Ich gab Royal Rover sanft die Sporen, er reagierte sofort.

Ich sah Peter nicht wieder, bis er zum Turnierritt

antrat. Er war vor mir an der Reihe. Ich beobachtete, wie er über die Bahn galoppierte. Er und Jacinth schienen ein einziges Wesen zu sein.

»Herrlich«, sagte ich unwillkürlich, als er die Hindernisse nahm. Aber wer wäre auf solch einer Stute nicht vollkommen gewesen? dachte ich etwas gehässig.

Er wurde mit starkem Applaus bedacht, als er seinen Ritt beendete.

Ich kam erst etwas später an die Reihe.

Connan TreMellyn stand im Richterhaus. »Hilf mir, Royal Rover«, flüsterte ich. »Du mußt Jacinth schlagen! Ich will den Preis gewinnen. Ich will Connan TreMellyn zeigen, daß ich etwas kann. Hilf mir, Royal Rover!«

Royal Rover stellte die Ohren auf, als er elegant vorwärtsschritt, und ich wußte, daß er mich gehört und den Appell in meiner Stimme wahrgenommen hatte.

»Komm, Rover!« flüsterte ich. »Wir schaffen's!«

Wir brachten die Runde ebenso fehlerfrei hinter uns wie Jacinth, so hoffte ich.

Applaus brauste auf, und ich ritt mit meinem Pferd von der Bahn.

Wir warteten, bis die anderen Konkurrenten ihre Runden absolviert hatten und die Ergebnisse ausgerufen wurden. Ich war froh, daß sie gleich am Ende jedes einzelnen Wettbewerbs bekanntgegeben wurden.

»Diesmal haben wir ein Unentschieden«, begann Connan.

»Zwei Teilnehmer haben die Höchstzahl an Punkten erreicht. Es ist äußerst ungewöhnlich, aber ich freue mich, sagen zu können, daß die Gewinner eine Dame und ein Herr sind: Miss Martha Leigh auf Royal Rover, und Mr. Peter Nansellock auf Jacinth.«

Wir ritten vor, um unsere Preise entgegenzunehmen.

»Der Preis ist eine silberne Rosenschale«, fuhr Connan fort. »Da wir sie nicht teilen können, bekommt die Dame die Schale.«

»Selbstverständlich«, stimmte Peter zu.

»Du bekommst einen Silberlöffel«, erklärte Connan, »als Trost für das Unentschieden gegen die Dame.«

Wir nahmen unsere Preise entgegen, und als Connan mir die Schale überreichte, lächelte er.

»Gut gemacht, Miss Leigh. Ich wußte nicht, daß man das aus Royal Rover herausholen kann.«

Ich tätschelte Royal Rover. »Ich hätte keinen besseren Partner haben können.«

Dann ritten Peter und ich vom Feld, ich mit meiner Rosenschale, er mit seinem Löffel.

»Wenn Sie Jacinth geritten hätten, wären Sie die unangefochtene Siegerin geworden.«

»Ich hätte immer noch Sie als Gegner gehabt, wenn auch auf einem anderen Tier.«

»Jacinth gewinnt jedes Turnier ... schauen Sie sie an. Nun, macht nichts. Sie haben die Rosenschale.«

»Ich werde sicherlich nie vergessen, daß sie nicht mir allein gehört.«

»Ja, wenn Sie die Rosen darin ordnen, werden Sie immer denken: die Hälfte der Schale gehört diesem Mann ... wie hieß er doch gleich? Er war immer charmant, aber ich war ein wenig frostig zu ihm. Jetzt tut es mir leid.«

»Ich habe ein gutes Namensgedächtnis, und ich glaube, an meinem Verhalten Ihnen gegenüber ist nichts auszusetzen.«

»Ich wüßte einen Ausweg aus diesem Rosenschalen-Problem. Angenommen, wir gründeten einen gemeinsamen Haushalt? Wir könnten ihr einen Ehrenplatz geben und sagen, es ist unsere Schale, und wir hätten beide unsere Freude daran.«

Ich ärgerte mich und sagte eisig: »Ich bin sicher, wir hätten an allem anderen wenig Freude.«

Ich ritt davon.

Ich wollte in der Nähe des Richterhauses sein und Connans Gesicht beobachten, wenn Alvean auf die Bahn ritt. Ich wollte in der Nähe sein, wenn sie den Preis entgegennahm, denn ich war sicher, daß sie ihn erringen würde. Die Sprünge würden ihr keine Schwierigkeiten bereiten.

Der Springwettbewerb für die Achtjährigen begann, und ich erwartete fieberhaft Alveans Ritt. Die kleinen Mädchen und Jungen absolvierten ihre Runden, aber ich sah keine Alvean. Der Wettbewerb war vorbei, und der Sieger wurde ausgerufen.

Mir war elend zumute vor Enttäuschung. So war sie also im letzten Moment noch davor zurückgeschreckt. Alles war vergeblich gewesen. Als der große Moment gekommen war, hatte die Furcht sie wieder gepackt.

Ich suchte Alvean, konnte sie aber nirgends finden. Und als der Springwettbewerb für die fortgeschrittenen Achtjährigen begann, war ich überzeugt, sie sei nach Hause geritten. Ich stellte mir ihr Elend nach all unsere Mühe vor. Im kritischen Augenblick hatte sie den Mut verloren.

Ich wollte hier weg, denn nun bedeutete mein eigener kleiner Triumph nichts mehr. Ich wollte rasch Alvean finden und sie trösten, wenn es nötig wäre, und ich war sicher, daß sie meinen Trost brauchte.

Ich ritt nach Mount Mellyn zurück, sattelte Royal Rover ab, gab ihm etwas zu trinken, rieb ihn ab und ließ ihn mit einem Arm voll Heu im Stall zurück.

Im Haus war es sehr ruhig. Ich wußte, daß alle bis auf Mrs. Polgery zum Reitturnier gegangen waren. Mrs. Polgery lag vermutlich in ihrem Zimmer und machte ihr Nachmittagsschläfchen.

Ich ging sofort in Alveans Zimmer. Es war leer. Ich eilte ins Unterrichtszimmer. Auch hier war sie nicht. Vielleicht war sie gar nicht nach Hause geritten. Dann fiel mir ein, daß ich Prince nicht im Stall gesehen hatte.

Ich ging in mein Zimmer und trat unschlüssig ans Fenster. Ich reite am besten wieder zum Turnier, dachte ich. Vielleicht ist sie doch noch dort.

Ich blickte gedankenverloren zu Alices Schlafzimmer hinüber und wußte plötzlich, daß jemand in ihrem Zimmer war. Ich war nicht sicher, woher ich das wußte. Vielleicht hatte ich einen Schatten am Fenster gesehen.

Ohne viel zu überlegen rannte ich durch die Galerie zu Alices Zimmer. Meine Reitstiefel müssen weithin zu hören gewesen sein. Ich riß die Tür zum Ankleidezimmer auf und rief: »Wer ist da?«

Das Zimmer war leer. Aber in diesem Sekundenbruchteil sah ich, daß sich die Schlafzimmertür schloß. Vielleicht war es Alvean, und ich war sicher, daß sie mich brauchte. Ich mußte Alvean finden, und meine Furcht verflog. Ich lief durchs Ankleidezimmer und riß die Schlafzimmertür auf.

Ich blickte mich um. Ich rannte zum Fenster und tastete die Vorhänge ab. Dann rannte ich zur anderen Tür und öffnete sie. Dahinter lag ein weiteres Ankleidezimmer. Auch die nächste Tür war nicht abgeschlossen. Ich sah sofort, daß ich mich in Connans Schlafzimmer befand, denn auf dem Toilettentisch lag die Krawatte, die er an diesem Morgen getragen hatte. Ich sah seinen Morgenrock und seine Pantoffeln. Der Anblick dieser

Dinge ließ mich erröten, und ich wußte, daß ich in einen Teil des Hauses eingedrungen war, zu dem ich eindeutig keinen Zutritt hatte.

Außer Connan war noch jemand vor mir hier gewesen. Wer war es?

Ich durchquerte rasch das Schlafzimmer und stand wieder vor der Galerie.

Es war niemand zu sehen. Langsam ging ich in mein Zimmer.

Ich hatte gerade Royal Rover gesattelt und ritt aus dem Stallhof, als ich Billy Trehay aufs Haus zueilen sah.

»Oh, Miss, es ist ein Unfall passiert! Ein schrecklicher Unfall. Miss Alvean ist beim Sprung gestürzt!«

»Aber sie hat doch gar nicht teilgenommen!« rief ich.

»Doch! In der Fortgeschrittenen-Klasse. Es ist beim hohen Sprung passiert. Prince ist gestrauchelt und gestürzt.«

Einen Augenblick verlor ich die Selbstbeherrschung. Ich schlug die Hände vors Gesicht und weinte.

»Man sucht nach Ihnen, Miss!«

»Wo ist sie?«

»Noch auf der Reitbahn. Man wollte sie nicht transportieren. Man wartet auf Doktor Pengelly. Wahrscheinlich hat sie ein paar Knochen gebrochen. Ihr Vater ist bei ihr. Er fragt dauernd ›Wo ist Miss Leigh?‹ Ich habe Sie davonreiten sehen, deshalb bin ich gekommen.«

Ich ritt so schnell ich konnte den Hügel zum Dorf hinab und betete: »O Gott, laß sie gesund sein. Alvean, du kleiner Narr! Es hätte gereicht, wenn du die leichteren Sprünge geschafft hättest. Darüber hätte er sich gefreut. Du hättest die hohen Sprünge nächstes Jahr machen können. Armes, dummes Kind.« Und dann:

»Es ist seine Schuld. Es ist alles seine Schuld. Wenn er sich als liebevoller Vater gezeigt hätte, wäre das nicht geschehen.«

Ich werde das Bild nie vergessen, das ich sah, als ich auf der Reitbahn ankam: Alvean lag bewußtlos im Gras, umringt von Menschen. Einen Augenblick dachte ich entsetzt, sie sei tot.

Connan sah mich ernst an. »Miss Leigh, ich bin froh, daß Sie da sind. Alvean ...«

Ich ignorierte ihn und kniete neben ihr nieder. »Alvean ... mein Liebling ...«, murmelte ich.

Sie öffnete die Augen. Sie sah nicht aus wie eine arrogante kleine Schülerin. Sie war ein einsames, ängstliches Kind.

Doch sie lächelte.

»Geh nicht fort ...«, bat sie.

»Nein, ich bleibe hier.«

»Du bist schon einmal ... fortgegangen ...«, murmelte sie, und ich mußte mich weit herunterbeugen, um sie zu verstehen.

Sie sprach nicht mit Martha Leigh, der Gouvernante. Sie sprach mit Alice.

6

Mr. Pengelly stellte einen Schienbeinbruch fest. Er konnte im Augenblick nicht sagen, ob sie noch andere Verletzungen hatte. Er schiente das gebrochene Bein und fuhr Alvean in seiner Kutsche nach Mount Mellyn zurück. Connan und ich ritten schweigend nach Hause.

Alvean wurde in ihr Zimmer gebracht, und Dr. Pengelly gab ihr ein Beruhigungsmittel.

»Wir können nichts anderes tun als warten«, meinte er. »Ich komme in ein paar Stunden wieder. Es kann sein, daß das Kind einen Schock erlitten hat. Sie muß es vor allem warm haben und schlafen. In ein paar Stunden werden wir mehr wissen.«

Als der Arzt gegangen war, sagte Connan: »Miss Leigh, ich möchte gern mit Ihnen sprechen. Kommen Sie bitte ins Punschzimmer.« Ich folgte ihm.

»Wir müssen versuchen, ruhig zu bleiben, Miss Leigh«, sagte er, als wir Platz genommen hatten.

Ich dachte daran, daß er mich noch nie so aufgeregt gesehen hatte wie jetzt, und wahrscheinlich hatte er mich eines tiefen Gefühls für unfähig gehalten.

»Ich finde es schwer, so gelassen zu sein wie Sie, Mr. TreMellyn«, fuhr ich auf.

»Was hat das Kind nur dazu gebracht, so etwas zu versuchen?« fragte er ruhig.

»Sie!« schrie ich. »Sie selbst!«

»Ich? Aber ich hatte doch keine Ahnung, daß sie im Reiten solche Fortschritte gemacht hat!«

Ich wußte später, daß ich nahe daran war, hysterisch zu werden. Ich glaubte, Alvean sei schwer verletzt und war fast sicher, daß ein Kind mit ihrer Anlage auf den Unfall hin nie wieder würde reiten wollen. Ich glaubte, meine Methoden seien falsch gewesen. Ich hätte nicht versuchen sollen, sie von ihrer Furcht vor Pferden zu befreien. Ich hätte ihr einen anderen Weg zeigen sollen, die Zuneigung ihres Vaters zu gewinnen.

Ich wurde das furchtbare Schuldgefühl nicht los, obwohl ich mich verzweifelt dagegen wehrte. Ich sagte mir: Dies ist ein Haus voller Tragik. Wer bist du, daß du dich in das Leben dieser Menschen einmischst? Was willst du eigentlich? Willst du Alvean ändern? Willst du ihren Vater ändern? Willst du die Wahrheit über Alice herausfinden? Wer glaubst du eigentlich, wer du bist? Der liebe Gott?

Aber ich wollte mir nicht allein die Schuld geben. Ich brauchte einen Sündenbock. Er ist schuld daran, sagte ich mir. Wenn er sich anders verhalten hätte, wäre so etwas nie geschehen.

Die Nerven gingen mir durch, und bei den seltenen Gelegenheiten, wenn Menschen wie mir dies widerfährt, geschieht es gewöhnlich heftiger als bei solchen, die von Natur aus zu hysterischen Ausbrüchen neigen. »Nein!« schrie ich. »Natürlich hatten Sie keine Ahnung, daß sie so gute Fortschritte gemacht hat! Wie hätten Sie das auch wissen sollen, da Sie nie auch nur das geringste Interesse an Ihrem Kind gezeigt haben? Ihre Gleichgültigkeit hat ihr das Herz gebrochen! Nur deshalb hat sie etwas versucht, wozu sie noch nicht fähig war.«

»Meine liebe Miss Leigh«, murmelte er. »Meine liebe Miss Leigh!« Er sah mich fassungslos an.

Was kümmmert's mich? dachte ich. Ich werde entlassen, und ich habe ja auch versagt. Ich hatte das Unmögliche erreichen wollen – ich hatte diesen Mann von seiner Selbstsucht befreien wollen. Und was hatte ich erreicht? Ich hatte das Kind vielleicht fürs ganze Leben zum Krüppel gemacht. Ich hatte es gerade nötig, mich über das Verhalten anderer zu beklagen! Doch ich gab ihm trotzdem die Schuld und überlegte nicht, was ich sagte.

»Als ich hierherkam, habe ich sehr bald begriffen, wie die Dinge standen. Das arme Kind war ausgehungert. Oh, ich weiß, sie hatte ihre Mahlzeiten zu den festgesetzten Stunden. Aber es gibt noch einen anderen Hunger als den des Magens. Sie hungerte nach der Zuneigung, die sie von ihrem Vater erwarten konnte, und für die sie ihr Leben einzusetzen bereit war, wie Sie gesehen haben.«

»Miss Leigh, ich flehe Sie an, beruhigen Sie sich. Seien Sie vernünftig. Wollen Sie mir sagen, daß Alvean das getan hat, weil ...«

Ich ließ ihn nicht ausreden. »Für Sie hat sie es getan! Sie dachte, Sie würden sich darüber freuen. Sie hat seit Wochen dafür geübt.«

»Aha«, sagte er. Dann zog er sein Taschentuch heraus und wischte mir damit über die Augen. »Sie haben nicht bemerkt, daß Ihnen Tränen über die Wangen laufen, Miss Leigh«, fuhr er beinahe zärtlich fort.

Ich nahm ihm das Taschentuch aus der Hand und wischte mir ärgerlich übers Gesicht.

»Es sind Zornestränen«, versicherte ich ihm.

»Und Kummertränen. Liebe Miss Leigh, ich glaube, Sie sorgen sich sehr um Alvean.«

»Sie ist ein Kind, und es ist meine Aufgabe, für sie zu sorgen. Es sind weiß Gott wenige andere da, die es tun.«

»Ich sehe ein, daß ich mich schändlich verhalten habe«, sagte er.

»Wie konnten Sie das tun ... wenn Sie überhaupt irgendwelche Gefühle haben? Ihrer eigenen Tochter gegenüber? Sie hat die Mutter verloren. Sehen Sie denn nicht ein, daß sie da besonders viel Liebe gebraucht hätte?«

»Meine liebe Miss Leigh, Sie sind hierher gekommen, um Alvean zu unterrichten. Aber ich glaube, Sie haben auch mich sehr vieles gelehrt.«

Ich sah ihn erstaunt an. Ich wischte mir mit seinem Taschentuch über mein tränenüberströmtes Gesicht. Und in diesem Augenblick kam Celestine Nansellock herein.

Sie sah mich überrascht an.

»Alvean ist verunglückt, Celeste«, sagte Connan. »Sie ist gestürzt.«

»Nein!« schrie Celestine. »Wie ... und wo ...?«

»Sie ist jetzt in ihrem Zimmer. Pengelly hat das Bein geschient. Sie schläft. Er hat ihr ein Schlafmittel gegeben. Er kommt in ein paar Stunden wieder.«

»Ist sie schwer verletzt?«

»Es ist noch nicht sicher. Aber ich habe öfters solche Unfälle miterlebt. Ich denke, es ist halb so schlimm.«

Ich war nicht sicher, ob er das ernst meinte, oder ob er nur Celestine besänftigen wollte. Sie war die einzige Person, wie ich glaubte, die sich wirklich etwas aus Alvean machte.

»Unsere arme Miss Leigh ist ganz durcheinander«,

fuhr Connan fort. »Ich glaube, sie gibt sich die Schuld daran. Ich wollte ihr das gerade ausreden.«

Meine Schuld! Aber wie konnte man mir die Schuld daran geben? Nur weil ich das Kind reiten lehrte? Und was konnte es schaden, wenn sie an einem Turnier teilnahm, nachdem ich es ihr beigebracht hatte?

Ich sagte trotzig: »Alvean war so darauf aus, ihren Vater zu beeindrucken, daß sie sich überfordert hat. Ich bin sicher, wenn sie geglaubt hätte, ihr Vater wäre zufrieden gewesen, sie in der Anfängerklasse siegen zu sehen, dann hätte sie es nicht in der Fortgeschrittenenklasse versucht.«

Celestine hatte sich gesetzt und die Hände vors Gesicht geschlagen. Ich dachte flüchtig daran, wie sie damals auf dem Friedhof vor Alices Grab niedergekniet war. Arme Celestine, dachte ich, sie liebt Alvean wie ihr eigenes Kind.

Connan streckte die Hand aus und sagte beinahe flehend: »Nein, Sie bleiben hier, Miss Leigh. Bitte bleiben Sie bei uns. Ich weiß, Sie sorgen sich sehr um Alvean.«

Ich sah an meinem Reitkleid hinab – Alices Reitkleid – und murmelte: »Ich denke, es ist besser, ich ziehe mich um.«

Es war, als sähe er mich in diesem Augenblick in einem neuen Licht – und vielleicht auch Celestine. Wenn man nicht mein Gesicht ansah, muß ich wie Alice ausgesehen haben.

Ich wollte mich umziehen, denn in meinem grauen Baumwollkleid mit dem strengen Mieder wäre ich wieder die Gouvernante, und dies würde mir helfen, meine Gefühle unter Kontrolle zu bringen.

Connan nickte. »Aber kommen Sie wieder, wenn Sie sich umgezogen haben, Miss Leigh. Wir müssen einander trösten, und ich möchte auch, daß Sie hier sind, wenn der Arzt kommt.«

Ich ging in mein Zimmer und zog mich um. Ich hatte recht gehabt. Als ich mein graues Baumwollkleid anhatte, gewann ich langsam die Fassung wieder. Ich ließ heißes Wasser kommen. Daisy hätte gern mit mir gesprochen, doch sie sah, daß ich zu erregt war, und sie verließ mich.

Ich wusch mir das Gesicht und ging wieder ins Punschzimmer zu Connan und Celestine. Dort erwarteten wir die Ankunft von Dr. Pengelly.

Es schien ewig zu dauern, bis der Arzt kam. Mrs. Polgrey bereitete einen starken Tee zu, und Connan, Celestine und ich tranken ihn zusammen.

Connan schien meinen Ausbruch vergessen zu haben und behandelte mich mit höflicher Rücksicht und einer neuen Güte. Ich glaubte, er sei so fürsorglich, damit ich mir nicht die Schuld gab. Er wußte, daß ich ihn nur deshalb so heftig angegriffen hatte, weil ich nicht sicher war, ob es nicht doch meine Schuld sei.

»Sie wird schnell gesund werden«, tröstete er uns, »und sie wird wieder reiten wollen. Ich hatte in ihrem Alter einen Unfall, der zweifellos schlimmer war. Ich hatte mir das Schlüsselbein gebrochen und durfte wochenlang nicht reiten. Trotzdem konnte ich es kaum erwarten, bis ich wieder auf meinem Pferd saß.«

Celestine protestierte: »Ich werde keinen Augenblick Ruhe finden, wenn sie noch einmal reitet.«

»Oh, Celestine, du würdest sie in Watte packen. Und was dann? Sie würde sich zu Tode erkälten, wenn sie das Haus verläßt. Man darf Kinder nicht allzusehr verhätscheln. Schließlich müssen sie sich mit der Welt auseinandersetzen und man muß sie darauf vorbereiten. Was hat die Expertin dazu zu sagen?« Er sah mich an. Ich wußte, daß er versuchte, unsere Stimmung zu heben.

»Ja, man sollte sie nicht verhätscheln«, stimmte ich ihm zu. »Aber wenn Kinder gegen etwas eine Abneigung haben, sollte man sie meiner Ansicht nach nicht dazu zwingen.«

»Aber kein Mensch hat sie gezwungen zu reiten!«

»Sie tat es sehr willig«, antwortete ich, »aber ich bin nicht sicher, ob sie es aus Freude am Reiten getan hat oder in dem Wunsch, Ihnen zu gefallen.«

»Nun«, sagte er leichthin, »ist es nicht schön, wenn ein Kind seinem Vater eine Freude machen will?«

»Aber es ist nicht notwendig, daß man um eines Lächelns willen ein Menschenleben aufs Spiel setzt.«

Der Zorn stieg wieder in mir auf, und ich verkrampfte meine Finger im Rock, um mich daran zu erinnern, daß ich nicht mehr Alices Reitkleid trug. Ich war die Gouvernante, und es stand mir nicht zu, meine Meinung kundzutun.

Sowohl Celestine als auch Connan waren über meine Bemerkung erstaunt, und ich fuhr rasch fort: »Es ist zum Beispiel möglich, daß Alveans Talente auf einem ganz anderen Gebiet liegen. Ich glaube, sie hat eine starke künstlerische Begabung. Sie zeichnet sehr gut. Mr. TreMellyn, ich wollte Sie schon lange fragen, ob man Alvean nicht Zeichenunterricht geben lassen könnte.«

Es entstand ein peinliches Schweigen, und ich fragte mich, warum sie beide so bestürzt waren.

»Ich bin sicher, daß sie ein großes Zeichentalent hat, und ich glaube, man sollte das nicht übersehen.«

»Aber Miss Leigh, Sie sind doch hier, um meine Tochter zu unterrichten. Weshalb muß man da noch andere Lehrer anstellen?«

»Weil ich glaube, daß sie sehr talentiert ist. Es würde ihr eine ganz neue Welt öffnen, wenn man ihr Zeichenunterricht geben ließe, und zwar von einer qualifizierten Kraft. Sie hat es verdient. Ich bin nur eine Gouvernante, Mr. TreMellyn. Ich bin nicht gleichzeitig Künstlerin.«

Er sagte ziemlich mürrisch: »Wir wollen ein andermal darüber sprechen.«

Er wechselte brüsk das Thema, und bald darauf trat der Arzt ein.

Ich wartete im Korridor, während Connan und Celestine mit Dr. Pengelly bei Alvean waren.

Hundert Bilder kamen mir in den Sinn. Ich stellte mir vor, daß Alvean an ihren Verletzungen starb. Ich sah mich das Haus für immer verlassen, und ich wußte, ich würde sehr unglücklich sein, wenn ich gehen müßte. Dann stellte ich mir vor, sie sei verkrüppelt und noch schwieriger als vorher, ein armes, unglückliches kleines Mädchen, und ich sah, wie ich ihr mein Leben widmete. Es war ein düsteres Bild.

Celestine kam zu mir heraus.

»Diese Ungewißheit ist schrecklich«, klagte sie. »Ich frage mich, ob wir nicht einen anderen Arzt zuziehen sollten. Dr. Pengelly ist sechzig. Ich fürchte ...«

»Ich habe den Eindruck, daß er sehr tüchtig ist«, unterbrach ich.

»Ich möchte das beste für Alvean. Wenn ihr etwas zustößt ...«

Sie biß sich auf die Lippen, und ich fand es seltsam, daß sie, die sonst allem so gelassen gegenüberstand, bei Alice und ihrer Tochter so starke Regungen zeigte.

Ich wollte ihr den Arm auf die Schulter legen und sie trösten, aber ich tat es nicht, da ich mich an meine Stellung erinnerte.

Dr. Pengelly kam mit Connan aus dem Zimmer. Er lächelte.

»Ein gebrochenes Schienbein«, sagte er. »Sonst hat sie kaum einen Schaden erlitten.«

»Gott sei Dank!« riefen Celestine und ich gleichzeitig.

»In ein oder zwei Tagen geht es ihr wieder besser. Dann kommt es nur darauf an, daß der Bruch gut heilt. Kinderknochen heilen verhältnismäßig leicht. Sie brauchen sich keine Sorgen zu machen.«

»Dürfen wir sie besuchen?« fragte Celestine begierig.

»Natürlich. Sie ist jetzt wach. Und sie hat nach Miss Leigh gefragt. Ich gebe ihr in einer halben Stunde noch ein Beruhigungsmittel, damit sie schläft. Morgen sieht dann schon alles anders aus.«

Wir traten ein. Alvean lag auf dem Rücken und sah sehr krank aus. Sie versuchte zu lächeln.

»Hallo, Miss! Hallo, Tante Celestine!«

Celestine kniete neben ihrem Bett nieder, nahm ihre Hand und bedeckte sie mit Küssen. Ich stand auf der anderen Seite des Bettes. Alvean sah mich an.

»Ich hab's nicht geschafft«, murmelte sie.

»Du hast es versucht und sehr gut gemacht. Das zählt!«

Connan stand am Fuß des Bettes.

»Dein Vater ist stolz auf dich«, fuhr ich fort.

»Er wird denken, es war dumm und ungeschickt«, meinte Alvean.

»Nein, das denkt er nicht«, versicherte ich. »Er ist hier, um es dir selbst zu sagen.«

Connan kam um das Bett und stand nun neben mir.

»Er ist stolz auf dich«, wiederholte ich. »Er sagt, es spielt keine Rolle, daß du gestürzt bist. Es kommt nur darauf an, daß du es versucht hast. Er ist überzeugt, das nächste Mal schaffst du es.«

»Wirklich? Hat er das gesagt?«

»Ja!« rief ich ärgerlich, denn er hatte noch immer nichts gesprochen und Alvean wartete darauf, daß er meine Worte bestätigte.

»Du hast es großartig gemacht, Alvean. Ich bin wirklich stolz auf dich«, sagte er endlich.

Ein schwaches Lächeln lag auf ihren Lippen. Dann sagte sie leise: »Miss ... bleiben Sie da. Sie dürfen nicht fortgehen.«

»Ich bleibe bei dir, Alvean. Ich bleibe immer bei dir!«

Ich blickte auf und sah, daß Celestine mich von der anderen Seite des Bettes aus musterte. Ich überlegte mir, was ich gesagt hatte, und die Gouvernante in mir sprach bestimmt: »Ich bleibe, solange man mich braucht.«

Alvean war zufrieden.

Als sie schlief, verließen wir sie. Ich wollte in mein Zimmer gehen, doch Connan sagte: »Kommen Sie doch einen Augenblick mit in die Bibliothek, Miss Leigh, der Arzt möchte den Fall mit Ihnen durchsprechen.«

Ich ging mit ihnen in die Bibliothek, und wir besprachen die Pflege Alveans.

»Ich werde jeden Tag herüberkommen«, versicherte Celestine.

»Eigentlich überlege ich mir, Connan, ob ich nicht ganz herüberziehen soll. Das würde doch vieles erleichtern.«

»Das müssen die Damen unter sich ausmachen«, unterbrach Dr. Pengelly. »Sorgen Sie dafür, daß das Kind bei guter Laune bleibt. Wir wollen nicht, daß sie deprimiert ist, während der Bruch heilt.«

»Wir werden unser möglichstes tun«, sagte ich. »Irgendeine besondere Diät, Doktor?«

»Ein oder zwei Tage leichte Krankenkost. Gekochter

Fisch, Milchpudding, Eiercreme und so weiter. Nach ein paar Tagen kann sie dann essen, wonach sie Lust hat.«

Ich hörte mir die Anweisungen des Arztes an und Connans Versicherung, daß Celestine keineswegs im Haus zu bleiben brauche. Er war überzeugt, daß Miss Leigh mit allem fertig würde, aber es wäre für Miss Leigh sicherlich ein beruhigender Gedanke, daß sie sich in Notfällen immer an Celestine wenden könnte.

»Nun, Connan, vielleicht ist es besser so«, meinte Celestine schließlich. »Wenn ich hier bliebe ..., die Leute erfinden ja immer gleich die lächerlichsten Gerüchte.«

Ich begriff, was sie meinte. Wenn Celestine in Mount Mellyn wohnte, würde man ihren Namen mit dem Connans in Verbindung bringen, während die Tatsache, daß ich, eine Angestellte im gleichen Alter, im Haus lebte, nicht zu Gerüchten Anlaß gab, denn ich gehörte ja nicht seinen Kreisen an.

Connan lachte. Dann sagte er: »Wie bist du überhaupt herübergekommen?«

»Ich bin hergeritten.«

»Schön, ich reite mit dir zurück.«

»Oh, vielen Dank, Connan, das ist nett von dir. Aber ich kann auch allein zurückreiten, wenn du lieber ...«

»Unsinn! Ich komme mit.«

Er wandte sich an mich. »Und Sie, Miss Leigh, sehen mitgenommen aus. Ich würde Ihnen raten, ins Bett zu gehen und sich tüchtig auszuschlafen.«

Ich war sicher, daß ich keine Ruhe fände, und in meiner Miene mußte sich das ausgedrückt haben, denn Dr. Pengelly meinte: »Ich gebe Ihnen ein Mittel, Miss Leigh. Nehmen Sie es fünf Minuten vor dem Schlafengehen. Ich glaube, ich kann Ihnen versprechen, daß Sie gut schlafen.«

»Vielen Dank«, murmelte ich dankbar, denn ich merkte plötzlich, wie müde ich war.

Ich hoffte, daß ich am nächsten Tag fähig wäre, mich mit jeder neuen Situation auseinanderzusetzen, die sich aus dem, was heute geschehen war, ergeben würde.

Ich ging in mein Zimmer, wo ein Tablett mit dem Abendessen auf mich wartete. Es gab Hühnchen, das fast immer meinen Appetit anregte, nur heute abend nicht.

Ich stocherte eine Weile im Essen, nahm ein paar Bissen zu mir, aber ich schob den Teller bald zur Seite.

Ich war gerade im Begriff, zu Bett zu gehen, als es an der Tür klopfte. »Herein!« rief ich, und Mrs. Polgrey trat ins Zimmer. Sie war aufgeregt. Kein Wunder, dachte ich. Wer war es nicht in diesem Haus?

»Es ist schrecklich«, begann sie.

Ich unterbrach sie rasch: »Es geht ihr bald wieder gut, Mrs. Polgrey. Der Arzt ist überzeugt davon.«

»O ja, das hab ich gehört. Aber es ist wegen Gilly, Miss. Ich mache mir Sorgen.«

»Wegen Gilly?«

»Sie ist vom Turnier nicht nach Hause gekommen, Miss. Ich habe sie seit heute nachmittag nicht mehr gesehen.«

»Wahrscheinlich geht sie spazieren. Wenn sie gesehen hat ...«

»Ich kann es gar nicht fassen. Ich kann es nicht verstehen, wie sie überhaupt zur Rennbahn kam. Sie macht sonst immer um Pferde einen großen Bogen. Ich bin fast ohnmächtig geworden, als ich hörte, daß sie dort war. Und jetzt ... ist sie nicht nach Hause gekommen.«

»Aber sie geht doch oft allein spazieren, nicht wahr?«

»Ja, aber zum Tee ist sie immer zu Hause. Ich weiß

wirklich nicht, was ich davon halten soll. Ich mache mir solche Sorgen.«

»Hat man schon im Haus nach ihr gesucht?«

»Ja, überall. Kitty und Daisy haben mir geholfen. Und Polgrey auch. Das Kind ist nicht im Haus.«

»Ich helfe suchen«, sagte ich.

Statt ins Bett zu gehen, beteiligte ich mich an der Suche nach Gillyflower. Ich war besorgt, denn dies war ein Tag, an dem ich mit allem rechnete. Was konnte Gilly zugestoßen sein? Vielleicht war sie zur Küste gewandert und von der Flut fortgetragen worden, und ich stellte mir vor, daß die Wellen sie in der Mellyn-Bucht wieder an Land spülten, wie vor acht Jahren ihre Mutter. Unsinn, sagte ich mir. Gilly ist spazierengegangen und irgendwo eingeschlafen. Ich hatte sie oft im Wald gesehen. Aber dort würde sie sich nicht verirren. Sie kannte dort jeden Zentimeter.

Ich ging trotzdem in den Wald und rief: »Gilly! Gilly!« Und der Nebel, der mit dem Abend wieder aufstieg, dämpfte meine Stimme wie Watte.

Ich suchte den ganzen Wald ab, denn mein Gefühl sagte mir, daß sie dort sein mußte, und daß sie sich nicht verirrt hatte, sondern sich versteckte.

Ich hatte recht. Sie lag in einer Lichtung zwischen niederem Farnkraut. Ich hatte sie schon ein- oder zweimal hier gesehen und vermutete, daß dies ihr Zufluchtsort war.

»Gilly!« rief ich. »Gilly!« Kaum hatte sie mich gehört, sprang sie auf. Sie wollte davonlaufen, doch sie zögerte, als ich ihr zurief: »Gilly, ich bin ganz allein, und ich tue dir nichts!«

Sie sah wie ein Märchenkind aus, und ihr langes Haar hing ihr lose über die Schultern herab.

»Du wirst dich erkälten, wenn du dich auf den nassen Boden legst. Warum versteckst du dich, Gilly?«

Ihre großen Augen musterten mich, und ich begriff, daß die Angst vor irgend etwas sie zu ihrem Zufluchtsort im Wald getrieben hatte. Wenn sie nur mit mir sprechen wollte! Wenn sie es nur erklären wollte!

»Gilly, wir sind doch Freundinnen, nicht wahr? Du weißt das. Ich bin deine Freundin, genau wie früher Madam.«

Sie nickte, und die Furcht verschwand aus ihrem Gesicht. Ich dachte: Sie hat mich in Alices Reitkleid gesehen und muß uns irgendwie durcheinandergebracht haben.

Ich legte ihr den Arm auf die Schulter. Ihr Kleid war feucht, und ich sah die Nebelfeuchtigkeit auf ihren blassen Augenbrauen und Wimpern.

»Du frierst, Gilly!« Sie ließ sich von mir umarmen. »Komm, Gilly, wir gehen nach Haus. Deine Großmutter macht sich Sorgen um dich.«

Sie ließ sich von mir aus der Lichtung führen, aber ich merkte, daß sie nur zögernd mitkam.

»Du warst heute beim Reitturnier«, fuhr ich fort.

Sie blickte mich an, und plötzlich preßte sie das Gesicht an mich. Sie zitterte.

Nun begriff ich, was geschehen war. Das Kind fürchtete sich vor Pferden, genau wie Alvean. Natürlich! Wäre sie nicht selbst fast von einem zu Tode getrampelt worden? Sie hatte einen Schock erlitten und nie jemanden gekannt, der ihr helfen konnte, gegen die Dunkelheit zu kämpfen, die sich über sie gesenkt hatte.

In diesem nebligen Wald kam ich mir vor wie eine Frau, die eine Mission zu erfüllen hat.

Gilly hatte an diesem Nachmittag Alvean unter den

Pferdehufen gesehen und litt nun an einer Wiederkehr des früheren Schocks – schließlich lag ihr eigener Unfall nur vier Jahre zurück.

In diesem Moment hörte ich Hufgeklapper im Wald, und ich rief: »Hallo, ich habe sie gefunden!«

»Hallo, ich komme, Miss Leigh.«

Mich ergriff eine fast unerträgliche Freude, denn es war Connan. Vermutlich war er von Mount Widden zurückgekehrt und hatte erfahren, daß Gilly vermißt war, und sich an der Suche nach ihr beteiligt. Vielleicht wußte er, daß ich in den Wald gegangen war, und hatte beschlossen, sich mir anzuschließen.

Gilly preßte sich noch fester an mich und hielt ihr Gesicht verborgen, als er auf uns zuritt.

»Ich hab sie gefunden!« rief ich, und als er bei uns war, sagte ich: »Sie ist erschöpft. Nehmen Sie sie in den Sattel.«

Er beugte sich herab, doch Gilly schrie auf: »Nein, nein!«

Er war erstaunt, sie sprechen zu hören. Ich hatte bereits entdeckt, daß sie in Augenblicken der Erregung sprach.

»Gilly, steig auf zu Mr. TreMellyn. Ich gehe nebenher und halte dich an der Hand.«

Sie schüttelte den Kopf.

»Schau, das ist May Morning. Sie möchte dich nach Hause tragen, weil sie weiß, daß du müde bist.«

Gilly drehte sich um und sah May Morning ängstlich an.

»Nehmen Sie sie«, bat ich Connan.

Er beugte sich herunter, hob sie in die Höhe und setzte sie vor sich in den Sattel.

Sie wehrte sich. Ich sprach beschwichtigend auf sie

ein. »Es geschieht dir nichts, Gilly. So kommen wir rascher heim. Zu Hause warten warme Milch und Brot auf dich, und dann liegst du in deinem warmen Bettchen. Ich gehe neben dir her und halte dir die ganze Zeit die Hand.«

Sie wehrte sich nicht mehr, aber sie ließ meine Hand nicht los.

Als man sie vom Pferd hob und ihrer Großmutter übergab, warf mir Connan ein Lächeln zu, das ich unendlich liebenswert fand, weil nichts von dem Spott darin lag, den ich bis dahin immer in seiner Miene gesehen hatte.

Erschöpft und müde ging ich in mein Zimmer, doch zugleich empfand ich eine so starke Freude, daß ich aus meinen Gefühlen kaum klug wurde. Ich wußte natürlich, was mit mir geschehen war. Heute war es mir klar geworden. Ich fand, daß ich etwas Dummes getan hatte – vielleicht das Dümmste, was mir je in meinem Leben passiert war. Ich hatte mich zum erstenmal verliebt, und zwar in jemanden, der nicht in meine Welt gehörte. Ich liebte den Herrn von Mount Mellyn, und ich hatte das ungute Gefühl, daß er es gemerkt haben könnte.

Auf meinem Nachttisch lag das Schlafmittel von Dr. Pengelly. Ich schloß die Tür ab, zog mich aus und trank das Mittel.

Doch ehe ich zu Bett ging, betrachtete ich mich in meinem rosaroten Flanellnachthemd, das züchtig am Hals zugeknöpft war. Dann lachte ich über meine dreisten Gedanken und sagte laut in meinen besten Gouvernantentönen: »Morgen früh, nach einer geruhsamen Nacht, die dir Dr. Pengellys Mittel verschafft, bist du wieder vernünftig.«

Die nächsten Wochen waren die glücklichsten seit meiner Ankunft in Mount Mellyn. Es zeigte sich bald, daß Alvean keinen ernsteren Schaden erlitten hatte, und ich stellte mit Freude fest, daß sie nichts von ihrer Freude am Reiten verloren hatte. Sie erkundigte sich nach den leichten Verletzungen von Black Prince und hielt es für selbstverständlich, daß sie bald wieder reiten würde.

Nach einer Woche nahmen wir den Unterricht wieder auf, und sie freute sich darauf. Ich lehrte sie Schachspielen. Sie begriff es rasch, und wenn ich ihr einen Vorteil gab, indem ich ohne Königin spielte, schlug sie mich sogar.

Aber es waren nicht nur Alveans Fortschritte, die mich so glücklich machten. Es war auch die Tatsache, daß Connan im Haus war. Obwohl er nie über meinen Ausbruch am Tag des Unfalls sprach, hatte er sich meine Vorhaltungen eindeutig zu Herzen genommen. Er besuchte Alvean häufig und brachte Bücher und Spiele mit, von denen er dachte, sie würden ihr Freude machen.

An einem der ersten Tage sagte ich zu ihm: »Eines freut sie mehr als alle Geschenke, die Sie bringen, und das sind Sie selbst.«

»Sie muß ein eigenartiges Kind sein, wenn sie mich einem Buch oder einem Spiel vorzieht«, meinte er.

Ich lächelte ihn an, er erwiderte mein Lächeln, und wieder sah ich die Wandlung in seinem Verhalten mir gegenüber.

Manchmal setzte er sich zu uns und schaute uns beim Schachspielen zu. Ab und zu ergriff er Alveans Partei, und ich protestierte und verlangte, daß ich dann mit meiner Königin spielen dürfe.

Alvean lächelte dazu. Connan sagte: »Schau, Alvean, wir stellen unseren Läufer hierhin, dann muß unsere liebe Miss Leigh ihre Verteidigung mobilisieren.«

Alvean kicherte und warf mir einen triumphierenden Blick zu, und ich war so glücklich mit den beiden, daß ich unaufmerksam wurde und das Spiel beinahe verloren hätte. Aber ich vergaß nie, daß zwischen Connan und mir eine Art Kampf im Gang war. Ich wollte bei jeder Gelegenheit mein Können beweisen, ich wollte ihm zeigen, daß ich ihm ebenbürtig war, und sei es beim Schachspiel.

»Wenn man Alvean transportieren kann, fahren wir nach Fowey hinüber zum Picknick«, sagte er eines Tages.

»Weshalb nach Fowey?« fragte ich. »Wir haben hier eine großartige Picknickküste.«

»Meine liebe Miss Leigh«, er hatte es sich angewöhnt, mich seine liebe Miss Leigh zu nennen, »wissen Sie nicht, daß die Küsten anderer Leute verlockender sind als die eigenen?«

»Fein, Papa!« rief Alvean. »Fahren wir zum Picknick!«

Sie war so begierig darauf, rasch gesund zu werden, daß sie alles aß, was man ihr vorsetzte. Dr. Pengelly war zufrieden.

An einem der nächsten Nachmittage sagte ich zu Connan: »Aber die eigentliche Kur sind Sie. Sie haben sie glücklich gemacht, weil Sie ihr endlich gezeigt haben, daß Sie ihr Dasein zur Kenntnis nehmen.«

Darauf tat er etwas Überraschendes. Er küßte mich leicht auf die Wange. Es war ganz anders als jener Kuß, den er mir in der Ballnacht gegeben hatte. Dieser war rasch, freundlich, leidenschaftslos und doch herzlich.

»Nein, die eigentliche Kur sind Sie, meine liebe Miss Leigh«, sagte er und ließ mich unvermittelt stehen.

Ich vergaß Gilly nicht. Ich war entschlossen, mich genauso für sie einzusetzen wie für Alvean, und ich hielt es für das beste, mit Connan darüber zu sprechen. Er war in jener Stimmung, so glaubte ich, in der er mir alles erlaubte, worum ich bat. Ich wäre nicht überrascht gewesen, wenn er sich wieder in sein altes Ich verwandelt hätte, sobald Alvean gesund war. Deshalb beschloß ich, etwas für Gilly zu tun, während es Erfolg versprach. Ich faßte Mut. Ich ging ins Punschzimmer und fragte Connan, ob ich ihn sprechen könnte.

»Aber natürlich, Miss Leigh. Es ist mir immer ein Vergnügen, mich mit Ihnen zu unterhalten.«

Ich kam sofort zum Wesentlichen. »Es ist wegen Gilly.«

»Ja?«

»Ich glaube nicht, daß sie beschränkt ist, sondern daß nur noch nie jemand versucht hat, ihr zu helfen. Ich habe von ihrem Unfall gehört. Sie soll vorher ein ganz normales Kind gewesen sein. Finden Sie nicht auch, daß es möglich sein müßte, sie wieder gesund zu machen?«

Der alte Spott kehrte in seine Augen zurück, als er leichthin sagte: »Ich glaube, daß ebenso wie bei Gott auch bei Miss Leigh alle Dinge möglich sind.«

Ich ignorierte das. »Ich bitte Sie um die Erlaubnis, Gilly Unterricht geben zu dürfen.«

»Meine liebe Miss Leigh, füllt die Schülerin, die Sie schon haben, Sie nicht ganz aus?«

»Ich habe ein wenig Freizeit, Mr. TreMellyn. Sogar Gouvernanten haben das. Ich würde Gilly in meiner Freizeit unterrichten, vorausgesetzt, daß Sie es nicht ausdrücklich verbieten.«

»Und wenn ich es Ihnen verbiete? Ich bin überzeugt, Sie finden einen Weg, es trotzdem zu tun. Deshalb denke ich, ist es einfacher, wenn ich sage: Versuchen Sie Ihr Glück. Ich wünsche Ihnen Erfolg dabei.«

»Danke«, sagte ich und drehte mich um.

»Miss Leigh!«

Ich blieb stehen.

»Wir wollen dieses Picknick bald machen. Ich kann Alvean, wenn nötig, zur Kutsche tragen.«

»Das wäre sehr lieb. Ich werde es ihr sofort sagen. Es wird sie freuen.«

»Und Sie, Miss Leigh, freuen Sie sich auch?«

Einen Augenblick dachte ich, er würde auf mich zukommen, und ich trat rasch einen Schritt zurück. Ich fürchtete plötzlich, daß er mir die Hände auf die Schultern legen würde, und daß ich mich dann verraten könnte.

»Alles, was für Alvean gut ist, freut mich, Mr. TreMellyn«, sagte ich kühl.

Ich eilte zu Alvean und berichtete ihr die gute Neuigkeit.

So verstrichen die Wochen – erfreuliche, herrliche Wochen.

Ich hatte Gilly ins Unterrichtszimmer gebracht, und es war mir sogar gelungen, ihr ein paar Buchstaben beizubringen. Ich glaubte wirklich, daß sie Freude an unseren Unterrichtsstunden hatte, denn sie erschien jeden Tag zur festgesetzten Zeit.

Hin und wieder hörte man sie ein paar Worte sprechen, und ich wußte, daß das ganze Haus das Experiment mit Interesse verfolgte.

Wenn es Alvean wieder gut genug ginge, daß sie ins Unterrichtszimmer kommen konnte, würde ich mich auf Opposition gefaßt machen müssen. Ihre Abneigung Gilly gegenüber war offenkundig. Ich hatte das Kind einmal ins Krankenzimmer geführt, und Alvean war sofort aufsässig geworden. Ich nahm mir vor, sie mit Gilly auszusöhnen, wenn sie gesund war. Doch das war ein Problem der Zukunft. Ich konnte nicht erwarten, daß diese angenehmen Tage weitergingen, wenn das Leben einmal wieder seinen normalen Gang lief.

Alvean bekam viel Besuch. Celestine war täglich eine Stunde bei ihr. Sie brachte ihr Obst und andere Geschenke. Auch Peter kam, und sie freute sich immer, wenn sie ihn sah.

»Findest du nicht, daß ich ein musterhafter Onkel bin, da ich dich so oft besuche, Alvean?« fragte er.

»Ja, aber du kommst nicht nur meinetwegen, Onkel Peter, du kommst hauptsächlich wegen der Miss.«

Und er hatte auf seine charakteristische Art erklärt: »Ich komme zu euch beiden. Was für ein Glück, daß ich zwei so charmante Damen habe, die ich besuchen kann!«

Lady Treslyn brachte Alvean teure Bücher und Blumen, doch Alvean empfing sie mürrisch und sprach kaum mit ihr. »Sie ist eben noch angegriffen, Lady Treslyn«, erklärte ich. Das Lächeln, das sie mir zuwarf, nahm mir fast den Atem, so schön war sie.

»Verständlich«, erwiderte Lady Treslyn. »Das arme Kind! Mr. TreMellyn hat mir erzählt, daß sie sehr tapfer war und daß Sie sich großartig verhalten haben. Ich habe ihm gesagt, wie froh er sein kann, daß er solch eine Perle gefunden hat, und ich erzählte ihm, wie meine letzte Köchin mitten in einer Abendgesellschaft davonlief. Sie war auch eine Perle.«

Ich senkte den Kopf und haßte sie – nicht, weil sie mich mit ihrer Köchin auf eine Stufe stellte, sondern weil sie so schön war. Ich wußte, daß immer noch Gerüchte über sie und Connan umgingen und fürchtete, daß etwas Wahres an ihnen sein könnte. Connan schien wie verwandelt, wenn diese Frau im Haus war. Ich hatte den Eindruck, daß er mich dann kaum sah. Ich hörte sie zusammen lachen und fragte mich, was sie wohl miteinander sprachen. Ich sah sie zusammen im Garten und fand, daß die Art, in der sie nebeneinander hergingen, eindeutig etwas Intimes an sich hatte.

Dann erkannte ich, wie dumm ich gewesen war, denn ich hegte Gedanken, die ich nicht einmal vor mir selbst zuzugeben wagte. Ich versuchte, so zu tun, als existierten sie nicht. Aber sie waren nun einmal da – und meiner Vernunft zum Trotz kamen sie immer wieder.

Ich wagte nicht, in die Zukunft zu blicken.

Celestine schlug eines Tages vor, Alvean für einen Tag mit nach Mount Widden zu nehmen.

»Das wäre doch eine nette Abwechslung für das Kind«, fügte sie hinzu. »Connan, du könntest dann zum Abendessen herüberkommen, und sie wieder mit nach Hause nehmen.«

Er war einverstanden. Ich war enttäuscht, daß ich nicht ebenfalls eingeladen wurde und ersah daraus, was für ein trügerisches Bild ich mir während dieser herrlichen Wochen von der Situation gemacht hatte. Sich vorzustellen, daß ich, die Gouvernante, zum Essen nach Mount Widden eingeladen würde!

Es war, wie wenn man an einem kühlen Morgen aufwacht, nachdem wochenlang die Sonne geschienen hat, so daß man schon glaubte, dies würde ewig dauern. Es war wie das erste Aufziehen von Sturmwolken an einem Sommerhimmel.

Connan fuhr Alvean in der Kutsche hinüber, und ich blieb zum erstenmal ohne festgelegte Pflichten zurück.

Ich gab Gilly ihren Unterricht, aber ich hatte das Kind nie allzusehr belastet, und als ich sie nach einer Stunde wieder zu ihrer Großmutter brachte, überlegte ich mir, was ich tun könnte. Dann kam mir eine Idee. Weshalb nicht ausreiten – vielleicht ins Moor?

Ich erinnerte mich an Großtante Clara. Ich dachte wieder an das Geheimnis von Alice, das ich während dieser friedlichen Wochen während Alveans Rekonvaleszenz vergessen hatte. Ich fragte mich, ob ich mich vielleicht deshalb so sehr für Alices Geschichte interessiert hatte, weil ich etwas brauchte, das mich davon abhielt, über mich selbst nachzugrübeln.

Großtante Clara wird hören wollen, wie es Alvean geht, redete ich mir ein. Jedenfalls hatte sie mich mit der größten Freundlichkeit behandelt und mir zu verstehen gegeben, daß ich jederzeit willkommen sei. Ich hatte ohnehin den Eindruck, daß sie mehr darauf aus gewesen war, sich mit mir zu unterhalten, als mit dem Kind.

Ich ging zu Mrs. Polgrey hinunter und erklärte: »Alvean ist den ganzen Tag weg. Ich mache heute Ferien.«

Mrs. Polgrey hatte mich ins Herz geschlossen, seit ich mich so sehr um Gilly kümmerte. Ich glaubte, sie liebte das Kind wirklich.

»Niemand hat einen freien Tag mehr verdient als Sie, Miss. Was haben Sie vor?«

»Ich reite ins Moor und werde unterwegs irgendwo in einem Gasthaus essen.«

»Glauben Sie, daß das richtig ist, Miss? Ganz allein?«

Ich lächelte. »Ich kann sehr wohl auf mich aufpassen, Mrs. Polgrey.«

»Nun, im Moor gibt es Moräste und Nebel und die ›Kleinen Leute‹, sagt man.«

»Kleine Leute?«

»Lachen Sie nicht, Miss. Sie mögen Menschen nicht, die über sie lachen. Es sind kleine Zwerge mit Zipfelmützen. Wenn Sie ihnen nicht gefallen, führen sie Sie mit ihren Feenlaternen in die Irre, und ehe Sie wissen, wie Ihnen geschieht, stecken Sie mitten im Sumpf und versinken, und wenn Sie noch so dagegen ankämpfen.«

Ich tat so, als fürchte ich mich. »Ich werde vorsichtig sein, und ich würde nicht im Traum daran denken, die Zwerge zu ärgern. Wenn ich je einen treffe, werde ich sehr höflich sein.«

»Ich glaube, Sie machen sich darüber lustig!«

»Mir passiert schon nichts, Mrs. Polgrey. Machen Sie sich um mich keine Sorgen.«

Ich ging zum Stall und fragte Tapperty, welches Pferd ich heute haben könnte.

»May Morning, wenn Sie wollen. Sie ist heute frei.«

Ich erzählte ihm, ich wolle ins Moor reiten. »Will mir ein wenig die Gegend ansehen«, fügte ich hinzu.

»Reiten Sie allein, Miss?« fragte er verschmitzt.

Ich sagte, daß ich allein ritt, aber ich sah, daß er mir nicht glaubte.

Ich ärgerte mich über ihn, denn ich vermutete, daß er an Peter Nansellock dachte. Ich wußte, daß man über uns redete, seit er so albern gewesen war, mir Jacinth herüberzuschicken. Aber ich wußte nicht, ob meine wachsende Freundschaft mit Connan bemerkt worden war. Seltsamerweise konnte ich den Gedanken ertragen, daß sie Bemerkungen über Peter und mich austauschten, wenn ich außer Hörweite war. Doch es wäre mir unerträglich gewesen, wenn sie in dieser Weise über Connan und mich gesprochen hätten.

Wie lächerlich! sagte ich mir, als ich zum Dorf ritt, es gibt nichts über dich und Connan zu klatschen. Aber doch, und ich dachte an die beiden Male, da er mich geküßt hatte.

Ich blickte über die Bucht nach Mount Widden hinüber. Sehnsüchtig hoffte ich, Connan käme zurück und ich würde ihm begegnen. Aber er blieb natürlich bei Alvean und seinen Freunden. Wie kam ich auf die Idee, er würde zurückkommen wollen, um bei mir zu sein? Ich ließ die Tagträume ein wenig zu weit gehen. Aber ich hoffte noch, bis ich das Dorf hinter mir hatte und an die ersten Findlinge im Moor kam.

Es war ein leuchtender Dezembermorgen. Ich roch die moorige Erde, und der Wind, der nach Norden gedreht hatte, war frisch und belebend. Ich galoppierte über das Moor mit dem Wind im Gesicht. Ich bildete mir ein, Connan ritte neben mir und riefe mir zu, ich solle anhalten, damit er mir sagen könnte, wie ich sein Leben und das Alveans verwandelt hatte, und daß er mich liebe.

In diesem Moorland konnte man an phantastische Träume glauben. So wie manche sich erzählten, daß diese Gegend von Zwergen bewohnt sei, so sagte ich mir, es wäre möglich, daß Connan TreMellyn sich in mich verliebt habe.

Um Mittag kam ich am »Haus im Moor« an. Es war alles genau wie beim ersten Mal. Die Haushälterin stand in der Tür und hieß mich herzlich willkommen, und ich wurde in Großtante Claras Wohnzimmer geführt.

»Schönen guten Tag, Miss Leigh! Und heute ganz allein?« begrüßte mich die alte Dame.

Also hatte sie nichts von Alveans Unfall erfahren. Das wunderte mich. Ich hatte geglaubt, Connan habe jemanden mit der Nachricht herübergeschickt, da die alte Dame an ihrer Großnichte so starken Anteil nahm. Ich berichtete ihr von dem Unfall, und sie machte ein sehr besorgtes Gesicht, aber ich fügte rasch hinzu, daß es Alvean schon wieder besser gehe und daß sie bald wieder gehen könne.

»Darf ich Ihnen eine Erfrischung anbieten, Miss Leigh?« fragte sie dann. »Trinken wir ein Glas von meinem Holunderwein. Sie bleiben doch zum Mittagessen?«

Ich sagte, es sei sehr freundlich von ihr, mich einzuladen, und wenn es keine allzu großen Umstände bereite, würde ich gern bleiben.

Wir tranken den Holunderwein, und wieder wurde mir etwas schwindelig, wie beim letzten Mal nach dem Löwenzahnwein. Zum Mittagessen gab es Hammelfleisch mit Kapernsoße. Es schmeckte ausgezeichnet. Danach zogen wir uns in den Salon zurück zu einem kleinen ›Schwätzchen‹, wie sie es nannte. Darauf hatte ich gehofft, und ich sollte nicht enttäuscht werden.

»Sagen Sie, wie geht es der kleinen Alvean? Ist sie jetzt viel glücklicher?«

»Ja, und ich glaube, seit ihrem Unfall noch mehr. Ihr Vater ist seither freundlich zu ihr. Sie liebt ihn sehr.«

»Ah«, sagte Großtante Clara, »ihr Vater.« Sie sah mich an, und ihre hellen blauen Augen funkelten erregt. Sie gehörte zu den Frauen, die einfach reden müssen, und da sie so viel Zeit allein in ihrem Haus verbrachte, war es eine unwiderstehliche Versuchung, wenn Besuch kam.

Ich sprach kein Wort. Ich wartete und fürchtete, sie könne es sich doch noch anders überlegen. Ich hatte den Eindruck, daß sie mir einen Schlüssel zu der Situation in Mount Mellyn geben konnte, zur Geschichte der TreMellyns, die, wie ich mir zögernd eingestand, sehr gut auch meine Geschichte werden konnte.

»Manchmal gebe ich mir selbst die Schuld«, begann sie, als spräche sie mit sich selbst, und ihre blauen Augen sahen durch mich hindurch, als blickten sie über die Jahre zurück und hätte mich vergessen.

»Es ist eben die Frage, inwieweit man sich in das Leben anderer einmischen soll«, fuhr sie fort.

Das war eine Frage, die auch ich mir oft stellte. Ich hatte zweifellos versucht, mich in das Leben der Menschen einzumischen, seit ich in Mount Mellyn war.

»Alice wohnte nach ihrer Verlobung bei mir. Alles hätte damals noch geändert werden können. Aber ich überredete sie. Wissen Sie, ich dachte, er sei tatsächlich der bessere Mann.«

Sie sprach ein wenig unzusammenhängend, doch ich wollte keine Fragen stellen, um den Bann nicht zu brechen. Sie hätte sich bewußt werden können, daß sie sich einer Frau anvertraute, die neugieriger war, als es ihr zustand.

»Ich male mir oft aus, was geschehen wäre, wenn sie damals anders gehandelt hätte. Fragen Sie sich auch manchmal: Wenn ich damals dies oder jenes getan hätte, wie wäre das Leben dieser Person dann verlaufen?«

»Ja, das tut wohl jeder. Sie glauben, daß sich die Dinge für Ihre Nichte und für Alvean anders entwickelt hätten?«

»O ja ... hauptsächlich für Alice. Sie stand damals wirklich an einem Wendepunkt. Gehe hierhin, und du hast solch ein Leben, gehe dorthin, und alles wird anders sein. Es ängstigt mich manchmal, denn wenn sie damals nach rechts gegangen wäre statt nach links ... würde sie vielleicht noch leben. Wenn sie Geoffrey geheiratet hätte, dann hätte sie später nicht mit ihm zu fliehen brauchen, nicht wahr?«

»Ich sehe, Sie hatten ihr Vertrauen.«

»Allerdings. Das ist es gerade, was mich beunruhigt. Habe ich das Rechte getan?«

»Ich bin sicher, Sie taten das, was Sie für das Rechte hielten. Und mehr kann niemand tun. Sie haben Ihre Nichte sehr geliebt?«

»Sehr. Alice besuchte uns oft und spielte mit meinen Kindern – drei Jungen. Ich hatte immer ein Mädchen gewollt. Ich hoffte manchmal, sie würde einen von ihnen heiraten. Vielleicht wäre das nicht gut gewesen unter Cousins. Wir haben damals nicht hier gewohnt. Wir lebten in Penzance. Alices Eltern hatten große Besitztümer ein paar Meilen landein. Das gehört jetzt natürlich ihrem Mann. Sie brachte ihm eine große Mitgift. Trotzdem, es wäre vielleicht nicht gut gewesen, einen Cousin zu heiraten. Auf jeden Fall wurde die Ehe mit den TreMellyns abgesprochen.«

»Dann wurde das also arrangiert!«

»Ja. Alices Vater war schon tot, und ihre Mutter – sie war meine Schwester – hatte Connan TreMellyn immer sehr gemocht – den – älteren meine ich. In dieser Familie hieß seit Jahrhunderten immer der älteste Sohn Connan. Ich glaube, meine Schwester hätte gern den Vater des jetzigen Connan geheiratet, aber für beide wurden andere Ehen abgesprochen, und deshalb wollte sie, daß wenigstens ihre Kinder einander heirateten. Sie wurden verlobt, als Connan zwanzig und Alice achtzehn war. Die Hochzeit sollte ein Jahr später stattfinden.«

»Also eine Vernunftehe!«

»Vernunftehen stellen sich später oft als unvernünftig heraus, nicht? Man dachte, es sei eine gute Idee, wenn

Alice zu mir käme. Sie wissen, ich wohne nur einige Stunden von Mount Mellyn entfernt, und so konnten sich die jungen Leute oft sehen ... ohne daß Alice in seinem Haus war.«

»Ich nehme an, Mr. TreMellyn hat sie hier oft besucht.«

»Ja, aber nicht so oft, wie man hätte erwarten sollen. Ich begann zu argwöhnen, daß sie nicht so gut zusammenpaßten wie ihre Vermögen.«

»Erzählen Sie mir von Alice! Was war sie für ein Mensch?«

»Wie soll ich sie Ihnen schildern? Das Wort ›leicht‹ kommt mir in den Sinn. Sie war leichten Herzens, leichten Geistes. Ich will damit nicht sagen, daß sie in ihrer Moralauffassung leicht war – manche benützen das Wort in diesem Sinne –, obwohl natürlich, was dann geschah ... aber wer kann da Richter sein? Er kam nämlich oft zum Malen hierher. Er hat herrliche Bilder vom Moor gemalt.«

»Wer? Connan TreMellyn?«

»O Gott bewahre, nein! Geoffrey Nansellock. Er war ein recht bekannter Künstler, wußten Sie das nicht?«

»Nein. Ich weiß von ihm nur, daß er im letzten Juli zusammen mit Alice starb.«

»Er kam oft herüber, als sie hier bei mir war. Er kam sogar häufiger als Connan. Ich begriff langsam, wie die Dinge standen. Sie gingen zusammen ins Moor, und er hatte seine Staffelei dabei. Sie sagte, sie wollte ihm bei der Arbeit zusehen. Sie wollte vielleicht selbst anfangen zu malen. Aber natürlich haben sie nicht zusammen gemalt.«

»Haben sie ... sich geliebt?« fragte ich.

»Ich war ziemlich entsetzt, als sie es mir sagte. Sie hatte ein Kind empfangen.«

Ich hielt den Atem an. Alvean! Kein Wunder, daß Connan sich nicht dazu überwinden konnte, sie zu lieben. Kein Wunder, daß meine Bemerkung über ihr künstlerisches Talent ihn und Celestine aus der Fassung brachten!

»Sie hat es mir zwei Wochen vor dem Hochzeitstag gestanden. Sie glaubte nicht, daß sie sich irrte. Sie sagte: ›Was soll ich nur tun, Tante Clara? Soll ich Geoffrey heiraten?‹ Und ich fragte sie: ›Will Geoffrey dich heiraten, meine Liebe?‹ Sie meinte: ›Er müßte es tun, wenn ich es ihm sagen würde, nicht wahr?‹ Ich weiß heute, daß sie es ihm hätte sagen sollen. Es wäre richtiger gewesen. Aber der Hochzeitstermin stand schon fest. Außerdem war Alice reich, und ich war nicht sicher, ob Geoffrey nicht vielleicht auf ihre Mitgift spekuliert hatte. Alices Vermögen wäre für die Nansellocks ein Segen gewesen. Ich fragte mich ... wie man sich eben so fragt. Er stand auch in einem gewissen Ruf. Er hatte schon andere in Alices Lage gebracht. Ich glaube nicht, daß sie lange glücklich mit ihm gewesen wäre.«

Ich schwieg. Ich hatte den Eindruck, als würden wichtige Teile eines Mosaikspiels vor meinen Augen zusammengesetzt. Langsam erkannte ich das Bild.

»Ich weiß noch genau, wie sie vor mir saß«, fuhr die alte Dame fort. »Es war in diesem Zimmer. Sie hat mir ihr Herz ausgeschüttet, wie ich es jetzt vor Ihnen tue. Es quält mich, seit sie tot ist. Sie bat: ›Was soll ich tun, Tante Clara? Hilf mir doch! Sag mir, was ich tun soll!‹ Und ich antwortete: ›Heirate Connan TreMellyn. Du bist mit ihm verlobt, du mußt vergessen, was mit Geoffrey Nansellock war.‹ ›Aber wie kann ich das vergessen?‹ meinte sie. ›Es wird eine lebende Erinnerung geben, nicht wahr?‹ Und dann tat ich etwas Schreckliches. Ich sagte: ›Du mußt heiraten. Dein Kind wird als Frühgeburt gelten.‹ Da warf sie den Kopf in den Nacken und lachte. Es war ein hysterisches Gelächter. Die arme Alice war dem Nervenzusammenbruch nahe.«

Tante Clara lehnte sich im Stuhl zurück. Es schien, als erwache sie aus einem Traum. Ich glaubte wirklich, daß sie nicht mich hier sitzen sah, sondern Alice. Sie war nun ein wenig besorgt, weil sie nicht sicher war, ob sie mir zuviel erzählt hatte.

Ich schwieg. Ich sah alles im Geiste vor mir: Die Hochzeit, die ein großes Fest gewesen sein mußte, kurz darauf der Tod von Alices Mutter, und der Tod von Connans Vater im folgenden Jahr. Die beiden hatten die Hochzeit abgesprochen, aber sie hatten nicht lange Freude daran gehabt. Alice blieb mit Connan zurück – mit einem Connan – und mit Alvean, dem Kind eines anderen Mannes, das sie als das seine auszugeben versuchte. Es war ihr nicht gelungen, soviel wußte ich. Er hatte nach außen hin den Anschein erweckt, als sei Alvean seine Tochter. Aber er hatte sie im Innern nie als solche akzeptiert. Alvean bewunderte ihn sehr, aber sie argwöhnte, daß etwas nicht in Ordnung sei, und sie war unsicher. Sie sehnte sich danach, daß er sie als seine Tochter anerkannte. Vielleicht hatte er nie mit Bestimmtheit gewußt, ob sie es war oder nicht.

Die Situation war voller Tragik. Und doch, dachte ich, was nützt es, wenn man darüber grübelt? Alice ist tot. Alvean und Connan leben. Sie sollen die Vergangenheit vergessen. Wenn sie klug wären, würden sie versuchen, einander in Zukunft glücklich zu machen.

»Oh, meine Liebe«, seufzte Großtante Clara. »Wie ich schwätze! Es ist, als ob man es alles noch einmal erlebt. Ich habe Sie gelangweilt.« Ihr Stimme klang ein wenig ängstlich. »Ich habe zuviel gesprochen. Aber ich nehme an, Miss Leigh, Sie behalten für sich, was ich Ihnen erzählt habe?«

»Sie können sich darauf verlassen«, sagte ich.

»Ich wußte es, sonst hätte ich es Ihnen nicht erzählt. Es war eine Wohltat, mit Ihnen zu sprechen. Manchmal denke ich die ganze Nacht darüber nach. Vielleicht wäre es richtiger gewesen, wenn sie Geoffrey geheiratet hätte. Vielleicht dachte sie das auch und versuchte deshalb, mit ihm zu fliehen. Wenn man sich vorstellt, die beiden in diesem Zug! Es sieht aus wie ein Urteilsspruch Gottes, nicht wahr?«

»Nein«, sagte ich nachdrücklich. »In diesem Zug sind viele Menschen ums Leben gekommen. Sie waren nicht alle im Begriff, wegen anderer Männer ihre Familien zu verlassen.«

Sie lachte mit hoher Stimme. »Da haben Sie allerdings recht! Ich wußte, daß Sie nüchtern denken. Und Sie glauben nicht, daß ich das Falsche getan habe? Wissen Sie, manchmal denke ich, ich habe ihr den Weg zu ihrem Schicksal gewiesen.«

»Sie brauchen sich keineswegs die Schuld zu geben. Sie haben getan, was Sie für das Beste hielten. Schließlich sind wir alle selbst für unser Schicksal verantwortlich. Ich bin dessen sicher.«

»Sie trösten mich wirklich, Miss Leigh. Ach, bitte bleiben Sie doch noch zum Tee.«

»Das ist sehr freundlich von Ihnen, aber ich glaube, es ist besser, wenn ich vor der Dunkelheit daheim bin.«

»Ja, da haben Sie allerdings recht. Ich darf nicht egoistisch sein und Sie aufhalten. Wenn es Alvean gut genug geht, kommen Sie dann mit ihr zu mir herüber?«

»Ich verspreche es Ihnen.«

»Und wenn Sie mich vorher noch einmal besuchen wollen ...«

»Ich werde kommen. Es war ein sehr angenehmer und interessanter Nachmittag.«

Wieder sah sie mich ängstlich an. »Aber Sie denken daran, daß es vertraulich war.«

Ich versicherte es ihr noch einmal.

Sie begleitete mich an die Tür und winkte mir nach, als ich davonritt. »Es war wirklich sehr nett«, rief sie, »und vergessen Sie nicht!« Sie legte den Zeigefinger über die Lippen.

Ich winkte und ritt davon.

Auf dem Heimweg war ich sehr nachdenklich. An diesem Tag hatte ich vieles erfahren.

Ich war schon fast im Dorf Mellyn, als mir der Gedanke kam, daß Gilly Alveans Halbschwester war. Und ich dachte an Alveans Zeichnungen, auf denen ihre beiden Gesichter einander so ähnlich waren.

Wußte Alvean davon? Oder ahnte sie es nur? Versuchte sie sich davon zu überzeugen, daß Geoffrey Nansellock nicht ihr Vater war und Gilly nicht ihre Halbschwester? Oder bedeutete ihr großes Verlangen nach Connans Zuneigung nur, daß sie von ihm als seine Tochter akzeptiert werden wollte?

Ich hatte den Wunsch, ihnen allen aus dieser Misere herauszuhelfen, in die Alices Unbesonnenheit sie gestürzt hatte. Ich kann es tun, sagte ich mir. Ich will es tun.

Dann dachte ich an Lady Treslyn und wurde wieder unruhig. Was für absurde und unmögliche Träume ich hegte! Wie konnte die Gouvernannte Connan den Weg zum Glück zeigen?

Weihnachten rückte rasch näher und mit ihm all die

Aufregung, an die ich mich noch so gut aus den Tagen im Pfarrhaus meines Vaters erinnerte.

Kitty und Daisy tuschelten beständig miteinander; Mrs. Polgrey klagte, daß die beiden sie beinahe verrückt machten und daß sie noch weniger arbeiteten als gewöhnlich. Sie ging im Haus herum und seufzte: »Heutzutage ...« und schüttelte bekümmert den Kopf. Aber selbst sie war aufgeregt.

Draußen war es warm. Man hätte eher denken können, der Frühling stünde vor der Tür als der Winter. Bei meinen Spaziergängen durch die Felder hatte ich bemerkt, daß die Primeln zu blühen begannen.

»Ja, ja«, sagte Tapperty, »Primeln im Dezember sind hier nichts Neues. Der Frühling kommt früh nach Cornwall.«

Ich machte mir Gedanken über die Weihnachtsgeschenke und stellte eine Liste auf. Ich mußte für Phillida und ihre Familie etwas besorgen, für Tante Adelaide, und für die Leute im Haus. Ich konnte ein wenig Geld ausgeben, da ich das meiste gespart hatte, was ich seit meiner Ankunft im Mount Mellyn verdient hatte.

Ich ritt nach Plymouth und machte meine Weihnachtseinkäufe. Für Phillida und ihre Familie kaufte ich Bücher und ließ sie ihnen direkt zuschicken. Für Tante Adelaide wählte ich einen Schal. Auch dieser wurde direkt zugesandt. Ich verbrachte viel Zeit mit der Auswahl der Geschenke für die Leute in Mount Mellyn. Schließlich entschied ich mich für Schals für Daisy und Kitty, rot und grün, was ihnen stehen würde, und einen blauen für Gilly, der zu ihren Augen paßte.

Für Mrs. Polgrey kaufte ich eine Flasche Whisky, die sie zweifellos mehr entzücken würde als alles andere, und für Alvean einige bunte Taschentücher, auf die ein »A« gestickt war.

Ich war mit meinen Einkäufen zufrieden. Langsam wurde ich beim Gedanken an Weihnachten ebenso aufgeregt wie Daisy und Kitty.

Am Weihnachtsabend half ich Mrs. Polgrey und den Mädchen den großen Saal und einige andere Räume schmücken. Die Männer waren am vorangegangenen Tag draußen gewesen und hatten Efeu, Stechpalmen, Buchsbaum- und Lorbeerzweige gebracht. Man zeigte mir, wie man die Säulen im großen Saal mit dem Grün umwand, und Daisy und Kitta lehrten mich, wie man ›Weihnachtssträuße‹ machte. Sie waren angenehm überrascht über mein Unwissen. Ich hatte noch nie etwas von einem Weihnachtsstrauß gehört. Wir nahmen zwei hölzerne Faßreifen, die ineinander eingelassen waren, und dieses ballähnliche Gestell dekorierten wir mit immergrünen Blättern und Stechginster. Dann hängten wir Orangen und Äpfel daran. Es sah sehr hübsch aus. Diese Weihnachtssträuße hängten wir in die Fenster. Dann wurde der Gesindesaal geschmückt, genau wie der große Saal. Das Haus war voller Gelächter.

»Wir haben hier unseren eigenen Ball«, erzählte Kitty. Und ich fragte mich, zu welchem Ball ich wohl gehen würde. Vielleicht zu gar keinem. Eine Gouvernante stand wohl etwas zwischen den Lagern.

»Du liebe Güte!« rief Daisy. »Ich kann es kaum erwarten. Vorige Weihnachten war es sehr ruhig ... das Haus war in Trauer ... Aber wir im Gesindehaus haben es uns trotzdem nett gemacht. Wir haben Mrs. Polgreys Schlehenschnaps getrunken, den muß man einfach gekostet haben! Fragen Sie meinen Vater!«

Während des ganzen Weihnachtsabends füllte der Geruch von Gebackenem die Küche und ihre Umgebung. Tapperty kam mit Billy Trehay und einigen Jungen aus dem Stall an die Tür, nur um zu schnuppern. Mrs. Tapperty wirkte den ganzen Tag in der Küche. und die sonst so ruhige und würdige Mrs. Polgrey war kaum wiederzuerkennen. Sie schoß geschäftig umher mit gerötetem Gesicht, goß, rührte, sprach aufgeregt über Pasteten, die seltsame Namen trugen wie Täubchen, Lämmchen, Gänseklein, Kräuterchen.

Man bat mich zu helfen. »Geben Sie auf die Soße acht, Miss. Wenn sie kocht, sagen Sie's rasch.«

Mrs. Polgreys Dialekt wurde breiter und breiter. Die Aufregung wuchs. Ich staunte über die Berge von Fleischpasteten, die aus dem Herd quollen, goldbraun, und nach würzigem Fleisch und Zwiebeln durfend.

Kitty kam in die Küche gestürzt. »Madam, die Sternsinger sind da!«

»Schön, herein mit ihnen, nur herein!« rief Mrs. Polgrey. Sie vergaß in der Aufregung ihre Würde und fuhr sich mit der Hand über die nasse Stirn. »Worauf wartet ihr noch? Wißt ihr nicht, daß es Unglück bringt, wenn man die Sternsinger warten läßt?«

Wir folgten ihr in die Diele, wo sich Dorfjugend versammelt hatte. Sie sangen bereits, als wir dazukamen. Sie sangen einige Weihnachtslieder, und wir sangen alle mit.

Dann begann der Vorsänger:

Nun bringt das starke Weichnachtsbier
zum Lohn für Sang und Klang.
Ich wollt', die liebe Weihnachtszeit
mit Liedern und mit Fröhlichkeit
wär' zwanzigmal so lang.

Mrs. Polgrey gab Daisy und Kitty einen Wink, die sofort in die Küche rannten, um den Sängern Getränke zu bringen. Helles Bier wurde ihnen serviert, Brombeer- und Holunderwein, und man drückte ihnen große Pasteten in die Hände, einige mit Fleisch, andere mit Fisch. Die Freude war offensichtlich.

Als sie gegessen und getrunken hatten, streckten sie Mrs. Polgrey eine Schale hin, die mit roten Bänder und Stechginster verziert war, und Mrs. Polgrey legte sehr majestätisch einige Münzen hinein.

Ich sah, daß ich noch sehr viel von den cornischen Sitten zu lernen hatte. Ihre Art, Weihnachten zu feiern, gefiel mir.

»Oh, Miss, ich hab' ganz vergessen, es Ihnen zu sagen«, rief Daisy aus. »In Ihrem Zimmer liegt ein Paket. Ich habe es vorhin hinaufgetragen und in allem Trubel vergessen.« Sie war überrascht, daß ich nicht sofort hinaufstürzte. »Ein Paket, Miss! Wollen Sie nicht sehen, was darin ist? Es ist so groß!«

Ich merkte, daß ich geträumt hatte. Ich wollte immer hier bleiben. Ich wollte, daß dies meine Welt würde.

Ich schüttelte diesen Traum ab. In Wirklichkeit sehnst du dich nach einem Märchen, sagte ich mir. Du möchtest die Herrin von Mount Mellyn werden. Warum es nicht zugeben?

Ich ging in mein Zimmer und fand dort Phillidas Paket.

Ich packte eine Stola aus schwarzer Seide aus, auf die in Grün und Elfenbein ein Muster gestickt war. Ein elfenbeinerner Zierkamm lag dabei, wie ihn die Spanierinnen tragen. Ich steckte mir den Kamm ins Haar und legte die Stola um. Mein Spiegelbild gefiel mir. Ich sah exotisch aus und glich eher einer spanischen Tänzerin als einer englischen Gouvernante.

Es war noch etwas im Paket, und ich packte es rasch aus. Es war ein Kleid – Phillidas Grünseidenes, um das ich sie immer so sehr beneidet hatte. Es war das gleiche Grün wie in der Stola. Ein Brief fiel heraus.

Liebe Marty,
wie fühlt man sich als Gouvernante? Dein letzter Brief klang so, als findest Du es interessant. Behandelt man Dich gut? Was ist eigentlich mit Dir los? Du hast früher immer so fidele Briefe geschrieben. Seit Du in diesem Haus bist, wirst Du schweigsam. Ich vermute, daß Du es entweder großartig oder abscheulich findest. Schreib doch mal!

Hoffentlich gefallen Dir die Stola und der Kamm. Ich habe viel Zeit damit verbracht, sie auszuwählen. Oder sind sie zu frivol? Hättest Du lieber eine Garnitur wollene Unterwäsche gehabt oder ein lehrreiches Buch? Aber ich habe von Tante Adelaide gehört, daß sie Dir das erstere schickt.

Deine Briefe haben eindeutig etwas Gouvernantenhaftes an sich. Ich wüßte gern, ob Du Weihnachten mit der Familie feierst oder im Gesindesaal präsidierst. Ich bin sicher, das erste wird der Fall sein. Sie können nicht anders als Dich darum bitten. Schließlich ist Weihnachten.

So wird also unsere Marty in meinem alten Grünen und in ihrer neuen Stola dinieren, und dabei angelt sie sich einen Millionär und lebt von da an glücklich bis an ihr Ende.

Im Ernst, Marty, ich dachte, Du brauchst etwas für das Fest. Deshalb schenke ich Dir das grüne Kleid. Betrachte es bitte nicht als abgelegt. Ich habe es gern und schenke es Dir nicht etwa, weil ich es satt hätte, sondern weil es Dir immer besser gestanden hat als mir.

Und noch eines, liebe Schwester, wenn Du an der Festtafel sitzt, dann lasse nicht etwaige Verehrer durch einen Blick erstarren, und halte Deine klugen Antworten zurück. Sei ein nettes Mädchen. Ich sehe Glück in den Karten für Dich.

Fröhliche Weihnachten, liebe Marty, schreib bald. Die Kinder und William lassen Dich grüßen, ebenso

Deine Phillida

Ich war gerührt. Das Kleid war eine Erinnerung an zu Hause. Die gute Phillida! Sie dachte also oft an mich. Die Stola und der Kamm waren herrlich, wenn auch ein wenig unpassend für jemanden in meiner bescheidenen Position, und es war reizend, daß sie das Kleid geschickt hatte.

Ich erschrak, als plötzlich hinter mir jemand aufschrie. Ich fuhr herum und sah Alvean in der Tür stehen.

»Miss! Sie sind es?«

»Natürlich! Was dachtest du denn?«

»So hab' ich Sie noch nie gesehen, Miss!«

»Nein, du hast mich noch nie mit einer Stola und einem Kamm gesehen.«

»Sie sind ... hübsch.«

»Danke, Alvean.«

Sie war ein wenig verwirrt. Ich wußte, für wen sie mich gehalten hatte. Ich war so groß wie Alice, und wenn ich nicht ganz so schlank war, so war dies nicht zu sehen, wenn ich die Stola umgehängt hatte.

An diesen Weihnachtstag werde ich mich mein ganzes Leben lang erinnern.

Ich erwachte am Morgen durch aufgeregte Stimmen. Die Dienstboten lachten und sprachen miteinander unter meinem Fenster. Ich öffnete die Augen und dachte: Weihnachten! Mein erstes Weihnachten in Mount Mellyn.

Ich sprang aus dem Bett, als Daisy mein Wasser brachte. Sie hielt sich nur kurz auf.

»Ich komme etwas spät, Miss, aber es gibt so viel zu tun. Beeilen Sie sich, sonst kommen Sie nicht rechtzeitig zum Umtrunk. Die Zecher kommen früh, darauf können Sie sich verlassen. Sie wissen, daß die Familie zur Kirche geht, darum dürfen sie sich nicht verspäten.«

Es war keine Zeit, Fragen zu stellen. Deshalb wusch ich mich, zog mich an und nahm meine Geschenkpäckchen aus der Kommode. Das für Alvean hatte ich schon am Abend zuvor neben ihr Bett gelegt. Ich trat ans Fenster. Die Luft war mild und würzig. Ich holte tief Atem und horchte auf den sanften Rhythmus der Wellen. Sie sagten an diesem Morgen nichts, sondern plätscherten nur.

Alvean kam in mein Zimmer. Sie hielt schüchtern ihre bestickten Taschentücher in der Hand. »Vielen Dank, Miss! Fröhliche Weihnachten!«

Ich umarmte und küßte sie, und obwohl sie bei dieser Gefühlsdemonstration ein wenig verlegen wurde, erwiderte sie meinen Kuß. Sie hatte mir eine Nadel gebracht, die der silbernen Peitsche, die ich ihr geschenkt hatte, so sehr ähnelte, daß ich zuerst glaubte, sie gäbe mir mein Geschenk zurück.

»Ich hab' sie von Mr. Pastern«, erklärte sie. »Ich wollte eine, die meiner so ähnlich wie möglich ist, aber nicht zu ähnlich, damit wir sie nicht verwechseln. Nun haben wir beide eine, wenn wir ausreiten.«

Ich war gerührt. Sie war seit ihrem Unfall nicht mehr geritten, und sie hätte mir nicht deutlicher sagen können, daß sie keine Angst hatte, wieder damit anzufangen.

»Du hättest mir keine größere Freude machen könne, Alvean.«

Das freute sie sehr, wenn sie auch leichthin sagte: »Keine Ursache, Miss.« Dann verließ sie mich unvermittelt.

Meine Geschenke erwiesen sich als großer Erfolg. Mrs. Polgrey strahlte beim Anblick des Whiskys, und Gilly war begeistert von ihrem Schal. Ich glaube, das arme Kind hatte noch nie so etwas Hübsches besessen. Sie streichelte ihn fortgesetzt und sah ihn verzückt an. Auch Daisy und Kitty waren mit ihren Schals zufrieden, und ich glaubte, daß ich gut gewählt hatte.

Mrs. Polgrey schenkte mir eine Garnitur Tellerdeckchen und flüsterte dazu verschämt: »Für Ihre Aussteuer, meine Liebe.«

Ich erwiderte, daß ich sofort den Grundstock dafür legen wollte, und wir waren sehr vergnügt. Sie sagte, sie würde gern eine Tasse Tee mit mir trinken, damit wir sofort den Whisky versuchen könnten, aber es war nicht genug Zeit.

»Du liebe Güte, wenn ich daran denke, was noch alles zu tun ist!«

Die Umtrunksänger kamen, und ich hörte ihre Stimmen vor der Haustür.

»Der Herr und die Herrin heben den Becher,
öffnet das Tor, laßt herein die Zecher
zum Trunk, zum Trunk, zum Trunk,
dann gesellt sich die Freude zum lustigen Trunk.«

Sie kamen in die Halle, und auch sie hatten eine Schale dabei, in die man Münzen warf. Das ganze Hauspersonal drängte sich dazu, und als Connan eintrat, begannen die Sänger von neuem:

»Der Herr und die Herrin ...«

Ich dachte: Vor zwei Jahren ist Alice hier neben ihm gestanden. Denkt er daran? Er zeigt es nicht. Er sang mit ihnen und gab Anweisung, daß der Umtrunk gebracht wurde und der Safrankuchen, die Fleischpasteten und das Ingwergebäck, das für diese Gelegenheit gebacken worden war.

Er kam zu mir herüber.

»Nun, Miss Leigh, wie gefällt Ihnen unsere cornische Weihnacht?« fragte er, während die anderen weitersangen.

»Sehr gut.«

»Dabei haben wir nicht einmal die Hälfte hinter uns.«

»Hoffentlich nicht, der Tag hat ja erst angefangen.«

»Sie sollten sich heute nachmittag ausruhen.«

»Warum?«

»Damit Sie heute abend frisch sind.«

»Aber ich ...«

»Sie feiern natürlich mit uns. Wo sonst wollen Sie den Weihnachtstag verbringen? Bei den Polgreys? Bei den Tappertys?«

»Ich wußte es nicht. Ich dachte, ich würde zwischen dem großen Saal und dem Dienstbotensaal hin- und herpendeln.«

»Sie sehen aus, als sei es Ihnen nicht recht.«

»Ich bin nicht sicher.«

»Kommen Sie, heute ist Weihnachten! Fragen Sie sich nicht lange, ob Sie sicher sein sollen. Kommen Sie einfach. Übrigens, ich habe Ihnen noch keine fröhliche Weihnachten gewünscht. Ich habe hier etwas für Sie ... ein kleines Geschenk. Ein Zeichen meiner Dankbarkeit, wenn Sie so wollen. Sie waren so gut zu Alvean seit ihrem Unfall. Oh, und vorher natürlich auch – zweifellos. Aber ich habe es erst ...«

»Aber das war nur meine Pflicht als Gouvernante.«

Er drückte mir ein kleines Päckchen in die Hand, und ich war so überwältigt vor Freude, daß ich glaubte, es müsse sich in meinen Augen gezeigt und ihm meine Gefühle verraten haben.

»Sie sind sehr freundliche zu mir«, stammelte ich. »Ich hätte nicht gedacht ...«

Er lächelte und ging wieder zu den Sängern. Ich hatte bemerkt, daß Tapperty uns beobachtete.

Ich war so aufgeregt, daß ich allein sein wollte. Das kleine Päckchen, das er mir überreicht hatte, wollte geöffnet werden. Das konnte ich hier nicht tun.

Ich stahl mich aus dem Saal und lief in mein Zimmer.

Es war ein kleines Samtetui der Art, die normalerweise Schmuck enthielt.

Ich öffnete es. Auf rosarotem Samt lag eine Brosche. Sie hatte die Form eines Hufeisens und war mit Steinen besetzt, die nur Diamanten sein konnten.

Ich starrte sie bestürzt an. Etwas so Wertvolles konnte ich nicht annehmen. Ich mußte es natürlich zurückgeben.

Ich hielt die Brosche ans Licht. Die Steine funkelten rot und grün. Ich hatte noch nie Diamanten besessen, aber ich sah sofort, daß diese sehr schön waren.

Warum hatte er das getan? Ich wäre über ein kleines Geschenk so glücklich gewesen. Ich wollte mich auf mein Bett werfen und weinen.

»Miss, es ist Zeit für die Kirche!« rief Alvean. »Kommen Sie, die Kutsche wartet schon.«

Ich legte die Brosche hastig in das Etui zurück, nahm das Cape aus dem Schrank und setzte gerade meine Mütze auf, als Alvean ins Zimmer kam.

Ich sah ihn nach der Kirche. Er ging zum Stall hinüber,

und ich lief ihm nach. Er zögerte, blickte über die Schulter zurück und lächelte mich an.

»Mr. TreMellyn, es ist sehr freundlich von Ihnen, aber das Geschenk ist viel zu wertvoll. Ich kann es nicht annehmen.«

Er legte den Kopf auf die Seite und sah mich in der alten, spöttischen Art an.

»Meine liebe Miss Leigh, ich bin ein sehr unwissender Mann, fürchte ich. Ich weiß nicht, wie wertvoll ein Geschenk sein muß, damit Sie es annehmen.«

Ich wurde rot und stammelte: »Es ist ein sehr wertvolles Schmuckstück.«

»Ich habe es für passend gehalten. Ein Hufeisen bringt Glück, wissen Sie, und Sie haben doch Glück mit Pferden, nicht wahr?«

»Ich ... ich habe keine Gelegenheit, so wertvollen Schmuck zu tragen.«

»Ich dachte, Sie können ihn heute abend beim Ball einweihen.«

Einen Augenblick sah ich mich im Geiste mit ihm tanzen. Ich würde Phillidas grünes Seidenkleid tragen, mit dem ich mich unter seinen Gästen sehen lassen konnte, denn Phillida hatte Geschmack, und die Diamantbrosche würde auf der grünen Seide prunken.

»Ich glaube, daß ich kein Recht dazu habe.«

»Oh, ich verstehe. Sie meinen, ich gebe Ihnen die Brosche mit dem Hintergedanken, mit dem Mr. Nansellock Ihnen Jacinth angeboten hat.«

»Sie ... wußten davon?«

»Ich weiß fast alles, was hier vorgeht, Miss Leigh. Sie haben das Pferd zurückgeschickt. Das war sehr anständig, und genau das, was ich von Ihnen erwartet hatte. Ich gebe Ihnen die Brosche aus einem anderen, einem bestimmten Grund. Sie sind gut zu Alvean gewesen. Nicht nur als Gouvernante, sondern als Frau. Verstehen Sie, was ich damit sagen will? Man muß einem Kind mehr vermitteln als Rechnen und Grammatik, nicht wahr? Das haben Sie getan. Die Brosche gehörte Alveans Mutter. Betrachten Sie es von dieser Seite, Miss Leigh: Es soll eine Anerkennung von uns beiden sein. Nun?«

Ich schwieg ein paar Sekunden. Dann sagte ich: »Ja ..., das ist etwas anderes. Ich nehme die Brosche an. Vielen Dank, Mr. TreMellyn.«

Er lächelte, und es war ein Lächeln, das ich nicht ganz verstand. Ich fürchtete mich davor, es zu verstehen.

»Danke«, murmelte ich noch einmal und eilte zurück ins Haus.

Ich ging in mein Zimmer und nahm die Brosche aus dem Etui. Ich steckte sie an mein Kleid, und sofort sah mein Lavendelfarbenes ganz anders aus.

Ich würde heute abend Diamanten tragen. Ich würde Phillidas Kleid und den Kamm und die Stola tragen und Alices Diamanten. So hatte ich nun an diesem seltsamen Weihnachtstag ein Geschenk von Alice.

Ich aß im kleinen Speisesaal mit Connan und Alvean zu Mittag – die erste Mahlzeit, die ich mit ihnen in dieser Intimität einnahm. Es gab Truthahn und Plumpudding, und Daisy und Kitty bedienten uns. Sie wechselten vielsagende Blicke.

»Am Weihnachtstag kann man Sie nicht allein essen lassen, Miss Leigh«, meinte Connan. »Ich fürchte, wir haben Sie ziemlich schlecht behandelt. Ich hätte Sie über Weihnachten zu Ihrer Familie reisen lassen sollen. Sie hätten mich daran erinnern müssen.«

»Ich glaubte, ich sei noch nicht so lange hier, als daß

ich schon um Urlaub bitten könnte«, antwortete ich. »Außerdem …«

»Außerdem dachten Sie, Sie müßten wegen Alveans Unfall bleiben. Sie sind sehr fürsorglich.«

Dann sprachen wir über Weihnachtsbräuche, und Connan erzählte uns Geschichten, die sich in den vergangenen Jahren zugetragen hatten – wie einmal die Umtrunksänger zu spät gekommen waren, so daß man schon zur Kirche gegangen war und sie draußen warten und dann die Familie den ganzen Weg mit Gesang nach Hause begleiten mußten.

Damals war Alice bei ihm gewesen. Ich hätte gern gewußt, was sie damals miteinander gesprochen hatten und ob er jetzt, da er mich hier sitzen sah, an Alice dachte.

Ich erinnerte mich immer wieder daran, daß ich nur deshalb hier saß, weil Weihnachten war, und daß ich nach dem Fest wieder meinen alten Platz einnehmen würde.

Doch daran wollte ich jetzt nicht denken. Am Abend sollte der Ball stattfinden. Wie durch ein Wunder hatte ich ein Kleid, in dem ich mich sehen lassen konnte. Ich hatte einen Elfenbeinkamm und eine Diamantbrosche. Heute abend werde ich ihnen ebenbürtig sein, dachte ich. Es wird nicht so sein wie damals, als ich im Solarium tanzte.

Ich befolgte Connans Rat und ruhte mich am Nachmittag aus, damit ich bis zum frühen Morgen munter bliebe. Wider Erwarten konnte ich sogar schlafen. Ich muß gleich geschlafen haben, denn ich träumte, und wie so oft in diesem Haus träumte ich von Alice. Ich sah sie zum Ball kommen, ein schattenhaftes Wesen, das niemand sehen konnte außer mir, und während ich mit Connan tanzte, flüsterte sie mir zu: »So will ich es haben, Marty! Ich sehe dich gern beim Essen auf meinem Platz sitzen. Dich … und keine andere …«

Um fünf Uhr brachte mir Daisy eine Tasse Tee – auf Mrs. Polgreys Anweisung, wie sie sagte.

»Ich habe Ihnen ein Stück von Mrs. Polgreys Rosinenkuchen dazugelegt. Wenn Sie noch mehr davon haben wollen, brauchen Sie es nur zu sagen.«

»Vielen Dank, ich denke, das hier reicht.«

»Sie werden sich bald für den Ball fertigmachen wollen, nicht wahr, Miss?«

»Es ist noch Zeit genug.«

»Ich bringe Ihnen das heiße Wasser um sechs, Miss, dann können Sie sich in aller Ruhe anziehen. Der Herr empfängt die Gäste um acht. So war es immer. Und denken Sie daran, es gibt nichts zu essen bis zum kalten Imbiß um neun. Sind Sie sicher, daß Sie nicht noch ein Stück Rosinenkuchen wollen?«

Ich war sicher, daß ich kaum das eine Stück hinunterbrächte.

»Danke, das genügt wirklich, Daisy.«

»Nun, wie Sie wollen, Miss.« Sie blieb einen Augenblick an der Tür stehen und sah mich an. Abschätzend? Betrachtete sie mich mit einem neuerwachten Interesse?

Ich sah im Geist, wie sie im Gesindesaal saßen und Tapperty das Gespräch anführte. Fragten sie sich, welches neue Verhältnis zwischen dem Herrn des Hauses und der Gouvernante begonnen hatte – oder gerade begann?

Ich war beim Ball in Phillidas grünem Seidenkleid mit dem enganliegenden, ausgeschnittenen Mieder und dem bauschigen Rock. Ich hatte das Haar hochgesteckt. Das war nötig, damit der Kamm zur Geltung kam. An meinem Kleid funkelte die Diamantbrosche.

Ich war glücklich. Ich konnte mich unter den Gästen bewegen als eine von ihnen. Niemand würde denken, daß ich nur die Gouvernante war, wenn man es ihm nicht sagte.

Ich hatte gewartet, bis der Ballsaal sich gefüllt hatte, ehe ich hinunterging. Ich wollte mich möglichst unauffällig unter die Gäste mischen. Doch ich war kaum ein paar Minuten unten, als Peter mich am Ellbogen faßte. »Sie sehen blendend aus.«

»Vielen Dank, ich freue mich, Sie zu überraschen.«

»Ich bin nicht im mindesten überrascht. Ich wußte längst, wie Sie aussehen können, wenn man Ihnen die Chance gibt.«

»Sie machen doch auch aus allem ein Kompliment!«

»Ihnen sage ich immer, was ich denke. Aber eines habe ich Ihnen noch nicht gesagt, und zwar: Fröhliche Weihnachten!«

»Vielen Dank. Ich wünsche Ihnen das gleiche.«

»Ich habe Ihnen kein Geschenk mitgebracht.«

»Weshalb auch?«

»Weil Weihnachten ist, und es ein netter Brauch, daß Freunde Geschenke austauschen.«

»Aber nicht ...«

»Bitte ... heute keine Erinnerungen an die Gouvernante. Eines Tages schenke ich Ihnen doch Jacinth, wissen Sie. Sie ist für Sie bestimmt. Ah, Connan eröffnet den Ball. Darf ich bitten?«

»Danke, ja.«

»Es ist die traditionelle Polonaise!«

»Ich weiß nicht, wie sie geht.«

»Es ist ganz leicht. Sie brauchen mir nur zu folgen.«

Er summte mir die Melodie vor. »Haben Sie es noch nicht gehört?«

»Doch, beim letzten Ball im Solarium.«

»Ah, der letzte Ball! Wir haben zusammen getanzt. Aber Connan ist dazwischengeplatzt.«

»Es war äußerst unschicklich.«

»Sehr – für unsere Gouvernante.«

Die Musik hatte begonnen, und Connan ging mit Celestine Hand in Hand in die Mitte des Saals. Erschreckt stellte ich fest, daß Peter und ich mit ihnen zusammen die ersten paar Takte der Polonaise tanzen mußten.

Ich wollte ihn zurückhalten, doch Peter ergriff meine Hand und führte mich zur Saalmitte.

Celestine war überrascht, mich zu sehen. Wenn Connan erstaunt war, dann zeigte er es nicht. Ich wußte, was Celestine dachte. Es ist recht und schön, wenn man die Gouvernante einlädt, da ja Weihnachten ist, aber muß sie sich dann gleich so in den Vordergrund schieben?

»Ich sollte nicht hier sein«, sagte ich entschuldigend, »ich kann den Tanz nicht. Ich wußte nicht, daß ...«

»Machen Sie's uns einfach nach«, sagte Connan.

»Wir sorgen schon für Sie«, echote Peter.

Nach ein paar Sekunden beteiligten sich auch die anderen am Tanz. Wir schritten durch den Saal zur Melodie des Furientanzes.

»Sie machen es ausgezeichnet«, lobte Connan, als sich unsere Hände berührten.

»Sie werden bald ganz cornisch sein«, meinte Celestine.

»Warum nicht?« fragte Peter. »Sind wir nicht das Salz der Erde?«

»Ich bin nicht sicher, ob Miss Leigh davon überzeugt ist«, erwiderte Connan.

»Die Sitten dieses Landes interessieren mich sehr«, sagte ich.

»Und die Bewohner, hoffe ich«, flüsterte Peter.

Wir tanzten weiter. Es war leicht zu lernen, und als der Tanz zu Ende war, kannte ich alle Schritte.

Ich hörte jemanden in der Nähe sagen: »Wer ist denn diese blendend aussehende junge Frau, mit der Peter Nansellock getanzt hat?«

Ich erwartete, daß es hieß: »Ach, das ist nur die Gouvernante.«

Doch die Antwort lautete anders: »Keine Ahnung. Sie ist zweifellos ... ungewöhnlich.«

Ich frohlockte. Ich glaubte, daß ich nie in meinem Leben so glücklich gewesen war.

Ich wußte, daß ich jede Minute dieses herrlichen Abends auskosten mußte.

Es mangelte mir nicht an Tanzpartnern. Und selbst wenn ich zugeben mußte, daß ich die Gouvernante war, schenkte man mir weiterhin die Aufmerksamkeit, die einer hübschen Frau gebührt. Was konnte mich so verändert haben? Warum hatte es nicht bei Tante Adelaides Bällen so sein können?

Dann wußte ich, weshalb es nie so gewesen war. Es lag nicht an dem grünen Kleid, an dem Elfenbeinkamm und der Diamantbrosche. Ich war verliebt, und die Liebe macht schön. Es spielte keine Rolle, wenn ich unsinnig und hoffnungslos verliebt war. Ich war bei dem Ball wie Aschenbrödel, das entschlossen war, sich seines Lebens zu freuen, bis es zwölf Uhr schlug.

Ich tanzte mit Sir Thomas Treslyn, der sich als höflicher alter Herr herausstellte. Er schnaufte beim Tanzen ein wenig, deshalb schlug ich vor, daß wir uns für den Rest des Tanzes setzten. Er war mir dankbar dafür, und ich hatte ihn sehr gern. Ich hatte an jenem Abend alle Menschen gern.

»Ich bin schon ein wenig alt fürs Tanzen, Miss … äh …«

»Leigh«, sagte ich. »Miss Leigh. Ich bin in diesem Haus die Gouvernante, Sir Thomas.«

»Ach, richtig. Ich wollte sagen, Miss Leigh, es ist außerordentlich freundlich von Ihnen, daß Sie sich um mein Wohl sorgen. Sie würden sicher viel lieber tanzen.«

»O nein, ich sitze gern eine Weile.«

»Ich sehe, daß Sie nicht nur sehr hübsch, sondern auch sehr gütig sind.«

Ich dachte an Phillidas Mahnung und nahm die Komplimente beifällig auf, als wäre ich seit je daran gewöhnt.

Er war gelockert und vertrauensselig. »Eigentlich ist es meine Frau, die auf diese Festlichkeiten Wert legt. Sie ist so vital.«

»Sie ist sehr schön«, erwiderte ich.

Ich hatte sie natürlich schon in dem Moment bemerkt, in dem ich den Ballsaal betreten hatte. Sie trug blaß malvenfarbenen Chiffon über einem grünen Unterkleid. Sie hatte zweifellos eine Vorliebe für Chiffon, und das war in Anbetracht ihrer Figur verständlich. Sie trug viele Diamanten. Der malvenfarbene Chiffon über dem Grün sah exquisit aus, und ich fragte mich, ob mein lebhaftes Smaragdgrün nicht ein wenig zu aufdringlich wirkte.

Sir Thomas nickte, ein wenig traurig, wie mir schien. Und während ich dasaß und mit ihm plauderte und mein Blick dabei durch den Saal wanderte, sah ich plötzlich zum Guckloch hinauf, zu jener sternförmigen Öffnung, die sich so vollkommen in die Wandgemälde einfügte, daß niemand sie dort vermutet hätte.

Jemand war hinter dem Guckloch, doch man konnte nicht erkennen, wer es war.

Natürlich Alvean, dachte ich. Doch dann sah ich Alvean im Saal. Ich hatte vergessen, daß heute ein besonderer Anlaß war – der Weihnachtstag –, und wenn an einem solchen Tag die Gouvernante zum Ball geladen wurde, dann selbstverständlich auch Alvean.

Sie trug ein weißes Musselinkleid mit blauer Schärpe. Die silberne Peitsche stak an ihrem Kleid. Dies alles nahm ich nur halb wahr. Ich sah rasch wieder zum Guckloch hinauf. Das Gesicht war immer noch da.

Zum Abendessen zog man sich in den Speiselsaal und ins Punschzimmer zurück. In den beiden Räumen standen Büfetts, und die Gäste bedienten sich selbst, denn dem Brauch entsprechend hatte das Hauspersonal an diesem Tag aller Tage seinen eigenen Ball.

Speisen türmten sich auf Speisen. Es gab kleine Pastetchen, aufgeschnittenes Beefsteak, Hühnchen und Fisch verschiedenerlei Art. Eine große Schale mit heißem Punsch stand bereit, eine weitere mit Glühwein. Es gab Whisky, Met und Schlehenschnaps.

Peter Nansellock führte mich ins Punschzimmer. Sir Thomas Treslyn war mit Celestine bereits dort. Wir traten an ihren Tisch.

»Überlaßt nur alles mir, ich versorge euch«, verkündete Peter.

»Lassen Sie mich helfen«, bat ich.

»Kommt gar nicht in Frage! Sie bleiben bei Celestine.«

Und er flüsterte herausfordernd: »Heute abend sind Sie keine Gouvernante, Miss Leigh. Sie sind eine Dame wie jede andere. Wenn Sie es nicht vergessen, wird es niemand vergessen.«

Aber ich war entschlossen, mich nicht bedienen zu lassen, und ging mit ihm zum Büfett.

»Stolz«, murmelte er und hängte sich bei mir ein. »War das nicht die Sünde, durch die die Engel fielen?«

»Es kann Ehrgeiz gewesen sein, ich weiß es nicht.«

»Schön, ich verbürge mich dafür, daß Sie von beidem eine tüchtige Portion haben. Macht nichts. Was wollen Sie essen? Vielleicht ist es ganz gut, daß Sie mitgekommen sind. Unsere cornischen Speisen kommen Fremden von jenseits des Tamar manchmal seltsam vor.«

Er nahm eines der Tablette, die bereit standen.

»Was für Pastetchen hätten Sie gern? Gänseklein? Täubchen? Ich kann Ihnen Täubchen empfehlen: Apfelscheibchen und Schinken, Zwiebeln und Hammelfleisch und Fleisch von jungen Täubchen übereinandergeschichtet. Die schmackhafteste cornische Speise.«

»Schön, ich will es versuchen.«

»Miss Leigh ... Martha ... hat Ihnen schon einmal jemand gesagt, daß Ihre Augen wie Bernstein sind?«

»Ja.«

»Hat Ihnen schon einmal jemand gesagt, daß Sie schön sind?«

»Nein.«

»Dann muß dieses Versäumnis sofort nachgeholt werden.«

Ich lachte, und in diesem Augenblick kam Connan mit Lady Treslyn ins Zimmer. Sie setzte sich zu Celestine, und Connan kam zu uns ans Büfett.

»Ich kläre Miss Leigh eben über unsere cornischen Speisen auf. Sie weiß nicht, was eine ›Schöne Maid‹ ist. Ist das nicht ulkig, Connan, wo sie doch selbst eine ist?«

Connan lächelte mich an. »›Schöne Maid‹, Miss Leigh, ist ein anderer Name für Sardinen, die mit Öl und Zitrone serviert werden.« Er nahm eine Gabel und legte zwei davon auf zwei Teller. »Der Ausdruck stammt von dem alten spanischen Wort ›fumado‹ …«

»Ein Andenken an jene Tage, als die Spanier unsere Küsten heimsuchten, Miss Leigh, und sich ein wenig zu sehr für eine andere Art von schönen Maiden interessierten«, unterbrach Peter.

Alvean kam zu uns herüber. Sie sah müde aus.

»Du solltest schlafen gehen«, sagte ich.

»Ich habe Hunger.«

»Nach dem Essen gehen wir hinauf.«

Sie nickte und belud schläfrig ihren Teller.

Wir saßen um den Tisch – Alvean, Peter, Celestine, Sir Thomas, Connan und Lady Treslyn.

Es schien mir wie ein Traum, daß ich bei ihnen saß. Alices Brosche funkelte an meinem Kleid, und ich dachte: genauso muß sie vor zwei Jahren hier gesessen haben. Alvean war damals wohl noch nicht dabeigewesen. Sie war noch zu jung. Doch abgesehen davon und von der Tatsache, daß ich auf Alices Platz saß, muß es genauso gewesen sein wie heute. Ich mußte wieder an das Gesicht im Guckloch denken. Und plötzlich wußte ich, wer es war. Gilly! Wer sonst?

Meine Gedanken kehrten in die Gegenwart zurück, als Connan sagte: »Ich bringe dir noch einen Whisky, Tom.« Er stand auf. Lady Treslyn erhob sich ebenfalls und trat neben ihn. Ich konnte nur mit Mühe den Blick von ihnen abwenden. Sie sahen so vornehm aus – sie die schönste Frau des Balles, und er zweifellos der eleganteste der Männer.

»Ich helfe dir, Connan«, sagte sie. Sie gingen zum Büfett, und ich hörte sie lachen.

»Paß auf!« rief Connan. »Wir verschütten noch den Whisky!«

Sie wandten uns die Rücken zu. Ich fürchtete, ich könne jeden Augenblick in Tränen ausbrechen, da ich sah, wie absurd meine Hoffnungen waren.

Sie hatte sich bei ihm eingehängt, als sie zum Tisch zurückkamen. Diese Vertrautheit verletzte mich. Ich nahm an, er hatte zuviel getrunken.

Connan reichte Sir Thomas das Glas, der es mit einer Schnelligkeit leerte, die mich überraschte.

Alvean hatte Ringe um die Augen und sah sehr müde aus.

Ich stand auf. »Ich bringe Alvean zu Bett«, sagte ich. »Komm, Alvean!«

Sie schlief schon halb und protestierte nicht.

»Ich wünsche allerseits eine gute Nacht«, sagte ich.

Peter sprang auf. »Wir sehen Sie doch später noch!«

Ich antwortete nicht. Ich versuchte verzweifelt, Connan nicht anzusehen, denn ich spürte, daß er mich nicht beachtete. Er würde nie einen anderen Menschen beachten, wenn Lady Treslyn in der Nähe war.

»Au revoir«, murmelte Peter, und als die anderen geistesabwesend mit den Köpfen nickten, nahm ich Alveans Hand und führte sie hinaus.

So mußte es Aschenbrödel zumute gewesen sein, als es Mitternacht schlug.

Mein kurzer Traum war vorbei. Lady Treslyn hatte mich erkennen lassen, wie dumm ich gewesen war.

Alvean schlief bereits, ehe ich ihr Zimmer verließ. Ich versuchte, nicht an Connan und Lady Treslyn zu denken, als ich in meinem Zimmer die Kerzen auf dem Toilettentisch anzündete. Ich sah hübsch aus, daran bestand kein Zweifel. Aber jede Frau ist bei Kerzenlicht hübsch.

Ich erinnerte mich wieder an das Gesicht, das ich im Guckloch gesehen hatte. Ich muß wohl zuviel getrunken haben, denn auf einen Impuls hin ging ich in den unteren Stock. Ich hörte Geschrei aus dem Gesindesaal. Dort feierten sie also noch.

Der Mondschein war hell genug, so daß ich das Kind in seinem Bett sitzen sah. Gilly war wach.

»Madam!« rief sie voller Freude. »Ich wußte, daß Sie heute kommen!«

»Gilly, du weißt doch, wer ich bin!«

Sie nickte.

»Ich zünde deine Kerze an«, sagte ich.

Ihr Blick verweilte auf meiner Diamantbrosche. Ich setzte mich zu ihr aufs Bett. Ich wußte, daß sie mich zuerst für Alice gehalten hatte, als ich ihr Zimmer betrat.

Ich berührte die Brosche und sagte: »Das hat einmal Mrs. TreMellyn gehört.«

Sie lächelte und nickte.

»Du hat doch gesprochen, als ich hereinkam. Warum sprichst du jetzt nicht mit mir?«

Sie lächelte nur.

»Gilly, warst du heute abend am Guckloch im Solarium?«

Sie lächelte.

»Gilly, sag ja.«

»Ja«, sagte sie.

»Und du bist ganz allein hinaufgegangen? Hast du dich nicht gefürchtet?«

Sie schüttelte den Kopf und lächelte.

»Gilly, sag nein!«

»Nein!«

»Warum hast du dich nicht gefürchtet?«

Sie öffnete den Mund und lächelte. Dann sagte sie: »Nicht gefürchtet, weil ...«

»Weil?« fragte ich begierig.

»Weil«, wiederholte sie.

»Gilly, warst du allein im Solarium?«

Sie lächelte, und ich konnte sie nicht dazu bringen, mehr zu sagen.

Nach einer Weile küßte ich sie, und sie erwiderte meinen Kuß. Ich vermutete, daß sie mich mit jemand anderem verwechselte, und ich wußte, mit wem.

Als ich wieder in meinem Zimmer war, zog ich mein Kleid nicht aus. Ich glaube, daß ich immer noch auf das Ungewöhnliche hoffen konnte, solange ich es anhatte.

Ich saß etwa eine Stunde am Fenster. Es war eine warme Nacht, und ich hatte mir die seidene Stola umgelegt.

Einige der Gäste gingen zu ihren Kutschen. Man verabschiedete sich.

Etwas später hörte ich Lady Treslyns Stimme. Sie sprach leise, aber mit solcher Intensität, daß ich jedes Wort verstand.

»Connan, es kann jetzt nicht mehr lange dauern. Es wird nicht mehr lange dauern.«

Als Daisy mir am nächsten Morgen mein Wasser brachte, kam sie nicht allein. Kitty begleitete sie. Ich hörte ihre krächzenden Stimmen, und im Halbschlaf fand ich, daß sie wie Möwen klangen.

»Morgen, Miss!«

Sie waren sichtlich aufgeregt.

»Miss ...« Sie sprachen beide zugleich. Jede wollte diejenige sein, die die Neuigkeit überbrachte. »Gestern abend ... oder vielmehr heute früh ...«

Kitty schob ihre Schwester beiseite. »Sir Thomas Treslyn ist es auf dem Heimweg schlecht geworden. Er war tot, als sie zu Hause ankamen.«

Ich setzte mich im Bett auf und blickte von einer zur anderen. Ich wußte so gut wie Daisy und Kitty, was dies für Mount Mellyn bedeuten konnte.

7

Sir Thomas Treslyn wurde am Neujahrstag beerdigt.

In der Woche davor hatte eine bedrückende Atmosphäre im Haus geherrscht, und dies war um so spürbarer, als sie direkt auf das Weihnachtsfest folgte. Die Dekorationen waren nicht entfernt worden, und man war geteilter Meinung, was wohl mehr Unglück brächte – wenn man sie vor der zwölften Nacht entfernte, oder wenn man sie hängenließe und dadurch Mangel an Ehrfurcht zeigte.

Alle schienen zu wissen, daß dieser Todesfall uns etwas anging. Sir Thomas war auf dem Weg von unserem Haus zu dem seinen gestorben. Unser Tisch war der letzte, an dem er gesessen hatte. Ich wußte, daß die Bewohner von Cornwall ein sehr abergläubisches Volk waren und ständig nach Vorzeichen Ausschau hielten.

Connan war zerstreut. Ich sah ihn wenig, und wenn ich ihm begegnete, schien er mich kaum zu bemerken. Wenn er und Lady Treslyn sich liebten, dann stand ihnen jetzt kein Hindernis mehr im Weg. Ich wußte, viele dachten das, doch niemad sprach es aus. Mrs. Polgrey hielt es wohl für unheilvoll, darüber zu sprechen, ehe Sir Thomas nicht mindestens einige Wochen unter dem Boden war.

Einen Tag vor der Beerdigung rief mich Mrs. Polgrey in ihr Zimmer. Wir tranken eine Tasse Earl Grey mit einem Schuß von meinem Whisky.

»Es ist entsetzlich! Daß Sir Thomas ausgerechnet am Weihnachtstag sterben mußte!« seufzte sie. »Obwohl es eigentlich nicht der Weihnachstag war, sondern der Morgen darauf«, fügte sie etwas erleichtert hinzu, als sei dadurch die Situation weniger schrecklich. »Und daran zu denken, daß er zuletzt in unserem Haus war!« fuhr sie fort, nun wieder mit düsterer Stimme. »Und ausgerechnet mein Essen war sein letztes! Man beerdigt ihn ein bißchen rasch, finden Sie nicht, Miss?«

Ich zählte die Tage an den Fingern ab. »Sieben Tage«, sagte ich dann.

»Man hätte ihn ruhig länger aufgebahrt lassen können – jetzt im Winter.«

»Wahrscheinlich findet Lady Treslyn, je eher es vorüber ist, um so schneller kann sie sich von dem Schock erholen.«

Mrs. Polgrey war nun selbst ein wenig schockiert. Ich glaube, sie hielt es für respektlos oder unheilbringend, wenn man aussprach, daß sich jemand rasch von seiner Trauer erholen wollte.

»Ich weiß nicht«, sagte sie nachdenklich. »Man hört ab und zu, daß jemand lebendig begraben wurde. Als wir hier vor Jahren eine Pockenepidemie hatten, ich war damals noch ein Kind, gerieten die Leute in Panik und beerdigten die Toten zu rasch. Es heißt, daß mancher lebendig begraben wurde.«

»Es besteht doch kaum ein Zweifel daran, daß Sir Thomas tot ist.«

»Manche scheinen tot zu sein und sind es nicht. Immerhin, sieben Tage sollten eigentlich genügen. Kommen Sie mit zur Beerdigung, Miss?«

»Ich?«

»Warum nicht? Man muß die Toten ehren.«

»Ich habe keine Trauerkleidung.«

»Du liebe Güte, ich besorge Ihnen einen Hut! Und ich gebe Ihnen ein schwarzes Band, daß Sie sich an den Mantel nähen. Ich denke, für den Friedhof genügt das. Wenn Sie in die Kirche gehen wollen, wäre es natürlich etwas anderes. Aber schließlich sind Sie nur die Gouvernante hier, und Treslyns haben so viele Freunde, daß die Kirche sowieso kaum ausreichen wird.«

So wurde ausgemacht, daß ich Mrs. Polgrey zum Friedhof begleitete.

Es war eine eindrucksvolle Feier, denn die Beerdigung entsprach in ihrer Großartigkeit dem Ansehen der Treslyns in der Gemeinde. Viele Menschen waren gekommen. Mrs. Polgrey und ich standen etwas abseits. Ich war froh darüber. Sie beklagte es.

Mir reichte es völlig, die Witwe in ihrem wallenden schwarzen Gewand zu sehen, schön wie immer. Ihr Gesicht war unter dem schwarzen Schleier gerade noch zu erkennen, und dieser stand ihr ebenso gut wie Grün und Malvenfarbe.

Sie bewegte sich graziös und sah in Schwarz noch schlanker aus als in den leuchtenden Farben, die sie sonst trug.

Connan war da, und er wirkte elegant und vornehm wie stets. Ich versuchte vergeblich, in seiner Miene irgendwelche Gefühle zu entdecken, aber er war entschlossen, sie vor der Welt zu verbergen.

Ich sah die Bahre und den Sarg mit den samtenen

Bahrtüchern in tiefem Purpurrot und Schwarz. Ich sah die Blumen und die Leidtragenden im düsteren Schwarz, und die einzige Farbe war das Weiß der Taschentücher, die die Frauen an die Augen hielten – und selbst diese hatten breite schwarze Ränder.

Ein kalter Wind trieb den Nebel fort, und die Wintersonne ließ das Gold am Sarg aufblitzen, als er ins Grab hinabgelassen wurde.

Auf dem Friedhof herrschte tiefes Schweigen, das nur ab und zu von einem Möwenschrei unterbrochen wurde.

Dann war es vorüber. Die Leidtragenden, darunter Connan, Celestine und Peter bestiegen ihre Kutschen, die sie nach Treslyn Hall trugen. Mrs. Polgrey und ich kehrten nach Mount Mellyn zurück, und sie bestand auf einer Tasse Tee mit der üblichen Zugabe.

Ihre Augen funkelten. Ich wußte, daß sie nur mit Mühe ihre Zunge bezähmte. Aber sie sprach nicht über die Folgen, die dieser Todesfall für uns alle in Mount Mellyn haben konnte. So großen Respekt hatte sie vor den Toten.

Sir Thomas Treslyns Name fiel oft während der nächsten paar Wochen. Mrs. Polgrey schüttelte vielsagend den Kopf, wenn das Gespräch auf die Treslyns kam, aber sie schwieg.

Daisy und Kitty waren nicht so zurückhaltend. Wenn sie mir morgens mein Wasser brachten, verweilten sie gern. Ich glaube, ich war ein wenig raffiniert. Ich wollte wissen, was die Leute sprachen, und wollte doch nicht fragen, und ich brachte es fertig, sie auszuhorchen, ohne daß sie es merkten. Allerdings brauchte ich sie nicht sehr zum Reden zu ermutigen.

»Gestern habe ich Lady Treslyn gesehen«, verkündete

Daisy eines Morgens. »Sie sieht nicht wie eine Witwe aus, trotz der Trauerkleider.«

»Sondern?«

»Fragen Sie mich nicht, Miss! Sie war ganz blaß und ernst, aber in ihrem Gesicht kann man etwas sehen ... Sie wissen schon!«

»Ich fürchte, ich weiß es nicht.«

»Kit war dabei und hat es auch gefunden. Lady Treslyn hat lange gewartet, und jetzt ist sie froh, daß die Warterei bald ein Ende hat. In einem Jahr etwa. Mir kommt das lange vor.«

»Was ist in einem Jahr?« fragte ich, obwohl ich genau wußte, was sie meinte.

Daisy sah mich an und kicherte. »Es wird gut sein, wenn sie sich eine Weile nicht sehen, finden Sie nicht? Schließlich ist er doch hier gestorben ... fast auf unserer Türschwelle. Es würde so aussehen, als hätten sie gewollt, daß er stirbt.«

»Daisy, das ist absurd!«

»Nun, man kann nichts sagen, bis man es genau weiß.«

Das Gespräch wurde gefährlich. »Ich habe es eilig, Daisy«, sagte ich, und entließ sie.

Dann spricht man also über sie, dachte ich, als Daisy gegangen war. Man sagt, er sollte sterben.

Ich fragte mich, ob sie vorsichtig genug waren. Phillida hatte einmal gesagt, daß sich Liebende wie Strauße verhalten. Sie stecken die Köpfe in den Sand und denken, niemand könne sie sehen.

Aber sie waren kein junges, unerfahrenes Liebespaar. Nein, dachte ich bitter, ganz gewiß nicht. Sie kannten die Menschen, unter denen sie lebten, und würden sich in acht nehmen.

Als ich an jenem Tag im Wald war, vernahm ich Hufgeklapper in der Nähe, und dann hörte ich Lady Treslyn sagen: »Connan! Oh, Connan!«

Daß sie sich so nahe beim Haus trafen, war zweifellos unklug. Im Wald trugen ihre Stimmen weit. Die Bäume verbargen mich, aber ich schnappte Teile des Gesprächs auf.

»Linda! Du hättest nicht kommen dürfen!«

»Ich weiß ...« Sie sprach leise, so daß ich den Rest nicht verstehen konnte.

»Und daß du deinen Boten herübergeschickt hast ...« Das war Connan. Ich verstand ihn besser als sie. »Die Dienstboten hätten ihn sehen können. Du weißt, wie sie klatschen.«

»Ich weiß, aber ...«

»Wann ist der Brief gekommen?«

»Heute früh. Ich mußte ihn dir sofort zeigen.«

»Ist es der erste?«

»Nein, vor zwei Tagen kam schon einer. Deshalb mußte ich dich sprechen, Connan ... Ich fürchte mich!«

»Das ist ein Schabernack. Ignoriere es einfach. Vergiß es!«

»Aber lies doch! Lies es doch!«

Es trat ein kurzes Schweigen ein. Dann sagte Connan: »Aha! Nun, da kann man nur eines tun ...«

Die Pferde setzten sich wieder in Bewegung. Nach ein paar Sekunden wären sie da, wo ich stand. Ich eilte zwischen den Bäumen davon.

Mir war sehr elend zumute.

Am gleichen Tag verließ Connan Mount Mellyn.

»Er ist nach Penzance gerufen worden«, erklärte Mrs. Polgrey.

»Er sagt, es ist nicht sicher, wie lange er wegbleibt.«

Ich fragte mich, ob diese plötzliche Abreise etwas mit

der beunruhigenden Nachricht zu tun hatte, die Lady Treslyn ihm an jenem Morgen im Wald gebracht hatte.

Mehrere Tage verstrichen. Alvean und ich nahmen unsere Stunden wieder auf, und auch Gilly kam ins Unterrichtszimmer.

Ich stellte Gilly kleinere Aufgaben, während ich mit Alvean arbeitete. Ich ließ sie Buchstaben in ein Sandkästchen malen oder am Rechenbrett Kugeln zählen. Sie war damit zufrieden, und ich hatte den Eindruck, daß sie in meiner Nähe glücklich war. Sie hatte Alice vertraut und übertrug nun dieses Vertrauen auf mich.

Alvean war die ersten Tage rebellisch gewesen, aber ich hatte ihr verständlich gemacht, daß man zu den Menschen, die nicht so glücklich sind wie wir, freundlich sein mußte, und schließlich brachte ich sie dazu, Gillys Anwesenheit zu akzeptieren. Ich bemerkte, daß sie dem Kind hin und wieder einen Blick zuwarf, und ich war sicher, daß sie sich für Gilly zumindest sehr interessierte.

Connan war schon eine Woche weg. Es war ein kalter Februartag, und wir saßen gerade bei der Arbeit, als Mrs. Polgrey ins Unterrichtszimmer kam.

Dies verwunderte mich, denn sie unterbrach unsere Stunden selten. Sie hatte zwei Briefe in der Hand und fuchtelte aufgeregt damit.

»Nachrichten vom Herrn! Er möchte, daß Sie sofort Alvean nach Penzance bringen. Hier ist auch ein Brief für Sie. Sicher erläutert er es darin näher.«

Sie gab mir den Brief, und ich fürchtete, sie könnte sehen, daß meine Hände zitterten.

Meine liebe Miss Leigh,
ich werde voraussichtlich mehrere Wochen hierbleiben, und sicher werden Sie mir zustimmen, daß es richtig ist, wenn

ich Alvean bei mir habe. Ich finde, daß sie dabei ihren Unterricht nicht versäumen sollte. Deshalb bitte ich Sie, sie hierherzubegleiten, und sich darauf vorzubereiten, etwa eine Woche zu bleiben.

Vielleicht könnten Sie schon morgen abreisen. Billy Trehay soll Sie zum Zweiuhrzug an den Bahnhof fahren.

Connan TreMellyn

Mir war das Blut in den Kopf gestiegen, und ich hoffte, daß ich meine Freude nicht verraten hatte.

»Alvean, morgen sind wir bei deinem Vater!« sagte ich so kühl ich konnte.

Sie sprang auf und warf sich mir in die Arme, ein äußerst ungewöhnliches Ereignis. Dies half mir, meine Fassung wiederzugewinnen.

»So machen wir das morgen«, sagte ich. »Heute haben wir noch Unterricht!«

»Aber Miss, wir müssen doch packen!« rief sie aufgeregt.

»Wir haben den ganzen Nachmittag Zeit dazu. Jetzt gehen wir wieder an die Arbeit.«

Ich wandte mich an Mrs. Polgrey. »Ja, Mr. TreMellyn möchte, daß ich ihm Alvean bringe.«

Sie nickte. Ich sah, daß sie es für höchst merkwürdig hielt. Er hatte noch nie solches Interesse an dem Kind gezeigt.

»Und Sie reisen schon morgen ab?«

»Ja. Billy Trehay soll uns zum Zweiuhrzug an die Bahn bringen.«

Sie nickte wieder.

Als sie gegangen war, setzte ich mich wie betäubt. Ich konnte mich ebensowenig konzentrieren wie Alvean, und es dauerte einige Zeit, bis ich mich an Gilly erinnerte. Sie sah mich mit leeren Augen an.

Gilly verstand mehr, als man ahnte. Sie wußte, daß sie allein zurückblieb.

Ich konnte es kaum erwarten, bis wir mit dem Packen begannen. Alvean und ich aßen zusammen im Unterrichtszimmer, aber wir interessierten uns beide nicht für das Essen, und sofort nach der Mahlzeit gingen wir in unsere Zimmer.

Ich hatte wenig zu packen. Mein graues und mein lavendelfarbenes Kleid waren sauber, worüber ich froh war. Ich würde auf der Reise mein Merinokleid tragen. Es stand mir nicht besonders, aber es war schwierig zu verpacken. Ich nahm das grüne Seidenkleid aus dem Schrank. Sollte ich es mitnehmen? Warum nicht? Ich hatte kaum je etwas besessen, das mir so gut stand, und wer konnte wissen, ob sich nicht eine Gelegenheit ergeben würde, bei der ich es tragen konnte?

Ich nahm den Elfenbeinkamm heraus und die Stola, steckte den Kamm ins Haar und legte mir die Stola um die Schultern. Ich dachte an den Weihnachtsball, an den Augenblick, in dem Peter mich an der Hand gefaßt und mit mir die Polonaise begonnen hatte. Ich hörte die Melodie und begann zu tanzen und glaubte im Augenblick tatsächlich, ich sei im Ballsaal und es sei wieder Weihnachten.

Gilly war lautlos eingetreten. Ich erschrak, als ich sie dastehen sah und errötete vor Verlegenheit. Gilly sah mich ernst an.

Sie sah den Koffer auf meinem Bett, und daneben die zusammengelegten Kleidungsstücke, und sofort verschwand meine Freude, denn ich begriff, daß Gilly unglücklich war.

Ich umarmte sie. »Wir sind bald wieder da, Gilly.«

Sie blickte zu Boden.

»Gilly, hör zu! Es dauert bestimmt nicht lange!«

Sie schüttelte den Kopf, und ich sah Tränen in ihren Augen. »Dann malst du wieder Buchstaben in den Sand, und bald kannst du deinen Namen schreiben.«

Doch sie ließ sich nicht trösten. Sie riß sich von mir los, rannte zum Bett und zog die Kleider aus dem Koffer, die ich bereits eingepackt hatte.

Ich nahm Gilly in die Arme und trug sie zu einem Stuhl. Ich setzte sie mir auf den Schoß und sagte: »Du mußt begreifen, daß ich wiederkomme, Gilly. Ich bin im Nu wieder da. Es wird dir so vorkommen, als wäre ich überhaupt nicht weggewesen.«

»Sie kommen nicht wieder. Sie … sie …«

»Ja, Gilly?«

»Sie … ist auch fortgeblieben.«

Im Augenblick vergaß ich sogar die Tatsache, daß ich zu Connan fuhr, denn ich war jetzt sicher, daß Gilly etwas wußte, was vielleicht Licht auf Alices Geheimnis werfen konnte.

»Gilly, hat sie dir Lebewohl gesagt, ehe sie ging?«

Sie schüttelte nachdrücklich den Kopf, und ich glaubte, sie würde wieder in Tränen ausbrechen.

»Gilly«, bat ich, »versuche zu sprechen. Versuche es mir zu sagen … hast du sie gehen sehen?«

Gilly preßte sich an mich und grub den Kopf an mein Mieder. Doch gleich darauf rannte sie wieder zum Bett und wollte meinen Koffer auspacken.

»Nein!« rief ich. »Nein, Gilly! Schau, ich komme doch wieder. Wir sind gar nicht lange fort.«

»Sie ist fortgeblieben.«

Wir waren wieder da, wo wir angefangen hatten. Ich glaubte nicht, daß ich in diesem Stadium mehr aus ihr herausbrachte. Sie hob das Gesicht, und alle Leere war aus ihren Augen gewichen. In diesem Moment wußte ich, wie viel ich für sie bedeutete, und daß es unmöglich war, es ihr verständlich zu machen, daß ich nicht für immer fortging. Alice war gut zu ihr gewesen, und sie war gegangen. Die Erfahrung hatte ihr gezeigt, daß das Leben so war und nicht anders sein konnte. Ein paar Tage, eine Woche würde im Leben Gillys so sein wie ein Jahr für uns andere. Ich konnte Gilly nicht zurücklassen. Dann fragte ich mich, was Connan sagen würde, wenn ich mit beiden Kindern ankäme. Ich glaubte, daß ich meine Gründe plausibel vorbringen konnte. Ich würde Mrs. Polgrey glauben lassen, der Herr erwarte beide Kinder. Sie würde sich darüber freuen. Sie würde mir Gilly anvertrauen; sie war die erste gewesen, die zugab, daß der Zustand des Kindes sich gebessert hatte, seit ich versuchte, ihr zu helfen.

»Gilly, wir reisen für ein paar Tage fort. Du kommst mit.« Ich küßte sie, und da sie so entgeistert aussah, wiederholte ich: »Ihr kommt beide mit. Du und Alvean. Freut dich das?«

Es dauerte noch einige Sekunden, bis sie begriff. Dann schloß sie fest die Augen und senkte den Kopf. Sie lächelte.

Ich war bereit, es auf Connans Unwillen ankommen zu lassen, wenn ich dafür dieses Kind glücklich machte.

Am nächsten Morgen standen wir früh auf. Der ganze Haushalt begleitete uns zum Tor. Ich saß in der Kutsche und hatte rechts und links ein Kind. Billy Trehay thronte hochmütig in der TreMellyn-Livree auf dem Kutschbock und sprach mit den Pferden.

Mrs. Polgrey hatte die Hände über dem Busen gefaltet und schaute fortwährend Gilly an. Sie war stolz, ihre Enkelin mit Alvean und mir verreisen zu sehen.

Tapperty stand zwischen seinen beiden Töchtern, und sie warfen einander vielsagende Blicke zu. Es störte mich nicht. Ich fühlte mich so wohl, daß ich am liebsten gesungen hätte. Es war ein leuchtender, sonniger Morgen. Rauhreif lag auf dem Gras, und die Teiche und Bäche waren von einer dünnen Eisschicht bedeckt.

Wir schaukelten mit ansehnlicher Geschwindigkeit über die holprigen Straßen. Die Kinder waren in bester Laune. Alvean plauderte viel, und Gilly saß zufrieden neben mir. Sie klammerte sich mit einer Hand an mein Kleid.

Billy war gesprächig. Und als wir an einem Grabkreuz vorüberkamen, das einsam an einer Kreuzung stand, murmelte er ein Gebet für die arme Seele, die hier begraben lag.

»So eine Seele kommt nie zur Ruhe. Wer so stirbt, kommt nie zur Ruhe. Sie können nicht unter der Erde bleiben. Sie wandern umher.«

»Unsinn!« sagte ich scharf.

»Wer es nicht besser weiß, nennt die Weisheit Unsinn«, erwiderte Billy beleidigt.

»Mir scheint, daß viele Leute eine zu lebhafte Phantasie haben.«

Die Kinder sahen mich unverwandt an.

Wir fuhren an einem kleinen Bauernhaus vorbei, in dessen Garten Bienenkörbe standen. »Schaut euch die Bienenkörbe an!« sagte ich, um die Kinder abzulenken. »Was liegt denn da darüber?«

»Das ist schwarzer Krepp«, erklärte Billy. »In der Familie war ein Todesfall. Die Bienen würden es sehr übelnehmen, wenn man ihnen den Todesfall verheimlichte und sie nicht mittrauern könnten.«

Ich war froh, als wir am Bahnhof ankamen.

In Penzance wurden wir vom Zug abgeholt, und dann begann die Reise nach Penlandstow. Es dunkelte schon, als wir in die Einfahrt einbogen. Unter der Tür stand ein Mann mit einer Laterne. »Sie sind da!« rief er. »Lauf und sag's dem Herrn!«

Wir waren ein wenig steif von der Fahrt, und die Kinder schliefen schon halb. Ich half ihnen aus der Kutsche, und als ich mich umdrehte, stand Connan neben mir. Ich konnte im trüben Licht sein Gesicht nicht deutlich sehen, aber ich wußte, daß er sich freute. Er ergriff meine Hand und drückte sie herzlich.

»Ich habe mir Sorgen gemacht«, sagte er. »Ich habe im Geist schon Unglücksfälle aller Art gesehen. Ich wollte, ich hätte euch selbst abgeholt.«

Er meint natürlich Alvean, dachte ich. Er spricht im Grunde gar nicht mit mir. Aber er sah mich an und lächelte. Und ich war glücklich.

»Die Kinder ...«, begann ich.

Er lächelte zu Alvean hinab.

»Hallo, Papa. Ich bin so froh, daß ich bei dir bin.«

Alvean strahlte. Er legte ihr die Hand auf die Schulter, und sie blickte flehentlich zu ihm auf und hoffte, er würde sie küssen. Doch dies, so schien es, war zuviel verlangt.

Er sagte nur: »Es ist schön, daß du da bist, Alvean. Es wird dir hier gefallen.«

Ich zog Gilly hinter mir vor.

»Was ...«, begann er.

»Wir konnten Gilly unmöglich allein lassen. Sie haben mir doch erlaubt, ihr Unterricht zu geben.«

Er zögerte einen Augenblick. Dann lachte er schallend. In diesem Augenblick wußte ich, daß er sich freute, mich zu sehen – mich, nicht die anderen –, und daß es ihn nicht störte, wen ich mitbrachte, wenn ich nur selbst kam.

Es war kein Wunder, daß ich glaubte, ich sei an einem heiligen Ort, als ich Alices Elternhaus betrat.

Während der nächsten zwei Wochen schien es, als hätte ich die kalte, harte Wirklichkeit hinter mir gelassen.

Ich wurde in Penlandstow nicht als Gouvernante, sondern als Gast behandelt. Schon nach ein paar Tagen hatte ich meine Empfindlichkeit in diesem Punkt abgelegt und war wieder das fröhliche Mädchen, das in der Dorfpfarrei mit seinem Vater und Phillida das Leben genossen hatte.

Man gab mir ein behagliches Zimmer neben dem Alveans, und als ich darum bat, daß auch Gilly in der Nähe wohnte, kam man meinem Wunsch sofort nach.

Penlandstow war ein reizvolles Anwesen. Es stammte aus dem elisabethanischen Zeitalter und war fast so groß wie Mount Mellyn.

Mein Zimmer war geräumig, und an den Fenstern standen Stühle mit rotem Samtpolster. Auch die Vorhänge waren dunkelrot. Mein Himmelbett war mit seidenen Spitzenvorhängen verziert. Der Teppich war ebenfalls dunkelrot und hätte dem Raum auch dann Wärme gegeben, wenn kein Holzfeuer im offenen Kamin geprasselt hätte.

Man brachte mir mein Gepäck ins Zimmer, und eines der Dienstmädchen packte aus, während ich am Feuer stand und in die Flammen sah, die zwischen den Scheiten emporzüngelten.

Das Dienstmädchen machte einen Knicks, als sie meine Kleider aufs Bett gelegt hatte und mich fragte, ob sie sie in den Schrank hängen sollte. Dies war nicht die

Art, in der man eine Gouvernante behandelte. So freundlich und bereitwillig Daisy und Kitty gewesen waren, es wäre ihnen nie in den Sinn gekommen, mich zu bedienen.

Ich sagte, ich würde meine Sachen selbst einräumen, aber ich hätte gern warmes Wasser.

»Am Ende des Korridors ist ein kleines Bad, Miss. Soll ich es Ihnen zeigen und heißes Wasser bringen?«

Sie führte mich zu dem Raum. Es war sogar eine Sitzbadewanne vorhanden.

Als ich mich gewaschen und umgezogen hatte – ich zog das Lavendelfarbene an –, ging ich zu Alvean hinüber. Sie schlief bereits. Auch Gilly war schon eingeschlafen. Als ich gerade in mein Zimmer gehen wollte, kam das Dienstmädchen und sagte, Mr. TreMellyn hätte darum gebeten, daß ich zu ihm in die Bibliothek käme, wenn ich fertig wäre. Sie führte mich hinunter.

»Ich freue mich so, daß Sie hier sind, Miss Leigh«, begann er.

»Es ist schön, daß Sie Ihre Tochter bei sich haben wollten ...«

Er unterbrach mich. »Ich sagte, ich freue mich sehr, daß Sie hier sind, Miss Leigh.«

Ich errötete. »Ich habe ein paar Schulbücher mitgebracht ...«

Er lächelte. »Wir wollen den Kindern ein wenig Ferien gönnen. Gelernt muß sein, wenn Sie es sagen. Aber müssen sie dauernd am Unterrichtstisch sitzen?«

»Ich denke, man könnte die Stunden ein wenig reduzieren.«

Er kam auf mich zu. »Miss Leigh. Sie sind entzückend.«

Ich trat erschrocken zwei Schritte zurück.

»Ich freue mich, daß Sie so prompt gekommen sind«, fuhr er fort.

»Sie haben es befohlen.«

»Ich hatte es nicht als Befehl gedacht. Es war eine Bitte.«

»Aber ...«, ich wurde ängstlich, denn er schien ein anderer Mann zu sein als der, den ich kannte. Er war ein Fremder, der mich aber nicht weniger faszinierte als der andere Connan TreMellyn; ein Fremder, vor dem ich mich ein wenig fürchtete, denn ich war meiner selbst und meiner Gefühle nicht sicher.

»Ich wollte von zu Hause entrinnen«, sagte er. »Und ich dachte, Ihnen geht es ähnlich.«

»Entrinnen ...? Wovor?«

»Vor den Schatten des Todes. Ich hasse den Tod. Er deprimiert mich.«

»Sie meinen Sir Thomas. Aber ...«

»Oh, ich weiß. Nur ein Nachbar. Aber es deprimiert mich trotzdem. Ich wollte weg. Ich bin so froh, daß Sie gekommen sind ... mit Alvean und dem anderen Kind.«

»Ich hoffe, Sie halten es nicht für anmaßend, daß ich Gillyflower mitgebracht habe. Ihr wäre das Herz gebrochen, wenn ich sie nicht mitgenommen hätte.«

»Ich kann gut verstehen, daß ihr Herz gebrochen wäre, wenn sie sich von Ihnen hätte trennen müssen.«

Ich sagte rasch: »Ich glaube, die Kinder sollten etwas zu essen bekommen. Sie sind erschöpft und schlafen jetzt. Aber sie sollten trotzdem noch etwas bekommen. Es war ein anstrengender Tag.«

»Bestellen Sie ihnen, was Sie wollen. Und wenn das erledigt ist, essen wir zusammen zu Abend.«

»Alvean ißt doch mit Ihnen ...?«

»Sie wird heute zu müde sein. Wir essen allein.«

Ich bestellte etwas für die Kinder und aß danach mit Connan im Wintersalon. Es war ein Erlebnis, mit ihm bei Kerzenlicht zusammenzusein. Es war wie im Märchen. Dies also ist der Stoff, aus dem die Träume gemacht sind, dachte ich.

Er sprach sehr viel. An diesem Abend war nichts von dem schweigsamen Connan zu spüren.

Er erzählte mir von dem Haus, das in der Form eines »E« angelegt war als Reverenz für Königin Elisabeth, zu deren Regierungszeit es gebaut worden war. Er zeichnete die Form aufs Tischtuch. »Das Haus hat zwei dreiseitige Höfe und einen Mittelblock. Wir befinden uns hier im Mittelblock. Den Hauptteil davon nimmt die Halle ein, die Treppe und die Galerie mit den kleineren Räumen wie diesen Wintersalon, der für kleine Gesellschaften wie geschaffen ist.«

Ich sagte, mir gefiele das Haus, und wie glücklich er sein müsse, gleich zwei so herrliche Häuser zu besitzen.

»Steinerne Wände allein befriedigen nicht, Miss Leigh. Auf das Leben, das man darinnen führt, kommt es an.«

»Und doch ist es schön, wenn sich das Leben in einer angenehmen Umgebung abspielt.«

»Ganz recht. Ich kann Ihnen gar nicht sagen, wie froh ich bin, daß Ihnen meine Häuser gefallen.«

Als wir gegessen hatten, führte er mich in die Bibliothek und fragte mich, ob ich eine Partie Schach mit ihm spielen wolle. Ich sagte, es sei mir ein Vergnügen.

Wir saßen in dem wunderschönen Raum mit der geschnitzten Decke und dem dicken Teppich, im Licht von Lampen, deren Schalen aus kunstvoll bemaltem Porzellan orientalischer Herkunft waren.

Er hatte die Elfenbeinfiguren aufgestellt, und wir spielten schweigend.

Ich wußte, daß ich nie das flackernde Feuer im Kamin vergessen würde, das Ticken der vergoldeten Uhr, die aussah, als hätte sie Ludwig XIV. gehört, und ich beobachtete Connans kräftige, schmale Finger auf den Elfenbeinfiguren.

Ich versuchte mich zu konzentrieren, merkte jedoch, daß er mich beobachtete, und als ich aufsah, trafen sich unsere Blicke. Er blickte mich amüsiert an. Ich fühlte es deutlich: er hatte mich aus einem bestimmten Grund hierhergebeten.

Ich machte den nächsten Zug, und er sagte: »Aha! Meine liebe Miss Leigh, ich glaube, Sie sind genau in die Falle gegangen, die ich für Sie aufgestellt habe.«

»Oh ... nein!« rief ich.

Er zog mit seinem Königsläufer und bedrohte meinen König. Ich hatte diesen Läufer übersehen.

»Ich glaube, es ist ... Nein, noch nicht ganz. Schach, Miss Leigh! Aber nicht schachmatt.«

Meine Gedanken waren nicht beim Spiel gewesen. Mit jedem Zug wurde das unausweichliche Ende klarer.

»Schachmatt, Miss Leigh!«

Ich starrte ein paar Minuten lang auf das Brett.

»Ich war im Vorteil«, sagte er. »Sie sind müde von der Reise.«

»O nein. Ich glaube, Sie sind der bessere Spieler.«

»Und ich glaube, wir sind einander ebenbürtig.«

Ich zog mich bald nach dem Spiel in mein Zimmer zurück. Ich war zu glücklich. Ich mußte immer wieder daran denken, wie er mich empfangen hatte, wie wir zusammen aßen und wie er sagte: »Wir sind einander ebenbürtig.«

Ich vergaß sogar, daß das Haus, in dem ich nun lag,

Alices Elternhaus gewesen war. Ich vergaß alles, nur nicht, daß Connan mich hatte kommen lassen, und daß er nun, da ich hier war, glücklich zu sein schien.

Der nächste Tag verlief ebenso erfreulich wie der erste.

Ich gab den Kindern Unterricht, und am Nachmittag fuhr Connan mit uns spazieren. Er fuhr uns zur Küste, und wir sahen den St. Michaelsberg aus dem Wasser ragen.

»Im Frühling führe ich euch einmal dort hinaus, dann könnt ihr den St. Michaels-Stuhl sehen.«

»Können wir uns daraufsetzen, Papa?« fragte Alvean.

»Wenn du einen Sturz riskieren willst. Deine Beine baumeln über einem fünfundzwanzig Meter tiefen Abhang. Trotzdem halten es viele Frauen der Mühe wert …«

»Warum, Papa?« fragte Alvean begierig, die immer froh war, wenn sie seine ungeteilte Aufmerksamkeit hatte.

»Weil ein altes Sprichwart sagt, daß jede Frau, die vor ihrem Mann auf St. Michaels-Stuhl sitzt, die Herrin im Haus sein wird.«

Alvean lachte und Gilly lächelte.

Connan schaute mich an. »Und Sie, Miss Leigh? Würden Sie es auch der Mühe wert halten?«

Ich zögerte eine Sekunde und blickte ihm dann in die Augen.

»Nein, ich glaube nicht.«

»Sie würden nicht die Herrin sein wollen?«

»Ich glaube, daß weder der Mann noch die Frau in diesem Sinn der Herr sein soll. Ich denke, sie sollten zusammenarbeiten, und wenn einer von beiden eine Meinung hat, von der er oder sie glaubt, es sei die einzig richtige, dann sollte er oder sie daran festhalten.«

Ich errötete. Ich stellte mir vor, was Phillida sagen würde, wenn sie das gehört hätte.

»Miss Leigh, Ihre Klugheit beschämt selbst unsere Überlieferung.« Er lächelte.

Wir fuhren im Wintersonnenschein zurück, und ich war glücklich.

Ich war bereits eine Woche in Penlandstow und war gespannt, wie lange dieses idyllische Zwischenspiel noch dauern würde, als Connan mir sagte, weshalb er mich hatte kommen lassen.

Die Kinder waren im Bett, und Connan hatte mich zu einer Schachpartie in die Bibliothek gebeten. Als ich hinunterkam, hatte er die Figuren schon aufgestellt.

Die Vorhänge waren zugezogen und das Feuer brannte im offenen Kamin. Er stand auf, als ich ins Zimmer trat, und ich setzte mich rasch auf den Stuhl vor dem Schachtischchen. Er lächelte, und ich glaubte, seine Augen nähmen jedes Detail an mir wahr, und dies auf eine Weise, die ich bei jedem anderen beleidigend gefunden hätte.

Ich wollte gerade meinen Königsbauern ziehen, als er sagte: »Miss Leigh, ich habe Sie nicht hierhergebeten, um mit Ihnen Schach zu spielen. Ich möchte Ihnen etwas sagen.«

»Ja, Mr. TreMellyn?«

»Es kommt mir vor, als kenne ich Sie schon sehr lange. Sie haben uns beide verwandelt – Alvean und mich. Wenn Sie weggingen, würden wir Sie sehr vermissen. Ich möchte sicher sein, daß Sie uns nicht verlassen.«

Ich sah ihn nicht an, da ich fürchtete, er würde die Hoffnungen und Ängste in meinen Augen lesen.

»Miss Leigh, wollen Sie immer bei uns bleiben?«

»Ich ... ich verstehe nicht. Ich ...«

»Ich bitte Sie, meine Frau zu werden.«

»Aber ... aber das ist unmöglich!«

»Warum?«

»Weil ... weil es unpassend ist!«

»Finden Sie mich abstoßend? Bitte seien Sie offen.«

»Ich ... Ganz gewiß nicht! Aber ich bin hier die Gouvernante.«

»Genau! Das ist es ja, was mich beunruhigt. Gouvernanten wechseln manchmal die Stelle. Es wäre mir unerträglich, wenn Sie weggingen.«

Ich schwieg. Ich wagte nicht zu sprechen.

»Sie zögern, Miss Leih!«

»Ich bin so überrascht.«

»Hätte ich Sie auf den Schock vorbereiten sollen?« Seine Mundwinkel hoben sich leicht. »Es tut mir leid, Miss Leigh. Ich dachte, es sei mir gelungen, Ihnen einen Teil meiner Gefühle anzudeuten.«

Ich versuchte in diesen paar Sekunden, mir alles auszumalen – wie ich nach Mount Mellyn zurückfuhr und von der Rolle der Gouvernante in die der Hausherrin überwechselte. Natürlich würde es mir gelingen. Nach ein paar Monaten würden sie vergessen, daß ich einmal die Gouverante gewesen war. Aber ich hatte mir einen Heiratsantrag anders vorgestellt. Er griff nicht nach meiner Hand; er küßte mich nicht; er saß einfach da und sah mich beinahe kühl und abschätzend an.

»Denken Sie daran, wieviel Gutes es uns allen bringen würde«, fuhr er fort. »Ich bin beeindruckt davon, wie sehr Sie Alvean geholfen haben. Das Kind braucht eine Mutter!«

»Sollten zwei Menschen um eines Kindes willen heiraten?«

»Niemals! Ich bin ein äußerst egoistischer Mann. Ich würde das niemals tun.« Er beugte sich vor, und in seinen Augen lag etwas, das ich nicht verstand. »Ich würde Sie um meinetwillen heiraten.«

»Dann ...«, begann ich.

»Ich dachte nicht nur an Alvean. Wir sind drei Menschen, meine liebe Miss Leigh, die aus dieser Ehe Nutzen ziehen würden. Alvean braucht Sie. Und ich ... brauche Sie. Brauchen Sie uns? Vielleicht ruhen Sie mehr in sich selbst als wir. Aber was werden Sie tun, wenn Sie nicht heiraten? Sie werden von Stellung zu Stellung gehen, und das ist kein sehr angenehmes Leben. Wenn man jung ist und schön und geistreich, ist es noch erträglich. Aber sprühende Gouvernanten werden alternde Gouvernanten.«

»Sie meinen also, ich soll diese Ehe als Altersversorgung eingehen?« sagte ich säuerlich.

»Ich meine nur, daß Sie das tun sollen, was Ihnen Ihr Gefühl sagt, meine liebe Miss Leigh.«

Es entstand ein kurzes Schweigen, und ich hätte am liebsten geweint. Dies war es nun, nach dem ich mich gesehnt hatte. Aber ein Heiratsantrag hätte eine Liebeserklärung sein sollen. Ich wurde den Verdacht nicht los, daß etwas anderes als die Liebe ihn zu diesem Antrag veranlaßt hatte. Es schien fast, als lege er mir eine Liste von Gründen vor, weshalb ich ihn heiraten sollte, aus Furcht, ich würde den eigentlichen Grund entdecken.

»Sie sehen die Sache so nüchtern«, stammelte ich. »Ich hatte nicht an eine Ehe dieser Art gedacht.«

Er hob die Augenbrauen und lachte und sah plötzlich sehr jungenhaft aus. »Da bin ich aber froh! Ich habe Sie immer für eine so praktische Person gehalten. Deshalb wollte ich es Ihnen in der Art darstellen, von der ich glaubte, sie spricht Sie am meisten an.«

»Sie bitten mich also ernstlich, Sie zu heiraten?«

»Ich glaube nicht, daß ich je in meinem Leben so ernst gewesen bin wie in diesem Augenblick. Wie lautet Ihre Antwort? Bitte lassen Sie mich nicht länger im Ungewissen.«

Ich sagte, ich müsse Bedenkzeit haben.

»Werden Sie es mir morgen sagen?«

»Ja.«

Ich stand auf und ging zur Tür. Er war vor mir dort. Er legte die Hand auf die Klinke, und ich wartete darauf, daß er die Tür für mich öffnete. Doch das tat er nicht. Er blieb mit dem Rücken zur Tür stehen und nahm mich in die Arme.

Er küßte mich, wie ich noch nie geküßt worden war und nie geträumt hatte, geküßt zu werden. Er küßte meine Augenlider, meine Nase, meine Wangen, meinen Mund, meinen Hals, bis wir beide atemlos waren.

»Bis morgen warten!« spottete er. »Sehe ich aus wie ein Mann der bis morgen wartet? Glaubst du, ich sei ein Mann, der um seiner Tochter willen heiraten würde? Nein, meine liebe Miss Leigh ... Ich möchte dich heiraten, weil ich dich in meinem Haus gefangenhalten will. Ich möchte nicht, daß du wegläufst, denn seit du da bist, habe ich an wenig anderes gedacht als an dich, und ich weiß, daß ich mein ganzes Leben an dich denken werde.«

»Ist das wahr? Kann das wahr sein?«

»Martha! Was für ein strenger Name für ein so anbetungswürdiges Geschöpf! Und doch paßt er genau!«

»Meine Schwester nennt mich Marty. Mein Vater hat mich auch so genannt.«

»Marty«, sagte er, »das klingt hilflos, schutzbedürftig, feminin. Manchmal kannst du Marty sein. Für mich verkörperst du alle drei: Marty, Martha und meine liebe

Miss Leigh. Und meine liebste Marty wird immer Miss Leigh verraten. Ich wußte von ihr, daß du dich für mich interessierst, und zwar weit mehr interessierst, als es Miss Leigh für korrekt hielt.«

»Bin ich so dreist gewesen?«

»Außerordentlich ... und anbetungswürdig.«

Ich wußte, daß es dumm gewesen wäre, etwas vorzutäuschen. Ich gab mich seiner Umarmung hin, und es war schöner, als ich es mir je vorgestellt hatte.

»Connan, ich habe das schreckliche Gefühl, daß ich in meinem Bett in Mount Mellyn aufwachen werde, und all das war nur ein Traum.«

»Mir geht es genauso«, sagte er ernst.

»Aber für dich ist es etwas ganz anderes. Du kannst tun, was du willst ... hingehen, wo du willst ... Du bist unabhängig.«

»Ich bin nicht mehr unabhängig. Ich bin abhängig von Marty, Martha und meiner lieben Miss Leigh.«

Ich hätte weinen mögen vor Glück, und ich wurde meiner Gefühle nicht Herr. Das ist die Liebe, dachte ich, die einen zu den höchsten Höhen der menschlichen Erfahrung trägt, und da sie einen so hoch tragen kann, ist man ständig in Gefahr zu fallen. Und je höher sie einen trugen, um so tragischer ist der Sturz.

Aber dies war nicht der rechte Augenblick, um an Tragik zu denken. Ich liebte, und wunderbarerweise wurde ich geliebt. Ich hatte in der Bibliothek in Penlandstow keinen Zweifel daran, daß ich geliebt wurde.

Er legte mir die Hände auf die Schultern und sah mich lange an. »Wir werden glücklich sein, mein Liebling. Wir werden glücklicher sein, als du oder ich es uns auch nur im Traum vorstellen konnten.«

Ich wußte, daß er recht hatte. Alles, was vorher

geschehen war, würde uns die Freude, die wir einander bringen konnten, nur noch kostbarer machen.

»Wir müssen Pläne schmieden«, sagte er. »Wann heiraten wir? Ich möchte es nicht lange hinausschieben. Ich bin der ungeduldigste Mann der Welt, wenn es um mein Vergnügen geht. Wir reisen morgen nach Hause. Nein, nicht morgen. Übermorgen. Morgen habe ich hier noch einiges zu erledigen. Und sobald wir zu Hause sind, geben wir unsere Verlobung bekannt. Ich denke, daß wir einen Monat danach auf die Hochzeitsreise gehen. Ich würde sagen, nach Italien, wenn du keine anderen Vorschläge hast.«

Ich saß mit gefalteten Händen da und muß wie ein Schulmädchen ausgesehen haben.

»Ich bin gespannt, was sie in Mount Mellyn dazu sagen.«

»Wer? Die Dienstboten? Du kannst sicher sein, daß sie ziemlich genau wissen, wie die Dinge stehen. Dienstboten sind wie Detektive. Es entgeht ihnen nichts. Du zitterst! Ist dir kalt?«

»Nein, ich bin nur aufgeregt. Ich fürchte immer noch, daß ich jeden Moment aufwachen werde.«

»Gefällt dir die Idee mit Italien?«

»Mir würde es am Nordpol gefallen, wenn ein gewisser Jemand dabei wäre.«

»Womit du hoffentlich mich meinst, mein Liebling.«

»Das war mein Gedanke.«

»Meine liebe Miss Leigh, wie ich deine strengen Anwandlungen liebe. Sie werden die Konversation unser ganzes Leben lang beleben.« Ich ahnte, daß er mich im Geist mit Alice verglich, und mir schauderte, wie bei seiner Bemerkung über die Detektive.

»Du bist ein wenig besorgt, wie die Neuigkeit aufgenommen wird«, fuhr er fort. »Bei den Dienstboten und in der Umgebung. Aber wer kümmert sich darum? Du? Natürlich nicht. Dazu ist Miss Leigh zu vernünftig, und ich lechze danach, Peter Nansellock zu sagen, daß du meine Frau wirst. Um ehrlich zu sein, ich war etwas eifersüchtig auf den jungen Mann.«

»Dazu bestand kein Grund.«

»Ich hatte Visionen, wie er dich überredet, mit ihm nach Australien zu gehen. Ich wäre vor nichts zurückgeschreckt, um das zu verhindern.«

»Wärst du sogar so weit gegangen, mir einen Heiratsantrag zu machen?« Ich war glücklich.

»Noch weiter! Ich hätte dich notfalls entführt und in ein Verlies gesperrt, bis er in sicherer Entfernung gewesen wäre.«

»Aber es bestand wirklich nicht der geringste Grund zur Sorge.«

»Bist du da ganz sicher? Ich glaube, er ist sehr anziehend.«

»Vielleicht. Ich habe es nicht bemerkt.«

»Ich hätte ihn umbringen können, als er die Frechheit hatte, dir Jacinth anzubieten.«

»Ich glaube, es hat ihm nur Spaß gemacht, etwas Übertriebenes zu tun. Wahrscheinlich wußte er, daß ich ablehnen würde.«

»Und ich hätte ihn nicht zu fürchten brauchen?«

»Du brauchst niemanden zu fürchten.«

Er umarmte mich wieder, und ich vergaß alles bis auf die Tatsache, daß ich die Liebe entdeckt hatte. Ich glaubte, wie zweifellos Heere von Liebenden, daß es noch nie solch eine Liebe gegeben hatte wie die zwischen uns beiden.

Schließlich sagte er: »Wir reisen übermorgen nach

Hause und fangen sofort mit den Vorbereitungen an. In einem Monat sind wir verheiratet. Wir veranstalten einen Ball, bei dem wir unsere Verlobung bekanntgeben, und alle unsere Nachbarn werden zur Hochzeit eingeladen?«

»Ich nehme an, das muß sein?«

»Tradition, mein Liebling. Sie gehört zu den Dingen, denen wir uns beugen müssen. Ich weiß, daß du großartig sein wirst. Du hast doch kein Lampenfieber?«

»Vor deinen Nachbarn? Nein!«

»Diesmal werden wir beide den Ball eröffnen, liebste Miss Leigh.«

»Ja«, sagte ich und ich sah mich im grünen Kleid mit dem Elfenbeinkamm im Haar und dem Diamanthufeisen auf der grünen Seide.

Dann begann er über Alice zu sprechen. »Ich habe dir nie über meine erste Ehe erzählt«, sagte er.

»Nein.«

»Es war keine glückliche Ehe. Sie war arrangiert worden. Diesmal heirate ich nach meiner eigenen Wahl. Nur jemand, der in der ersten gelitten hat, weiß das Glück der zweiten ganz zu schätzen. – Liebste, ich habe nicht wie ein Mönch gelebt.«

»Das dachte ich mir.«

»Ich bin ein äußerst sündiger Mann, wie du feststellen wirst.«

»Ich bin auf das Schlimmste gefaßt.«

»Alice ... meine Frau ... und ich haben denkbar schlecht zusammengepaßt.«

»Erzähl mir von ihr.«

»Da gibt es wenig zu erzählen. Sie war ein sanftes Geschöpf, ruhig und drauf aus, einem zu gefallen. Sie war nicht sehr temperamentvoll, und ich wußte, weshalb. Sie liebte einen anderen, als sie mich heiratete.«

»Den Mann, mit dem sie davonlief?«

Er nickte. »Sie hatte Pech. Sie wählte nicht nur den falschen Ehemann, sondern auch den falschen Liebhaber. Es gab zwischen uns nicht viel zu wählen ... zwischen mir und Geoffrey Nansellock. Wir gehörten zu einer Sorte. In den alten Tagen gab es die Tradition des Herrenrechts in dieser Gegend. Geoffrey und ich pflegten sie nach Kräften.«

»Du willst damit sagen, daß du viele Liebschaften hattest.«

»Ich bin ein liederlicher, verkommener Wüstling. Künftig werde ich sagen, ich war es. Denn von diesem Augenblick an werde ich für den Rest meines Lebens einer Frau treu sein. Du siehst weder verächtlich noch skeptisch drein. Das ist schön. Es ist mein Ernst, liebste Marty, ich schwöre es dir. Denn durch diese Experimente in der Vergangenheit kenne ich den Unterschied. Das hier ist Liebe.«

»Ja«, sagte ich, »wir werden einander treu sein, weil das die einzige Art ist, auf die wir einander die Tiefe unserer Liebe beweisen können.«

Er nahm meine Hände und küßte sie, und ich hatte ihn noch nie so ernst gesehen. »Ich liebe dich«, sagte er. »Denk daran ... denk immer daran.«

»Ich nehme es mir vor.«

»Du wirst Gerüchte hören.«

»Ja, man hört Gerüchte«, gab ich zu.

»Du hast von Alice gehört? Und daß Alvean nicht meine Tochter ist? Jemand hat es dir erzählt, und du möchtest den Betreffenden nicht verraten. Ich konnte das Kind nie lieben. Ich bin ihm sogar aus dem Weg gegangen. Es war eine unerfreuliche Erinnerung an vieles, was ich vergessen wollte. Aber du hast es mich als einsames Kind sehen lassen, das unter den Sünden der Erwachsenen leidet. Du hast mich verändert. Dein Kommen hat den ganzen Haushalt verwandelt. Und das ist es, was mich in dem Glauben bestärkt, daß es mit uns ganz anders sein wird als alles, was ich vorher erlebt habe.«

»Connan, ich möchte das Kind glücklich machen. Ich möchte, daß sie in dir ihren Vater sieht. Sie braucht dich.«

»Du wirst eine Mutter für sie sein, dann muß ich ihr Vater sein.«

»Wir werden glücklich sein, Connan.«

»Kannst du in die Zukunft sehen?«

»In unsere ja, denn unsere Zukunft hängt von uns selbst ab, und ich will, daß es eine Zukunft des vollkommenen Glücks wird.«

»Und was Miss Leigh will, das geschieht. Und du versprichst mir, nicht verletzt zu sein, wenn du Gerüchte über mich hörst?«

»Du denkst an Lady Treslyn, ich weiß. Sie war deine Geliebte.«

Das Wort kam mir ungewollt über die Lippen. Ich war erstaunt, daß ich über solche Dinge sprechen konnte. Aber ich mußte die Wahrheit kennen. Und meine Empfindungen waren so stark, daß ich nicht mehr auf die Schicklichkeit achtete.

Er nickte.

»Sie wird es nie wieder sein«, sagte ich.

Er küßte mich. »Habe ich nicht ewige Treue geschworen?«

»Connan, sie ist so schön, und sie wird immer noch in der Nähe sein.«

»Aber ich liebe! Zum ersten Mal in meinem Leben!«

»Hast du sie nicht geliebt?«

»Die Leidenschaft trägt manchmal die Maske der Liebe. Liebste, wir wollen die Vergangenheit begraben. Wir wollen heute neu anfangen – du und ich.«

»Ich träume doch nicht, Connan oder? Bitte sag, daß ich nicht träume.«

Es war spät, als ich ihn verließ. Ich ging in mein Zimmer in einem Nebel von Glück. Ich fürchtete mich vor dem Einschlafen, aus Angst, ich könnte aufwachen und es sei doch nur ein Traum gewesen.

Am Morgen ging ich zu Alvean und teilte ihr die Neuigkeit mit. Ein zufriedenes Lächeln spielte in ihren Mundwinkeln. Dann täuschte sie Gleichgültigkeit vor. Aber es war zu spät. Ich wußte, daß sie sich freute.

»Und Sie bleiben immer bei uns, Miss?« fragte sie.

»Ja.«

»Ich bin gespannt, ob ich je so gut reiten kann wie Sie.«

»Wahrscheinlich besser. Du wirst mehr Übung haben als ich.«

Wieder erschien das Lächeln auf ihren Lippen. Dann wurde sie ernst. »Miss, wie soll ich Sie denn nun nennen? Sie werden meine Stiefmutter sein, nicht wahr?«

»Ja, aber du kannst mich nennen wie du willst.«

»Aber nicht Miss!«

»Kaum. Ich bin dann ja keine Miss mehr.«

»Ich glaube, ich werde Mama zu Ihnen sagen müssen.« Ihr Mund verhärtete sich ein wenig.

»Wenn dir das nicht gefällt, kannst du mich unter uns ja Martha nennen oder Marty. So haben mein Vater und meine Schwester mich immer genannt.«

»Marty! Das gefällt mir. Das klingt wie ein Pferdename!«

»Was könnte ein größeres Lob sein?« rief ich. Sie beobachtete ernst, wie ich mich amüsierte.

Ich ging zu Gilly hinüber.

»Gilly, ich werde Mrs. TreMellyn!«

Die Leere verließ ihre blauen Augen, und sie lächelte mich strahlend an. Dann preßte sie sich an mich. Ich spürte, daß sie vor Freude zitterte.

Ich war nie ganz sicher, was in Gilly vorging, aber ich wußte, daß sie zufrieden war. Für sie war ich mit Alice verschmolzen, und ich hatte den Eindruck, daß sie weniger überrascht war als ich und Alvean oder sonst irgend jemand. Für Gilly war es das natürlichste auf der Welt, daß ich Alices Stelle einnahm.

Es war eine fröhliche Heimreise. Wir sangen den ganzen Weg zum Bahnhof cornische Lieder. Ich hatte Connan noch nie so glücklich gesehen. So wird er für den Rest unseres Lebens sein, dachte ich.

Billy Trehay holte uns mit der Kutsche am Bahnhof ab.

Ich war nicht auf den Empfang gefaßt, der auf uns im großen Saal wartete. Connan hatte heimlich eine Botschaft vorausgeschickt, denn er wollte, daß ich mit Ehren empfangen wurde.

Das ganze Gesinde war versammelt – die Familie Polgrey und Tapperty und die anderen aus den Gärten und dem Stall, und sogar die Jungen und Mädchen, die aus dem Dorf kamen um zu helfen. Sie standen in einer Reihe. Connan nahm meinen Arm, als wir eintraten.

»Wie ihr wißt«, sagte er, »hat Miss Leigh versprochen, meine Frau zu werden. In ein paar Wochen wird sie eure Herrin sein.«

Die Männer verbeugten sich und die Frauen machten Knickse, aber als ich sie anlächelte und mit Connan an ihnen vorbeiging, sah ich in ihren Augen eine gewisse Zurückhaltung.

Wie ich vermutet hatte, waren sie nicht bereit, mich als Herrin des Hauses anzuerkennen … noch nicht.

In meinem Zimmer brannte ein behagliches Feuer. Daisy brachte heißes Wasser. Sie war zurückhaltend. Sie blieb nicht stehen und plauderte mit mir wie bisher. Sie verließ sofort mein Zimmer.

Ich werde ihr Vertrauen wiedergewinnen, dachte ich. Aber ich durfte nicht vergessen, daß ich als die künftige Herrin des Hauses nicht mit ihr klatschen durfte wie früher.

Ich speiste mit Connan und Alvean. Als ich Alvean zu Bett gebracht hatte, ging ich zu Connan in die Bibliothek. Es gab vieles zu besprechen und zu planen.

Er fragte mich, ob ich schon meiner Familie geschrieben hatte, und ich verneinte. Ich konnte immer noch nicht ganz glauben, daß ich nicht träumte.

»Vielleicht wird dies dir dabei helfen«, sagte er und nahm ein Etui aus einer Kommodenschublade. Er hielt mir einen herrlichen, viereckig geschliffenen Smaragd hin, der von Diamanten eingefaßt war.

»Wunderschön! Viel zu schön für mich.«

»Nichts ist zu schön für Martha TreMellyn.« Er nahm meine linke Hand und steckte mir den Ring an den Finger.

»Ich hätte nie gedacht, daß ich einmal etwas so Herrliches besitzen würde.«

»Das ist erst der Anfang von all den herrlichen Dingen, die ich dir bringen werde.«

Er küßte meine Hand, und ich sagte mir, wenn ich je daran zweifeln sollte, daß dies alles wahr sei, dann würde ich den Smaragd ansehen und wissen, daß ich nicht träumte.

Als ich am nächsten Morgen aufwachte, war Connan schon geschäftlich unterwegs, und nachdem ich Alvean und Gilly ihre Stunden gegeben hatte – denn ich wollte, daß alles so blieb wie bisher –, ging ich in mein Zimmer. Ich war erst einige Minuten dort, als es leise klopfte.

»Herein!« rief ich, und Mrs. Polgrey erschien.

Sie sah heimlichtuerisch aus.

»Miss Leigh, ich möchte mit Ihnen sprechen. Wie wär's, wenn Sie zu mir herunterkommen? Ich habe schon Teewasser aufgestellt.«

Ich sagte, es sei mir ein Vergnügen. Ich wollte nicht, daß sich in unserem Verhältnis etwas änderte, das immer angenehm gewesen war.

Wir tranken Tee. Diesmal war von Whisky nicht die Rede, und dies amüsierte mich im geheimen. Ich würde die Herrin des Hauses sein, und als solche brauchte ich nicht unbedingt etwas von ihren kleinen Schwächen zu wissen.

Sie gratulierte mir noch einmal zu unserer Verlobung und versicherte mir, wie sehr sie sich freute. Sie fragte mich, ob ich irgendwelche Änderungen im Sinn hätte, ich antwortete, das sei nicht der Fall, da der Haushalt ja so mustergültig von ihr geleitet würde.

Ich sah, daß sie dies erleichterte, und sie kam zum Thema.

»Während Sie weg waren, hat es bei uns einige Aufregungen gegeben, Miss Leigh.«

»So?«

»Es ist immer noch wegen Sir Thomas Treslyn.«

»Aber er ist doch jetzt begraben!« sagte ich.

»Ja, ja. Aber das braucht nicht das Ende zu sein, Miss Leigh.«

»Ich verstehe nicht.«

»Nun, es gehen Gerüchte um, häßliche Gerüchte. Und es sind Briefe geschickt worden.«

»An wen?«

»An die Witwe. Und an andere offenbar auch. Nun wird man ihn wieder ausgraben. Es ist eine Untersuchung angeordnet worden.«

»Wollen Sie damit sagen, man vermutet, er sei vergiftet worden?«

»Nun, es sind eben diese Briefe verschickt worden. Und er ist so plötzlich gestorben. Mir gefällt es gar nicht, daß er zuletzt hier war. So etwas bringt man nicht gern mit dem Haus in Verbindung.«

Sie sah mich seltsam an.

Ich wollte all die unangenehmen Gedanken, die mir durch den Kopf gingen, von mir abstreifen. Doch ich sah wieder Connan und Lady Treslyn am Weihnachtstag im Punschzimmer, wie sie mir den Rücken zukehrten und miteinander lachten. Hatte Connan mich damals schon geliebt? Man hätte es nicht glauben können. Ich dachte wieder an Lady Treslyns Worte nach dem Ball: »Es kann jetzt nicht mehr lange dauern, Connan!« Und das Gespräch fiel mir wieder ein, das ich im Wald teilweise belauscht hatte. Was hatte es zu bedeuten?

In meinem Gehirn hämmerte eine Frage. Aber ich ließ meine Gedanken nicht dabei verweilen. Ich wagte es nicht. Ich konnte es nicht ertragen, all meine Hoffnungen in sich zusammenbrechen zu sehen. Ich mußte glauben, damit ich mir diese Frage nicht erst stellte.

Ich sah Mrs. Polgrey an.

»Ich dachte, Sie müßten es wissen«, sagte sie.

8

Ich fürchtete mich mehr als je, seit ich in dieses Haus gekommen war.

Die Leiche von Sir Thomas Treslyn sollte exhumiert werden. Man war mißtrauisch geworden wegen der Umstände seines plötzlichen Todes, und es wurden anonyme Briefe verschickt. Woher rührte dieses Mißtrauen? Seine Frau wollte ihn aus dem Weg haben. Es war bekannt, daß Connan und Linda Treslyn ein Verhältnis gehabt hatten. Ihnen waren zwei Hindernisse im Weg gestanden. Alice und Sir Thomas. Beide waren unerwartet gestorben.

Aber Connan wollte Lady Treslyn nicht heiraten. Er liebte mich!

Ein schrecklicher Gedanke überfiel mich. Hatte Connan von dieser Exhumierung gewußt? Wurde ich von einem Zyniker mißbraucht? Warum benützte ich nicht das härtere Wort? Wurde ich von einem Mörder mißbraucht? War mein wunderbarer, wahrgewordener Traum nichts als ein furchtbarer Alpdruck?

Ich konnte es nicht glauben. Ich liebte Connan. Ich hatte geschworen, ihm mein Leben lang treu zu sein. Wie konnte ich so etwas schwören, wenn ich bei der ersten Krise an ihm zweifelte?

Aber ich hatte Angst.

Im Haus gab es nur zwei Gesprächsthemen: Die Exhumierung von Sir Thomas und die bevorstehende Hochzeit des Herrn und der Gouvernante.

Ich fürchtete mich, den forschenden Blicken von Mrs. Polgrey zu begegnen, den verschlagenen von Tapperty und den neugierigen seiner Töchter.

Brachten auch sie diese beiden Ereignisse miteinander in Verbindung?

Ich fragte Connan, wie er über die Affäre dachte.

»Unruhestifter«, sagte er. »Man wird eine Obduktion vornehmen und feststellen, daß er eines natürlichen Todes gestorben ist. Sein Arzt hat ihm seit Jahren gesagt, daß er sich einmal auf ein plötzliches Ende gefaßt machen muß.«

»Für Lady Treslyn muß das recht beunruhigend sein.«

»Sie wird sich nicht ungebührlich beunruhigen. Da sie von anonymen Briefschreibern belästigt wurde, ist sie vielleicht sogar froh, wenn die Angelegenheit geklärt wird.«

Ich stellte mir die medizinischen Sachverständigen vor. Es wären zweifellos Männer, die Connan und die Treslyns kannten. Da Connan mich heiraten wollte – und er verbreitete die Neuigkeit überall – war es möglich, daß sie an die Sache mit einem anderen Geist herangingen, als es der Fall gewesen wäre, wenn sie geglaubt hätten, Lady Treslyn wolle Connan heiraten.

Ich mußte diese schrecklichen Gedanken vertreiben. Ich mußte an Connan glauben, wenn ich nicht mit der Tatsache rechnen wollte, daß ich mich in einen Mörder verliebt hatte. Die Einladungen zum Ball waren verschickt worden, zu hastig, wie mir schien. Lady Treslyn, die in Trauer war, wurde natürlich nicht geladen. Der Ball sollte schon vier Tage nach unserer Rückkehr von Penlandstow stattfinden.

Celestine und Peter Nansellock kamen am Vorabend des Balles herübergeritten.

Celestine umarmte und küßte mich. »Meine Liebe! Ich bin ja so glücklich! Ich weiß, was das für Alvean bedeutet.« In ihren Augen standen Tränen. »Alice wäre so froh. Ich war so selig, daß das Kind endlich eine Gouvernante gefunden hat, die sie wirklich verstand.«

»Ich dachte, Miss Jansen hätte sie auch verstanden.«

»Miss Jansen, ja. Wir alle dachten es. Schade, daß sie nicht ehrlich war. Aber vielleicht war es nur die Versuchung des Augenblicks. Ich habe mein möglichstes getan, um ihr zu helfen.«

Peter kam zu uns herüber. Er nahm meine Hand und küßte sie leicht. Connans mißvergnügter Blick ließ mein Herz schneller schlagen, und ich schämte mich meines Mißtrauens.

»Glücklicher Connan!« rief Peter. »Ich brauche bestimmt nicht zu sagen, wie ich ihn beneide. Ich habe Jacinth mitgebracht. Ich habe Ihnen gesagt, daß ich sie Ihnen eines Tages doch schenken würde. Nun ist sie mein Hochzeitsgeschenk. Das können Sie nicht ablehnen!«

Ich sah Connan an. »Ein Geschenk für uns beide.«

»O nein!« erwiderte Peter. »Jacinth ist für Sie bestimmt. Für Con denke ich mir noch etwas anderes aus.«

»Vielen Dank, Peter«, sagte ich, »das ist sehr großzügig von Ihnen.«

Er schüttelte den Kopf. »Ich könnte den Gedanken nicht ertragen, daß sie in andere Hände kommt. Ich möchte, daß die Stute ein gutes Heim hat. Ich reise Ende nächster Woche ab.«

»So bald?«

»Alles hat sich ein wenig überstürzt. Es hat keinen Zweck, es noch länger hinauszuschieben.« Er sah mich vielsagend an.

»Jetzt nicht mehr.«

Kitty, die den Wein ausschenkte, hörte mit größter Aufmerksamkeit zu.

Celestine unterhielt sich mit Connan, und Peter fuhr leise fort: »Dann also Sie und Connan. Nun, Sie werden ihn an der Kandare halten, Miss Leigh, ich bin überzeugt.«

»Ich werde nicht seine Gouvernante sein.«

»Da bin ich nicht so sicher. Einmal Gouvernante – immer Gouvernante. Ich bin sicher, Alvean freut sich über das neue Arrangement.«

»Ich denke, sie wird mich akzeptieren.«

»Ich glaube, Sie sind noch eine größere Favoritin als Miss Jansen.«

»Die arme Miss Jansen! Was wohl aus ihr geworden ist?«

»Celestine hat einiges für sie getan. Sie hat ihr eine neue Stelle besorgt bei den Merrivales, Freunden von uns, die ein Haus am Rand von Dartmoore haben. Ich wüßte gern, wie es unserer lustigen Miss Jansen im Hoodfield House gefällt. Wahrscheinlich findet sie es schrecklich langweilig. Die nächste Stadt, Travistock, ist gute sechs Meilen entfernt.«

»Es war nett von Celestine, daß sie ihr geholfen hat.«

»So ist Celestine immer.« Er hob sein Glas. »Auf Ihr Glück, Miss Leigh! Und wenn Sie auf Jacinth reiten, dann denken Sie an mich.«

»Ganz bestimmt, und an Jacinths Namensvetterin, Miss Jansen.«

Er lachte. »Und wenn Sie es sich je anders überlegen sollten ...«

Ich hob die Augenbrauen.

»Das mit Connan, meine ich. Auf der anderen Seite der Welt steht ein Haus für Sie offen. Sie werden mich immer als Ihren treuen und ergebenen Diener finden, Miss Leigh.«

Ich lachte und trank meinen Wein.

Am nächsten Tag ritten Alvean und ich zusammen aus. Ich saß auf Jacinth. Sie war ein wunderbares Tier, und ich genoß jeden Augenblick des Ritts. Dies war ein weiterer wahrgewordener Traum: nun hatte ich sogar ein eigenes Pferd.

Der Ball war ein großer Erfolg, und ich war überrascht, wie bereitwillig die Nachbarn mich akzeptierten. Die Tatsache, daß ich Alveans Gouvernante gewesen war, schien bereits vergessen. Ich war eine gebildete junge Frau, und auch meine Herkunft war passabel. Vielleicht waren Connans Freunde erleichtert, daß er heiratete, denn sie hätten ihn nicht gern in den Treslyn-Skandal verwickelt gesehen.

Am Tag nach dem Ball mußte Connan wieder geschäftlich außer Haus.

»Ich habe in Penlandstow vieles vernachlässigt«, erklärte er. »Manches habe ich einfach vergessen. Kein Wunder. Ich war ja mit etwas anderem beschäftigt. Ich werde ungefähr eine Woche weg sein, und wenn ich wiederkomme, bleiben nur noch vierzehn Tage bis zu unserer Hochzeit. Du wirst mit deinen Vorbereitungen beschäftigt sein, und, Liebling, wenn du im Haus etwas ändern willst, dann tu es bitte. Vielleicht wäre es nicht verkehrt, wenn du Celestine um Rat fragst. Sie ist Expertin für alte Häuser.«

Ich sagte, das würde ich gern tun.

Er verabschiedete sich von mir und fuhr davon. Ich stand am Fenster und winkte ihm nach. Ich wollte es nicht vom Eingang aus tun, da ich vor dem Personal immer noch ein wenig gehemmt war.

Als ich mein Zimmer verlassen wollte, stand Gilly vor der Tür. Seit ich ihr gesagt hatte, daß ich Mrs. TreMellyn werden würde, folgte sie mir auf Schritt und Tritt. Ich begann zu verstehen, was in ihr vorging. Alice war aus ihrem Leben verschwunden, und sie wollte sicher sein, daß dies nicht auch mit mir geschah. »Hallo, Gilly!« sagte ich.

Sie senkte den Kopf und lächelte. Sie gab mir die Hand, und ich führte sie in mein Zimmer. »Nun, Gilly, in drei Wochen bin ich verheiratet, und ich bin die glücklichste Frau der Welt!«

Ich versuchte im Grunde nur, mir selbst Mut zuzusprechen, denn wenn man sich mit Gilly unterhielt, war es meist wie ein Selbstgespräch.

Ich dachte daran, daß Connan gesagt hatte, wenn ich im Haus etwas ändern wolle, dann solle ich nicht vergessen, daß es immer noch Räume gab, die ich nicht kannte.

Plötzlich fiel mir Miss Jansens Zimmer ein. Ich hatte es bis jetzt nicht betreten und beschloß, dies sofort nachzuholen.

»Komm, Gilly«, sagte ich, »wir sehen uns Miss Jansens Zimmer an.«

Sie trottete zufrieden neben mir her, und ich dachte, um wieviel intelligenter sie doch war als die Leute wußten. Sie führte mich in Miss Jansens Zimmer.

Es war kleiner als meines, weniger komfortabel, enthielt aber ein erstaunliches Wandgemälde. Während ich davorstand, zupfte mich Gilly am Ärmel. Sie holte einen Stuhl und stellte sich darauf. Nun verstand ich. Hier in der Wand war ein Guckloch wie im Solarium. Ich schaute durch und sah das Innere der Kapelle – natürlich von einem anderen Blickwinkel aus als vom Solarium.

Gilly war stolz, als sie mir das Guckloch zeigte. Wir gingen wieder in mein Zimmer. Sie wollte mich offenbar nicht verlassen. Ich sah deutlich, daß sie besorgt war. Sie fürchtete, ich könne ebenso plötzlich verschwinden wie Alice. Sie war entschlossen, mich im Auge zu behalten.

Während der ganzen Nacht fegte der Südweststurm von der See her. Der Regen peitschte horizontal an die Fenster, und sogar die soliden Fundamente von Mount Mellyn schienen zu zittern.

Es regnete am nächsten Tag. Alles in meinem Zimmer – die Spiegel, die Möbel – war beschlagen. Dies geschah oft, wie Mrs. Polgrey mir sagte, wenn der Südwestwind Regen mitbrachte, was unweigerlich der Fall war.

Alvean und ich ritten an jenem Tag nicht aus.

Am nächsten Morgen hatte sich der Himmel aufgehellt. Lady Treslyn kam vorbei, aber ich sah sie nicht. Mrs. Polgrey erzählte mir, daß sie dagewesen war und Connan sprechen wollte.

»Sie war sehr niedergeschlagen«, berichtete Mrs. Polgrey. »Sie wird keine Ruhe finden, bis diese schreckliche Affäre vorüber ist.«

Ich war sicher, daß Lady Treslyn gekommen war, um mit Connan über unsere Verlobung zu sprechen.

Auch Celestine kam. Wir plauderten miteinander über das Haus, und sie sagte, sie freue sich, daß ich mich so für Mount Mellyn interessiere.

»Wir haben ein paar alte Dokumente über Mount Mellyn und Mount Widden zu Hause. Ich zeige sie Ihnen gelegentlich.«

Sie verließ uns vor dem Mittagessen. Am Nachmittag gingen Alvean und ich zum Stall hinunter. Wir sahen zu, wie Billy Trehay die Pferde für uns sattelte.

»Jacinth ist heute schwierig, Miss«, warnte er mich.

»Weil sie gestern nicht draußen war.« Ich streichelte ihr die Nüstern, und sie rieb sich an meiner Hand, um mir ihre Zuneigung zu zeigen.

Wir ritten wie üblich den Abhang hinab, dann an der Bucht entlang und an Mount Widden vorbei. Wir ritten über den Klippenweg. Der Blick war von hier aus besonders schön, mit der zerklüfteten Küste und der Landzunge Rame Head, die sich ins Meer hinausschob und Plymouth und seine Bucht verdeckte.

Der Weg war schmal und an mehreren Stellen in den Fels eingehauen. Wir ritten bergauf und bergab, manchmal waren wir fast unten am Meer, dann wieder oben auf der Hochebene.

Es war kein leichter Ritt, denn der Regen hatte die Erde aufgeweicht, und ich machte mir etwas Sorgen um Alvean. Sie saß zwar fest im Sattel – sie war jetzt keine Anfängerin mehr –, aber ich wußte, in welcher Stimmung Jacinth war und erwartete, daß es um Black Prince nicht viel anders stünde, wenn er auch nicht Jacinths feuriges Temperament besaß. Oft mußte ich die Zügel straff ziehen. Ein Galopp wäre mehr nach ihrem Geschmack gewesen als dieser langsame Ritt über den Klippenweg, der heute wesentlich gefährlicher war als sonst.

An einer Stelle wurde der Weg besonders schmal. Am Steilhang über dem Weg wuchsen Stechginsterbüsche und Brombeersträucher, darunter fiel die Klippe beinahe senkrecht zum Meer ab. Ich sah, daß an manchen Stellen Steine herabgefallen waren. Tapperty hatte oft gesagt, daß die See ständig Land fordere, und daß es in den Tagen seines Großvaters eine Straße gegeben hatte, die jetzt völlig verschwunden war. Ich dachte daran, umzukehren, aber dann hätte Alvean meine Furcht gespürt, und das wollte ich nicht, solange sie im Sattel saß.

Nein, wir blieben besser auf diesem Weg, bis wir zur Straße auf die Hochebene hinaufreiten konnten.

Wir waren nahe an die gefährliche Stelle herangekommen. Der Boden war hier noch schlüpfriger. Wir mußten hintereinander reiten, und ich ließ Jacinth ganz langsam vor Black Brince hergehen. Ich blickte über die Schulter zurück und sagte: »Wir müssen hier sehr langsam reiten, Alvean.«

Da hörte ich ein Geräusch. Ich drehte mich rasch zur Seite und sah einen Felsblock herabstürzen, der Schiefer, Torf und Gestrüpp mitbrachte. Er sauste ein paar Zentimeter vor Jacinth vorbei ins Meer. Ich starrte ihm entsetzt nach.

Jacinth bäumte sich auf. Sie war im Begriff, irgendwo hinzuspringen, über die Klippe, hinab in die See, um dem zu entrinnen, was sie erschreckt hatte.

Es war mein Glück, daß ich eine erfahrene Reiterin war und daß Jacinth und ich einander so gut verstanden. In Sekunden war alles vorbei. Ich hatte sie unter Kontrolle. Sie wurde ruhig, als ich mit ihr in einer Stimme sprach, die besänftigend sein sollte.

»Miss! Was war das?«

»Es ist schon vorbei«, antwortete ich und versuchte, gelassen zu sprechen. »Du hast es großartig gemacht.«

»Miss, ich dachte, Prince würde losgaloppieren.«

Das hätte er auch getan, dachte ich, wenn Jacinth nicht gescheut hätte.

Ich war bestürzt und fürchtete, daß Alvean oder Jacinth es merken könnten. Ich blickte nervös auf und sagte: »Diese Wege sind nicht sicher nach dem Wetter.«

Ich weiß nicht, was ich dort oben am Abhang zu sehen erwartete. Aber ich starrte den dichtesten der Büsche an. Sah ich dort eine Bewegung, oder bildete ich es mir nur ein? Es wäre leicht für jemanden gewesen, sich dort zu verstecken. Wie, wenn sich ein Felsblock durch die Regenfälle gelockert hatte? Was für eine ausgezeichnete Gelegenheit wäre das gewesen, wenn mich jemand hätte loswerden wollen! Der Felsblock brauchte nur in dem Moment angestoßen zu werden, als ich auf dem Pfad war – ein leichtes Ziel. Alvean und ich hatten es uns angewöhnt, immer zu einer bestimmten Zeit diesen Weg entlangzureiten.

Mir schauderte. »Wir reiten auf die Hochebene«, sagte ich. »Wir bleiben nicht auf dem Klippenweg.«

Alvean schwieg. Und als wir nach ein paar Minuten auf der Straße waren, blickte sie mich seltsam an. Ich sah, daß sie sich der Gefahr bewußt war, in der wir geschwebt hatten.

Erst als wir wieder im Haus waren, erkannte ich, wie entsetzt ich war. Ein furchtbarer Plan zeichnete sich ab. Alice war gestorben; Sir Thomas Treslyn war gestorben; und nun wäre fast ich, die ich Connans Frau werden sollte, auf dem Klippenweg ums Leben gekommen!

Angenommen, Connan war gar nicht weg. Angenommen, er hatte gewollt, daß mir ein Unglück zustößt. Ich dachte an Lady Treslyn. Ich dachte an ihre Schönheit, an ihre sinnliche, üppige Schönheit. Connan hatte zugegeben, daß sie seine Geliebte gewesen war. Gewesen war? Der Heiratsantrag war so plötzlich gekommen. Er war zu einer Zeit gekommen, als der Mann seiner Geliebten exhumiert werden sollte.

Kein Wunder, daß aus der vernünftigen Gouvernante eine verängstigte Frau wurde.

Von wem konnte ich Hilfe erwarten?

Nur von Peter oder Celestine, dachte ich. Aber ich konnte den schrecklichen Verdacht vor niemand äußern.

Nicht in Panik geraten, ermahnte ich mich selbst. Ruhig bleiben, denk dir etwas aus, was du tun kannst.

Das Haus war riesig und voller Geheimnisse. Ein Haus, in dem es möglich war, von gewissen Räumen in andere zu schauen. Es konnte Gucklöcher geben, die noch unentdeckt waren. Vielleicht beobachtete mich jetzt im Augenblick jemand.

Ich dachte an das Guckloch in Miss Jansens Zimmer und an ihre plötzliche Entlassung. Ich fragte mich, ob Miss Jansen noch bei den Merrivales war. Es bestand sehr wohl die Möglichkeit, denn sie mußte ihre Stelle dort ungefähr zu der Zeit angetreten haben, als ich nach Mount Mellyn kam. Warum sollte ich nicht versuchen, sie zu treffen? Vielleicht konnte sie Licht auf die Geheimnisse dieses Hauses werfen.

Ich fürchtete mich, und zu solchen Zeiten ist es immer tröstlich, wenn man bei Taten Zuflucht sucht.

Mir war wohler zumute, als ich den Brief geschrieben hatte.

»Liebe Miss Jansen,
ich bin die Gouvernante in Mount Mellyn und habe von Ihnen gehört. Ich würde gern einmal mit Ihnen zusammen-

kommen. Wäre das wohl möglich? Wenn ja, dann würde ich Sie gern kennenlernen, sobald Sie es einrichten können.

Mit freundlichen Grüßen
Martha Leigh«

Ich brachte den Brief rasch zur Post, ehe ich es mir anders überlegen konnte. Dann versuchte ich ihn zu vergessen.

Ich sehnte mich nach einer Nachricht von Connan. Täglich erwartete ich seine Rückkehr. Wenn er nach Hause kommt, werde ich ihm von meinen Ängsten erzählen, dachte ich. Ich werde ihm erzählen, was auf dem Klippenweg geschehen ist. Ich werde ihn bitten, mir die Wahrheit zu sagen. Ich werde ihn fragen: »Connan, warum wolltest du, daß ich dich heirate? Weil du mich liebst und mich als Frau begehrst, oder weil du den Verdacht von dir und Lady Treslyn ablenken willst?«

Die teuflischen Machenschaften, die ich im Geiste sah, schienen ständig glaubhafter zu werden.

Ich sagte mir: Vielleicht war Alice tatsächlich durch einen Unfall ums Leben gekommen, und dadurch kamen sie auf die Idee, sich auch von Sir Thomas zu befreien, der das einzige Hindernis für ihre Ehe war. Hatten sie ihm etwas in den Whisky gegeben? Warum nicht? Die Exhumierung von Sir Thomas stand kurz bevor, und die ganze Gegend wußte von dem Verhältnis zwischen Connan und Lady Treslyn. Deshalb verlobte sich Connan rasch mit der Gouvernante, um jeden Verdacht zu zerstreuen. Nun war die Gouvernante ein Hindernis, ebenso wie es Alice und Sir Thomas gewesen waren. Deshalb sollte die Gouvernante mit ihrer neuen Stute verunglücken, so daß man sagen konnte, das Tier hatte sich noch nicht an sie gewöhnt.

Damit wäre der Weg wieder frei gewesen für die schuldigen Liebenden, und sie brauchten nichts zu tun als zu warten, bis der Skandal sich gelegt hätte.

Ich war entsetzt über mich. Konnte ich Connan lieben und zugleich so etwas von ihm denken?

Ja, ich liebe ihn, sagte ich leidenschaftlich. So sehr, daß ich eher den Tod von seiner Hand hinnehmen als ihn verlassen würde.

Drei Tage später kam ein Brief von Miss Jansen. Sie schrieb mir, sie freue sich darauf, mich kennenzulernen. Sie sei am nächsten Tag in Plymouth, und wenn ich sie im ›Weißen Hirsch‹ treffen wolle, könnten wir dort zusammen essen.

Ich sagte Mrs. Polgrey, ich führe nach Plymouth, um Einkäufe zu machen. Das war plausibel, da in drei Wochen meine Hochzeit stattfinden sollte.

Ich ging sofort zum ›Weißen Hirsch‹.

Miss Jansen saß schon dort, als ich ankam – ein sehr hübsches, blondes Mädchen. Sie begrüßte mich herzlich und sagte, Mrs. Plint, die Frau des Wirts, habe versprochen, wir könnten allein in einem Nebenzimmer zu Mittag essen.

Wir wurden in ein kleines Privatzimmer geführt. Die Wirtin sprach begeistert über Entenbraten mit grünen Erbsen, aber keine von uns war sehr am Essen interessiert.

Wir bestellten Roastbeef, und sobald wir allein waren, sagte Miss Jansen: »Nun, wie gefällt Ihnen Mount Mellyn?«

»Es ist ein wunderbares altes Haus.«

»Eines der interessantesten, die ich kenne«, erwiderte sie.

»Ich habe von Mrs. Polgrey gehört, daß Sie sich für alte Häuser begeistern.«

»Allerdings. Ich bin in einem aufgewachsen. Aber meine Familie hat ihr Vermögen verloren. So geht es ja vielen von uns Gouvernanten. Ich war gern in Mount Mellyn. Haben Sie gehört, weshalb ich gehen mußte?«

»Ja.«

»Eine widerwärtige Affäre. Ich war außer mir, daß man mich zu Unrecht beschuldigte.«

Sie sprach so offen, daß ich ihr glaubte, und ich sagte ihr das.

Sie freute sich darüber.

Während des Essens erzählte sie mir die Geschichte.

»Treslyn und Nansellocks waren zum Tee im Haus. Sie kennen doch das Ehepaar Treslyn und Nansellocks?«

»O ja!«

»Ich nehme an, Sie wissen ziemlich viel über sie. Es sind gute Freunde der Familie, nicht wahr?«

»Ja, allerdings.«

»Ich hatte eine Vorzugsstellung im Haus.« Sie errötete, und ich dachte: Ja, weil sie so hübsch ist. Ich fragte mich, ob ich in all den Jahren, die da kommen sollten, ständig die Anziehungskraft meiner hübschen Geschlechtsgenossinnen auf Connan fürchten mußte.

»Sie hatten mich zum Tee gebeten, weil Miss Nansellock mich etwas über Alvean fragen wollte. Sie hat das Kind verwöhnt. Tut sie das immer noch?«

»Ja.«

»Sie hat so ein liebes Wesen. Ich weiß nicht, was ich ohne sie getan hätte.«

»Ich bin so froh, daß Ihnen jemand geholfen hat.«

»Ich glaube, sie sieht in Alvean ihr eigenes Kind. Man erzählt sich, daß Miss Nansellocks Bruder Alveans Vater sei. Demnach wäre Alvean also Miss Nansellocks Nichte. Vielleicht ist sie deshalb ...«

»Sie nimmt an Alvean jedenfalls großen Anteil.«

»Wie dem auch sei, man rief mich hinunter, ich bekam Tee vorgesetzt und plauderte mit ihnen, als gehörte ich zu den Gästen. Diese Treslyn mißbilligte das. Sie hat es überhaupt nicht gern gesehen, daß ich im Haus war. Vielleicht waren die beiden ein wenig zu aufmerksam zu mir – ich meine, Mr. Peter Nansellock und Mr. TreMellyn. Lady Treslyn ist heißblütig. Jedenfalls glaubte ich, daß sie das Ganze arrangiert hat.«

»Aber so heimtückisch kann sie doch nicht sein!«

»Oh, ich bin sicher, daß sie so heimtückisch ist, und sie war es auch. Sie trug an jenem Nachmittag ein Diamantarmband, und die Sicherheitskette war gerissen. Sie sagte: ›Ich nehme es lieber ab und bringe es morgen dem alten Pastern zur Reparatur.‹ Sie legte es auf den Tisch. Ich verließ sie während des Tees und ging ins Unterrichtszimmer, um mit Alvean zu arbeiten. Plötzlich wurde die Tür aufgerissen, und sie alle standen da und sahen mich anklagend an. Lady Treslyn zeterte, sie wolle eine Durchsuchung vornehmen lassen, da ihr Diamantarmband fehle. Sie war grob. Man hätte denken können, sie sei schon die Herrin im Haus. Mr. TreMellyn sagte sehr freundlich, Lady Treslyn bitte darum, daß mein Zimmer durchsucht würde und er hoffe, ich hätte nichts dagegen einzuwenden. Ich war aufgebracht und sagte: ›Durchsuchen Sie es ruhig! Nichts würde mich mehr befriedigen, als wenn Sie es täten!‹ Sie kamen alle herein. Das Armband lag in einer Schublade unter meinen Wäschestücken versteckt. Lady Treslyn wollte mich ins Gefängnis stecken lassen, aber die anderen beschworen sie, keinen Skandal zu machen. Schließlich versprach sie, die Angelegenheit zu vergessen, wenn ich sofort das Haus verließe. Ich war außer mir. Ich wollte zur Polizei gehen, aber was konnte ich beweisen? Sie hatten das Armband bei mir gefunden, und was ich auch vorgebracht hätte, man hätte mir nicht geglaubt.«

»Es muß schrecklich für Sie gewesen sein!«

»Fürchten Sie nicht, daß Ihnen etwas Ähnliches zustößt? Lady Treslyn hat es sich in den Kopf gesetzt, Connan TreMellyn zu heiraten.«

»Glauben Sie?«

»Ja. Ich bin sicher, daß etwas zwischen ihnen war. Er ist schließlich Witwer und gehört gewiß nicht zu den Männern, die ohne Frau leben. Man kennt doch die Sorte!«

»Hat er sich auch Ihnen genähert?«

Sie zuckte die Achseln. »Wenigstens dachte Lady Treslyn, ich sei eine Rivalin, und ich bin sicher, sie wollte mich auf diese Weise ausschalten.«

»Abscheulich! Aber Miss Nansellock war freundlich zu Ihnen.«

»Sehr. Als ich packte, kam sie in mein Zimmer. ›Ich bin außer mir, Miss Jansen!‹ sagte sie. ›Aber Sie haben es doch nicht dorthin gelegt, oder?‹ Ich schwor, daß ich es nicht getan hatte. Ich war hysterisch, kann ich Ihnen sagen! Ich wußte nicht, was ich tun sollte. Ich hatte sehr wenig Geld, und natürlich konnte ich kein Zeugnis erwarten. Ich werde nie vergessen, wie gut sie zu mir war. Sie hat mir die neue Stelle besorgt und mir für die Übergangszeit auch etwas Geld geliehen. Ich habe es jetzt zurückbezahlt, obwohl sie es nicht wollte. Der Himmel weiß, was ich ohne sie getan hätte. Wir haben einen unsicheren Beruf, Miss Leigh. Wir sind auf die Gnade unserer Brotgeber angewiesen. Kein Wunder, daß so viele von uns unterwürfig und verschroben werden.« Sie strahlte plötzlich. »Aber das sind bald nicht mehr meine Sorgen. Ich heirate. Er ist der Hausarzt der Familie, bei der ich jetzt bin. In sechs Monaten bin ich keine Gouvernante mehr.«

»Herzlichen Glückwunsch! Übrigens, ich bin auch verlobt.«

»Wunderbar!«

»Mit Connan TreMellyn«, fügte ich hinzu.

Sie starrte mich entgeistert an. »Nun ...«, stammelte sie schließlich. »Ich wünsche Ihnen viel Glück!«

Sie war ein wenig verlegen und überlegte sich, was sie über Connan gesagt hatte. Sie glaubte offenbar, daß ich viel Glück nötig hätte.

Ich konnte ihr nicht erklären, daß ich lieber ein einziges stürmisches Jahr mit Connan erleben würde als ein Leben lang Frieden mit einem anderen.

»Und warum wollten Sie mich sprechen?« fragte sie nach einer Weile.

»Weil ich von Ihnen gehört habe. Alvean hat Sie sehr gemocht, und es gibt gewisse Dinge, die ich gern wissen wollte.«

»Aber Sie als künftiges Familienmitglied werden viel mehr wissen, als ich Ihnen sagen kann.«

»Was halten Sie von Gilly?«

»Oh, die arme kleine Gilly. Ein merkwürdiges, opheliaartiges Wesen. Ich habe immer damit gerechnet, daß man sie eines Tages aus dem Wasser zieht, mit Rosmarin in den Händen.«

»Das Kind hat einen Schock erlitten.«

»Ja, als Mrs. TreMellyns Pferd sie beinahe zu Tode getrampelt hätte.«

»Sie müssen bald nach Mrs. TreMellyns Tod ins Haus gekommen sein.«

»Vor mir waren schon zwei andere da. Es hieß, sie seien gegangen, weil es im Haus gespukt hat. Mir konnte es gar nicht genug spuken.«

»Richtig. Sie sind ja Expertin für alte Häuser!«

»Expertin! Ganz und gar nicht. Ich habe sie einfach gern. Aber ich habe viele gesehen und viel darüber gelesen.«

»In Ihrem Zimmer war ein Guckloch. Gilly hat es mir neulich gezeigt.«

»Ja, ich war drei Wochen dort, ohne es zu wissen.«

»Das wundert mich nicht. Die Gucklöcher sind so geschickt in den Wandgemälden versteckt.«

»Kennen Sie die im Solarium?«

»O ja!«

»Von dem einen aus sieht man in den Saal, vom anderen in die Kapelle. Ich glaube, das hat seinen Grund. In der Zeit, als das Haus gebaut wurde, waren der Saal und die Kapelle die beiden wichtigsten Räumlichkeiten.«

»Sie wissen sehr viel über die Geschichte des Hauses. Wann wurde eigentlich Mount Mellyn gebaut?«

»Gegen Ende des elisabethanischen Zeitalters. Damals mußten die Menschen die Anwesenheit von Priestern in ihren Häusern geheimhalten. Ich glaube, deshalb wurden all diese Gucklöcher und ähnliches eingebaut.«

»Interessant!«

»Miss Nansellock ist auf diesem Gebiet Expertin. Weiß sie, daß wir uns treffen?«

»Niemand weiß es.«

»Auch Ihr künftiger Gatte nicht?«

Es lag mir auf der Zunge, mich ihr anzuvertrauen. Ich fragte mich, ob ich es wagen konnte, dieser Fremden gegenüber von meinen Ängsten zu sprechen. Ich wünschte, Phillida säße vor mir. Wie konnte ich zu einer Fremden sagen: Ich habe den Verdacht, daß der Mann, mit dem ich verlobt bin, in eine Verschwörung verwickelt ist und mich ermorden will?

»Er ist geschäftlich unterwegs«, sagte ich. »Wir wollen in drei Wochen heiraten.«

»Ich wünsche Ihnen dazu alles Gute. Es muß sehr plötzlich geschehen sein.«

»Ich bin im August ins Haus gekommen.«

»Und Sie hatten sich vorher nicht gekannt?«

»Wenn man im gleichen Haus lebt, lernt man sich rasch kennen.«

»Ja, das stimmt.«

»Sie selbst müssen sich auch innerhalb sehr kurzer Zeit verlobt haben!«

»O ja! Aber ...«

Sie wurde nachdenklich. Ihr netter Landdoktor unterschied sich wohl sehr vom Herrn von Mount Mellyn.

Ich fuhr rasch fort: »Ich wollte Sie kennenlernen, weil ich überzeugt war, daß Sie falsch beschuldigt worden waren. Ich bin sicher, daß viele im Haus das denken.«

»Das freut mich.«

»Wenn Mr. TreMellyn wiederkommt, werde ich ihm erzählen, daß ich Sie getroffen habe und ihn fragen, ob man nicht irgend etwas tun kann.«

»Oh, das ist jetzt nicht mehr nötig. Doktor Luscombe weiß, was geschehen ist. Er wollte selbst schon etwas unternehmen. Aber ich habe ihm klargemacht, daß es zu nichts führt, wenn man die ganze Affäre wieder aufrollt. Falls Lady Treslyn je noch einmal Unheil stiften sollte, könnte man ja etwas unternehmen. Aber das wird sie nicht tun. Ihr einziger Wunsch war es, mich loszuwerden, und das ist ihr gelungen.«

»Ich hätte nicht gedacht, daß sie so gefährlich ist. Aber durch die Freundlichkeit von Miss Nansellock ...«

»Ich weiß. Werden Sie Miss Nansellock sagen, daß Sie mich getroffen haben?«

»Ja.«

»Dann erzählen Sie ihr bitte von meiner Verlobung. Es wird sie freuen. Und noch etwas anderes würde ich sie gern wissen lassen, vielleicht interessiert es auch Sie. Es ist über das Haus. Es wird ja nun bald Ihr Heim, nicht wahr? Ich beneide Sie um das Haus. Es ist das interessanteste, das ich je gesehen habe.«

»Was soll ich Miss Nansellock ausrichten?«

»Ich habe ein wenig die Architektur des elisabethanischen Zeitalters studiert, und mein Verlobter hat es mir ermöglicht Cotehele zu besichtigen. Die Besitzer zeigten mir das Haus gern, da sie verständlicherweise stolz darauf sind. Es ähnelte Mount Mellyn sehr. Die Kapelle ist fast die gleiche, ebenso die Aussätzigen-Kammer. Aber die Kammer in Mount Mellyn ist viel größer, und die Konstruktion der Wände ist etwas anders. Eigentlich habe ich noch nie so eine Kammer gesehen, wie die in Mount Mellyn. Bitte sagen Sie das Miss Nansellock. Ich bin sicher, es wird sie sehr interessieren.«

»Ich will es ihr ausrichten.«

»Und vergessen Sie nicht, ihr zu sagen, daß ich weiß, wieviel ich ihr verdanke. Richten Sie bitte meine herzlichsten Grüße aus und meinen besten Dank.«

Wir verabschiedeten uns, und auf der Rückfahrt hatte ich den Eindruck, daß ich von Miss Jansen manches erfahren hatte, was auf mein Problem ein neues Licht warf.

Es bestand kein Zweifel daran, daß Lady Treslyn die Entlassung Miss Jansens herbeigeführt hatte. Sie war in der Tat sehr hübsch. Connan hatte sie bewundert. Vielleicht hatte er erwogen, sie zu heiraten, da er Söhne haben wollte. Und Lady Treslyn, besitzgierig wie eine Tigerin, wollte nicht dulden, daß er eine andere heiratete. Ich glaubte nun, daß Lady Treslyn vorhatte, sich meiner ebenfalls zu entledigen. Aber da ich bereits mit Connan verlobt war, würde sie bei mir zu drastischeren Mitteln greifen müssen.

Ich war nun sicher, daß Connan nichts von dem Anschlag auf mein Leben wußte.

Zwei Tage verstrichen, und Connan war noch nicht zurückgekehrt. Peter Nansellock kam herüber, um sich zu verabschieden. Er wollte am späten Abend nach London fahren, um das Schiff zu erreichen, das ihn nach Australien bringen würde.

Celestine begleitete ihn. Sie glaubten, Connan sei schon daheim. Während sie da waren, traf ein Brief von ihm ein. Er wollte, wenn möglich, noch am späten Abend zurückkehren, andernfalls am nächsten Morgen.

Ich setzte ihnen Tee vor, und im Laufe des Gesprächs erwähnte ich Miss Jansen.

Ich sah keinen Grund, weshalb ich das nicht vor Peter tun sollte, denn er war es gewesen, der mir erzählt hatte, daß Celestine ihr die neue Stellung bei den Merrivales besorgt hatte.

»Ich habe neulich Miss Jansen getroffen«, begann ich.

Sie waren beide verblüfft.

»Wie war das möglich?«

»Ich hatte ihr geschrieben und um ein Zusammentreffen gebeten.«

»Wie kamen Sie auf die Idee?« fragte Celestine.

»Nun, sie hat hier gelebt, und sie war von einem Geheimnis umgeben, und da ich sowieso nach Plymouth fuhr …«

»Ein charmantes Mädchen«, meinte Peter.

»Ja. Sie werden sich freuen zu hören, daß sie verlobt ist.«

»Wie interessant!« rief Celestine und ihr Gesicht rötete sich. »Das freut mich!«

»Mit dem dortigen Arzt«, fügte ich hinzu.

»Sie wird eine hervorragende Arztfrau sein.«

»Und die männlichen Patienten ihres Mannes werden sich alle in sie verlieben«, fügte Peter hinzu.

»Das könnte beunruhigend werden«, meinte ich.

»Aber gut fürs Geschäft. Hat sie Grüße bestellen lassen?« forschte Peter.

»Besonders an Ihre Schwester.«

Ich lächelte Celestine an.

»Sie ist Ihnen so dankbar. Sie sagt, sie wird nie vergessen, was Sie für sie getan haben.«

»Aber das war doch selbstverständlich. Ich konnte ja schließlich nicht tatenlos dabeistehen, nachdem man ihr das angetan hatte.«

»Glauben Sie, daß Lady Treslyn diesen Diebstahl vorgetäuscht hat? Miss Jansen ist überzeugt davon.«

»Es besteht nicht der geringste Zweifel daran«, sagte Celestine bestimmt.

»Sie muß skrupellos ein.«

»Ich glaube, das ist sie.«

»Nun, jetzt ist Miss Jansen glücklich. Übrigens soll ich Ihnen etwas ausrichten über das Haus.«

»Welches Haus?« frage Celestine interessiert.

»Dieses hier. Miss Jansen war in Cotehele und hat die dortige Aussätzigen-Kammer mit der unseren verglichen. Sie sagt, die unsere sei ziemlich einmalig.«

»Wirklich? Sehr interessant!«

»Unsere hier ist größer«, fuhr ich fort, »und es ist etwas Besonderes an der Konstruktion der Wände.«

»Celestine brennt darauf, hinunterzugehen und es sofort anzuschauen«, stichelte Peter.

Sie lächelte mich an. »Wir sehen es uns ein andermal zusammen an. Sie werden ja die Herrin dieses Hauses, deshalb interessiert es Sie sicher auch.«

»Es interessiert mich immer mehr. Sie werden mir viel über das Haus erzählen müssen.«

Sie lächelte warm. »Gern!«

»Ich werde zum Bahnhof reiten und das Pferd dort unterstellen«, sagte er. »Das Gepäck habe ich schon vorausgeschickt. Ich reite allein. Ich schätze keine Abschiedszeremonien am Bahnhof. Schließlich komme ich in einem Jahr wieder – mit einem Vermögen! Und wenn Sie doch lieber mitkommen wollen … noch ist es nicht zu spät.«

Er war übermütig! Ich fragte mich, was er für ein Gesicht machen würde, wenn ich plötzlich seinem Vorschlag zustimmte, wenn ich ihm sagte, daß ich angefüllt war mit schrecklichen Zweifeln über den Mann, dem ich die Ehe versprochen hatte.

Ich begleitete sie zur Haustür, um mich zum letztenmal von ihm zu verabschieden. Das Personal stand dabei, denn Peter war sehr beliebt. Ich nahm an, daß er Daisy und Kitty manchen verstohlenen Kuß gegeben hatte, und daß sie ihn ungern scheiden sehen.

Er sah sehr stattlich aus im Sattel, und Celestine schien neben ihm unbedeutend.

Wir winkten ihnen nach.

Seine letzten Worte waren: »Und vergessen Sie nicht, Miss Leigh … Wenn Sie es sich je anders überlegen sollten …«

Alles lachte, und ich lachte mit, aber wir waren alle ein wenig traurig, daß er ging.

Als wir wieder im Haus waren, sagte Mrs. Polgrey: »Miss Leigh, könnte ich Sie einen Augenblick sprechen?«

»Aber sicher. Soll ich mit zu Ihnen kommen?«

Sie ging voraus.

»Ich habe es gerade erfahren – das Ergebnis der Autopsie. Er ist eines natürlichen Todes gestorben.«

»Oh, das freut mich!« Ich war erleichtert.

»Es freut uns alle. Ich kann Ihnen sagen, es hat mir nicht gefallen, was man munkelt … daß er gestorben ist, nachdem er hier gegessen hatte.«

»Offenbar war alles nur ein Sturm im Wasserglas.«

»So etwas Ähnliches. Aber so ist es nun mal, Miss Leigh. Die Leute schwätzen.«

»Für Lady Treslyn muß es eine große Erleichterung sein.«

Sie sah mich ein wenig verlegen an, und ich erriet, daß sie daran dachte, was sie früher zu mir über Connan und Lady Treslyn gesagt hatte. Ich beschloß, sie für immer von der Verlegenheit zu befreien und sagte: »Ich hatte gehofft, Sie würden mir eine Tasse von Ihrem herrlichen Earl Grey anbieten.«

Sie fühlte sich sichtlich geehrt und läutete Kitty herbei.

Wir sprachen über den Haushalt, während das Wasser im Kessel kochte. Als der Tee fertig war, holte sie zögernd den Whisky heraus, und als ich nickte, gab sie mir einen Kaffeelöffel davon in die Tasse. Ich glaubte, daß das alte freundschaftliche Verhältnis wieder hergestellt war. Ich freute mich darüber, denn ich sah, daß sie das glücklich machte, und ich wollte, daß alle Menschen in meiner Nähe so glücklich waren wie ich.

Ich sagte mir immer wieder: Sir Thomas ist eines

natürlichen Todes gestorben. Also hatte Connan keinen Grund, mir einen Heiratsantrag zu machen, außer dem, den er mir genannt hatte, daß er mich liebte.

Es war neun Uhr, und die Kinder lagen im Bett. Es war ein warmer und sonniger Tag gewesen und überall meldete sich der Frühling.

Connan kam entweder noch an diesem Abend oder am nächsten Morgen nach Hause. Ich war gespannt, wann er käme. Vielleicht um Mitternacht. Ich ging zur Haustür und hielt nach ihm Ausschau, denn ich glaubte, ich hätte in der Ferne Hufgeklapper gehört.

Ich wartete. Die Nacht war still. Im Haus war es um diese Zeit immer sehr ruhig, denn die Dienstboten waren bereits in ihren Zimmern.

Da sah ich Celestine Nansellock. Sie war durch den Wald gekommen und nicht wie gewöhnlich die Einfahrt entlang. Sie war atemlos. »Ich hab mich so einsam gefühlt«, begann sie. »Peter ist fort.«

»Ja, der Gedanke macht einen traurig.«

»Er hat einen natürlich oft geneckt, aber ich hatte ihn trotzdem sehr gern. Nun habe ich beide Brüder verloren.«

»Kommen Sie doch herein«, bat ich.

»Ich nehme an, Connan ist noch nicht zurück?«

»Nein. Ich glaube, vor Mitternacht wird er nicht da sein. Er schrieb, er hätte noch heute früh zu tun. Ich vermute, daß er erst morgen kommt.«

»Wissen Sie, ich hatte gehofft, Sie allein zu treffen.«

»So?«

»Ich wollte einen Blick in die Kapelle werfen ... in diese Aussätzigen-Kammer. Seit Sie mir das von Miss Jansen ausgerichtet haben, fiebere ich, die Kammer zu sehen. Ich wollte es vor Peter nicht zugeben. Er hätte mich ausgelacht.«

»Wollen Sie sie sich jetzt ansehen?«

»Ja, bitte. Ich habe da nämlich eine Theorie. Es könnte eine Tür in der Täfelung sein, die in einen anderen Teil des Hauses führt. Wäre es nicht nett, wenn wir das entdecken würden und Connan damit überraschen könnten?«

»Ja, das wäre nett«, stimmte ich zu.

»Schön, gehen wir.«

Wir gingen durch die Halle, und ich blickte zum Guckloch hinauf, denn ich hatte das Gefühl, daß wir beobachtet wurden. Ich dachte, ich hätte am Guckloch eine Bewegung gesehen, aber ich sagte nichts, denn ich war nicht sicher.

Wir gingen bis zum Ende der Halle, dann die steinernen Stufen hinab in die Kapelle.

»Es riecht, als sei die Kapelle seit Jahren nicht benützt worden«, sagte ich, und meine Stimme hallte unheimlich wider.

Celestine antwortete nicht. Sie zündete eine der Kerzen an, die auf dem Altar standen. Ich beobachtete den langen Schatten, den das flackernde Licht auf die Wand warf.

»Gehen wir zur Aussätzigen-Kammer«, sagte sie. »Durch diese Tür. In der Kammer selbst ist noch eine andere Tür, die in den ummauerten Garten führt. Dort kamen die Aussätzigen herein.«

Sie hielt die Kerze hoch, und ich stellte fest, daß wir in einem kleinen Gemach standen.

»Ist das der Raum, der größer ist als die meisten seiner Art?« fragte ich.

Sie antwortete nicht. Sie tastete die Wand ab.

Ich beobachtete ihre schlanken Finger.

Plötzlich drehte sie sich um und lächelte. »Ich hatte schon immer vermutet, daß irgendwo in diesem Haus eine Geheimkammer für den Priester sein muß ... wissen Sie, das Versteck, in dem er sich verbarg, wenn die Beamten der Königin kamen. Ich weiß, daß ein TreMellyn mit der Idee spielte, Katholik zu werden. Ich bin überzeugt, daß irgendwo ein Priesterversteck sein muß. Connan wäre entzückt, wenn wir es fänden. Er liebt dieses Haus so sehr wie ich ... und wie Sie es lieben werden. Wenn wir es entdecken würden ... es wäre doch das schönste Hochzeitsgeschenk für ihn, finden Sie nicht?« Ihre Stimme klang erregt. »Augenblick! Da ist etwas!« Ich trat näher und hielt den Atem an, denn die Täfelung bewegte sich nach innen und stellte sich als hohe, schmale Tür heraus.

Sie drehte sich um. Sie schien plötzlich eine Fremde zu sein. Ihre Augen funkelten. »Sie zuerst«, flüsterte sie. »Es wird ja Ihr Haus. Sie sollten die erste sein, die es betritt.«

Auch ich wurde von der Erregung ergriffen. Ich wußte, wie Connan sich darüber freuen würde.

Ich trat ein und nahm einen undefinierbaren, scharfen Geruch wahr.

»Schauen Sie sich's rasch an!« sagte sie. »Es ist wahrscheinlich ein bißchen modrig da drinnen. Vorsicht, vielleicht sind Stufen da.« Sie hielt die Kerze hoch, und ich sah tatsächlich zwei Stufen. Ich stieg hinab – und in diesem Augenblick schloß sich die Tür hinter mir.

»Celestine!« rief ich entsetzt. Aber ich erhielt keine Antwort. »Öffnen Sie die Tür!« kreischte ich. Aber meine Stimme war in der Dunkelheit gefangen und ich wußte, daß auch ich eine Gefangene war – Celestines Gefangene.

Dunkelheit hüllte mich ein. Es war kalt und unheimlich. Wie soll ich mein Entsetzen schildern? Es gibt keine Worte, um es zu beschreiben. Nur wer es erlebt hat, könnte es verstehen.

Grauenvolle Gedanken hämmerten in meinem Kopf. Ich war in die Falle gegangen. Ich hatte den Weg beschritten, den sie mich führte, um mich loszuwerden. Meine Angst lähmte mich.

Ich tastete mich die zwei Stufen hinauf und hämmerte mit den Fäusten an das, was nun eine Wand zu sein schien.

»Laßt mich hinaus! Laßt mich hinaus!« schrie ich.

Aber ich wußte, daß meine Stimme jenseits der Aussätzigen-Kammer nicht zu hören war.

Sie würde sich davonstehlen, niemand würde wissen, daß sie im Haus gewesen war.

Ich hörte mich bitterlich schluchzen, und das ängstigte mich von neuem, denn im Augenblick erkannte ich meine Stimme nicht mehr.

Ich wußte, daß an diesem dunklen, feuchten Ort niemand lange leben konnte. Ich kratzte an der Wand, bis mir die Nägel brachen und ich Blut an den Händen spürte.

Langsam gewöhnten sich meine Augen an das Dämmerlicht. Ich schaute mich um und sah, daß ich nicht allein war. Jemand war schon vor mir gekommen. Hier lagen die Überreste von Alice. Endlich hatte ich sie gefunden.

»Alice! Alice, bist du es? Warst du die ganze Zeit hier im Haus?« schluchzte ich.

Alice gab keine Antwort. Ihre Lippen schwiegen seit über einem Jahr.

Ich bedeckte das Gesicht mit den Händen.

Ich muß lange Zeit ohnmächtig gewesen sein, denn ich war im Delirium, als ich zu mir kam. Ich hörte jemanden stammeln, es war meine eigene Stimme. Glücklicherweise war ich nur halb bei Bewußtsein. Ich wußte nicht mehr sicher, wer ich war. War ich Martha? War ich Alice?

Unsere Schicksale ähnelten sich. Es hatte geheißen, sie sei mit Geoffrey davongelaufen. Nun würde es heißen, ich sei mit Peter geflohen. Unser Verschwinden war geschickt zur richtigen Zeit arrangiert worden. »Aber weshalb?« fragte ich mich.

Nun wußte ich, wessen Schatten ich auf der Jalousie gesehen hatte. Es war der Schatten dieser teuflischen Frau gewesen. Sie wußte von der Existens des Tagebuchs, und sie hatte es gesucht, denn sie nahm an, daß es einen jener kleinen Anhaltspunkte liefern konnte, die vielleicht zur Entdeckung führten.

Ich wußte nun, daß sie Alvean nicht liebte, daß sie uns alle mit ihrer Sanftmut irregeführt hatte. Ich wußte, daß sie unfähig war, jemanden zu lieben. Sie hatte Alvean benützt, wie sie andere benützt hatte, und wie sie Connan benützen würde. Es war das Haus, das sie liebte.

Ich sah vor mir, wie sie von ihrem Fenster von Mount Widden aus über die Bucht herübersah und ein Haus begehrte, so leidenschaftlich, wie nur je ein Mann eine Frau begehren konnte oder eine Frau einen Mann.

»Alice«, murmelte ich. »Alice, wir waren ihre Opfer … du und ich.« Und ich hörte Alice zu mir sprechen, mir von dem Tag erzählen, an dem Geoffrey nach London fuhr, und wie Celestine herübergekommen war und von der großen Entdeckung in der Kapelle geschwärmt hatte. Ich sah, wie Alice sich darüber freute und jene fatalen Schritte in den Tod machte wie ich.

Aber es war nicht Alices Stimme, die ich höre. Es war meine eigene.

Und doch war es, als sei sie bei mir. Ich hatte sie endlich gefunden, und ich dachte, daß wir einander trösten konnten, während ich wartete, bis ich in ihr Schattenreich einging.

Licht blendete meine Augen. Ich wurde getragen.

»Bin ich jetzt tot, Alice?« fragte ich.

Und eine Stimme antwortete: »Mein Liebling … mein Liebling … du bist in Sicherheit.« Es war Connans Stimme, und es waren seine Arme, die mich hielten.

»Träumt man denn, wenn man tot ist?« fragte ich.

»Mein Liebling …« Ich wurde auf ein Bett gelegt, viele Menschen standen im Zimmer. Dann sah ich, wie ein Licht Haare beschien, die beinahe weiß waren.

»Alice, ein Engel«

»Es ist Gilly. Gilly hat uns zu dir geführt. Gilly hat es beobachtet. Sie hat gesehen …«

Es war Gilly, die mich in die Welt zurückbrachte. Ich erkannte, daß ich nicht tot, daß ein Wunder geschehen war. Dann waren es Connans Arme gewesen, die ich gespürt, und Connans Stimme, die ich gehört hatte.

Ich lag in meinem Zimmer, von dem aus man das Fenster sah, über dessen Jalousie der Schatten von Alices Mörderin gehuscht war, die auch mich hatte töten wollen.

Ich schrie entsetzt auf. Doch Connan war bei mir. Ich hörte seine Stimme, zart, besänftigend, liebevoll. »Jetzt ist alles gut. Ich bin bei dir … ich bleibe bei dir.«

Danach

Dies ist die Geschichte, die ich meinen Urenkeln erzähle. Sie haben sie oft gehört, aber für einige ist es immer das erste Mal.

Sie wollen sie immer wieder hören. Sie spielen im Park und im Wald und bringen mir Blumen aus dem Garten, als Reverenz für die alte Dame, die sie mit der Geschichte bezaubert, wie sie den Urgroßvater geheiratet hat.

Ich sehe alles noch so klar vor Augen, als wäre es gestern geschehen. Lebhaft erinnere ich mich an meine Ankuft im Haus und an alles, was in jenen entsetzlichen Stunden vorging, die ich im Dunkeln mit der toten Alice verbrachte.

Die folgenden Jahre mit Connan waren oft stürmisch. Connan und ich hatten wahrscheinlich beide einen zu starken Willen, um ständig in Frieden miteinander zu leben. Aber mein Leben war reich in jenen Jahren.

Nun ist er alt wie ich, und drei weitere Connans sind geboren worden: unser Sohn, unser Enkel und unser Urenkel. Ich war glücklich, daß ich Connan Kinder schenken konnte. Wir hatten fünf Söhne und fünf Töchter, und sie waren wiederum fruchtbar.

Wenn die Kinder die Geschichte hören, dann wollen sie jedes einzelne Detail erfahren und jedes Ereignis erklärt haben.

Weshalb glaubte man, daß die Frau, die im Zug gestorben war, Alice sei? Weil sie das Medaillon trug. Aber es war Celestine, die das Medaillon als das von Alice identifiziert hatte. In Wirklichkeit hatte sie es nie in ihrem Leben gesehen.

Sie war darauf erpicht, saß ich Jacinth annahm, als Peter mir die Stute zum erstenmal schenken wollte, weil sie fürchtete, Connan könnte sich für mich interessieren. Deshalb wollte sie die Freundschaft zwischen mir und Peter fördern. Und sie war es gewesen, die mir auflauerte und den losen Felsblock anstieß, um mich zu töten oder zu vertümmeln.

Von ihr stammten die anonymen Briefe an Lady Treslyn und den Staatsanwalt, in denen sie auf die verdächtigen Umstände hinwies, unter denen Sir Thomas gestorben war. Sie hatte geglaubt, eine Ehe zwischen Connan und Lady Treslyn wäre auf Jahre hinaus unmöglich, wenn der Skandal nur groß genug war. Sie hatte nicht mit Connans Gefühlen mir gegenüber gerechnet. Deshalb plante sie sofort, nachdem sie von unserer Verlobung gehört hatte, mich zu beseitigen. Auf dem Klippenweg mißlang es ihr, daher sollte ich wie Alice sterben. Wahrscheinlich hatte die Tatsache, daß Peter an jenem Tag nach Australien fuhr, sie zu diesem Entschluß gebracht. Das ganze Haus wußte, daß Peter mit mir geflirtet hatte, und es hätte so ausgesehen, als wäre ich mit ihm geflohen.

Es war auch Celestine gewesen, die das Diamantarmband in Miss Jansen Zimmer versteckt hatte, denn die Gouvernante interessierte sich zu sehr für das Haus und hätte eines Tages unweigerlich das Priesterversteck und Alice entdeckt. Sie hatte Lady Treslyns Eifersucht auf die hübsche Gouvernante ausgenützt, denn sie wußte, daß Lady Treslyn eine skrupellose Frau war, die rücksichtslos gegen Miss Jansen vorgehen würde, sobald sich eine Gelegenheit bot.

Celestine war verliebt – leidenschaftlich verliebt in Mount Mellyn, und sie wollte Connan nur aus dem Grund heiraten, damit sie die Herrin dieses Hauses würde. Sie hatte die Aussätzigen-Kammer entdeckt, darüber geschwiegen und auf eine Gelgenheit gewartet, Alice zu ermorden. Es gelang ihr, weil sie den günstigen Augenblick abgepaßt hatte. Wenn sie nicht den Anschein hätte erwecken können, daß Alice mit Geoffrey im Zug umgekommen war, hätte sie irgendeinen anderen Weg gefunden, sich ihrer zu entledigen, wie sie es bei mir mit Hilfe von Jacinth versucht hatte.

Sie hatte nun geglaubt, daß sie es risikolos ein zweites Mal versuchen konnte. Doch sie hatte nicht mit Gilly gerechnet.

Gilly hatte Alice geliebt, wie sie später mich liebte. Alice hatte die Gewohnheit gehabt, jeden Abend in ihr Zimmer zu kommen und ihr gute Nacht zu sagen. Gilly konnte nicht glauben, daß sie es diesmal vergessen hatte und war sicher, daß Alice das Haus nie verlassen hatte. Sie suchte fortgesetzt nach ihr. Es war Gillys Gesicht, das ich am Guckloch gesehen hatte. Gilly kannte alle Gucklöcher im Haus und benützte sie regelmäßig, denn sie hielt ständig nach Alice Ausschau.

Sie hatte Celestine und mich in den Saal kommen sehen. Dann war sie zum anderen Guckloch gerannt und hatte beobachtet, wie wir die Kapelle betraten. Wir gingen zur Aussätzigen-Kammer, aber diese Seite der

Kapelle war vom Solarium aus nicht zu überblicken. Deshalb war Gilly in Miss Jansens Zimmer gerannt, von wo aus sie uns beobachten konnte. Sie kam gerade noch rechtzeitig und sah uns die Aussätzigen-Kammer betreten. Sie erwartete, daß wir wieder herauskämen. Aber sie wartete vergeblich, denn Celestine stahl sich durch die andere Tür, die in den Hof führte, davon. Da sie annahm, niemand außer mir habe sie ins Haus kommen sehen, hätte sie später erklären können, sie sei überhaupt nicht dagewesen.

Gilly stand also auf einem Stuhl in Miss Jansens Zimmer und beobachtete die Tür der Aussätzigen-Kammer, während ich jene schrecklichen Stunden in Alices Totenkammer verbrachte.

Connan kam um elf Uhr nach Hause und erwartete, daß ich ihn willkommen hieß.

Aber nur Mrs. Polgrey empfing ihn. »Richten Sie Miss Leigh aus, daß ich da bin«, sagte er. Er muß ein wenig verstimmt gewesen sein, denn er war und ist ein Mann, der die äußerste Zuneingung und Aufmerksamkeit verlangte, und es war ihm unfaßlich, wie ich schlafen konnte, wenn er von der Reise nach Hause kam.

Ich stelle mir die Szene vor: Mrs. Polgrey berichtete aufgeregt, daß ich nicht in meinem Zimmer sei, dann die Suche nach mir, der Augenblick, in dem Connan das glaubte, was Celestine ihn hatte glauben lassen wollen.

»Mr. Nansellock ist heute nachmittag herübergekommen, um sich zu verabschieden. Er ist zum Zehnuhrzug nach St. Germans …«

Ich habe mich oft gefragt, nach wie langer Zeit man herausgefunden hätte, daß ich nicht mit Peter geflohen war. Connan hätte seinen Glauben an das Leben verloren, den ich ihm wiederzubringen hoffte, und er hätte vielleicht sein Verhältnis mit Linda Treslyn weitergepflegt. Eine Ehe wäre nicht zustandegekommen, dafür hätte Celestine gesorgt, und zur gegebenen Zeit hätte sie einen Weg gefunden, die Herrin von Mount Mellyn zu werden.

Connan hat mir oft von dem Aufruhr erzählt, der im Haus entstand, als man mich vermißte. Er erzählte mir, wie Gilly geduldig neben ihm stand und darauf wartete, gehört zu werden, und wie sie ihn schließlich am Mantel zupfte und nach Worten suchte, um es zu erklären.

»Gott vergebe uns, wir wollten ihr zuerst gar nicht zuhören. Deshalb hat es so lange gedauert, bis wir dich aus diesem höllischen Loch herausholten.«

Doch Gilly hatte sie zur Aussätzigen-Kammer geführt. Sie sagte, sie hätte uns gesehen.

Connan glaubte zuerst, Peter und ich hätten uns auf diesem Weg davongemacht, damit es niemand bemerkte.

Doch in der Kammer lag Staub. Niemand hatte sie seit Alice und ihrer Mörderin betreten. In dem Staub an der Wand war der Abdruck einer Hand, und als Connan dies sah, begann er Gilly ernst zu nehmen.

Die Geheimfeder der Tür war nicht leicht zu entdekken, selbst wenn man gewußt hätte, daß eine vorhanden war. Zehn Minuten wurde fieberhaft gesucht, und Connan war schon im Begriff, die Wände niederreißen zu lassen.

Doch sie entdeckten die Feder. Sie fanden mich, und sie fanden Alice.

Man brachte Celestine nach Bodmin, wo sie wegen der Ermordung Alices verurteilt werden sollte. Doch ehe die Gerichtsverhandlung stattfinden konnte, verfiel sie dem

Wahnsinn. Zuerst glaubte ich, dies sei wieder eine ihrer Verstellungen, und es kann auch als solche begonnen haben. Sie starb erst zwanzig Jahre später.

Alices Überreste wurden in der Familiengruft beigesetzt. Connan und ich heirateten drei Monate später. Das Erlebnis hatte mich mehr erschüttert, als mir damals bewußt war, und ich litt noch über ein Jahr danach an Alpträumen.

Phillida kam mit William und den Kindern zu meiner Hochzeit. Tante Adelaide bestand darauf, daß die Hochzeit in ihrem Haus in London gefeiert werden sollte. Sie hatte es sich irgendwie in den Kopf gesetzt, daß dies alles ihr Werk sei.

Wir machten unsere Hochzeitsreise wie geplant nach Italien und kehrten dann nach Mount Mellyn zurück.

Ich denke oft an die Vergangenheit, wenn ich den Kindern die Geschichte erzähle. Alvean ist mit einem Gutsbesitzer in Devonshire glücklich verheiratet. Gilly hat mich nie verlassen. Sie ist auch jetzt in meiner Nähe. Jeden Augenblick kann sie mit dem Kaffe auftauchen, den wir an warmen Tagen in jener Laube einnehmen, in der ich Lady Treslyn und Connan zum erstenmal zusammen gesehen hatte.

Ich muß zugeben, der Gedanke an Lady Treslyn hat mich während der ersten Jahre meiner Ehe immer noch beunruhigt, so daß ich eifersüchtig sein konnte und leidenschaftlich. Manchmal glaube ich, Connan neckte mich gern, als Rache, wie er sagte, für seine Eifersucht auf Peter Nansellock.

Lady Treslyn zog nach einigen Jahren nach London, und wir hörten, daß sie dort heiratete.

Peter kam nach fünfzehn Jahren wieder. Er hatte eine Frau und zwei Kinder, aber kein Vermögen. Trotzdem war er fröhlich und voller Lebenslust wie immer. Mount Widden war in der Zwischenzeit verkauft worden. Später heiratete eine meiner Töchter den Besitzer, so daß das Haus fast ebensosehr meine Heimat geworden ist wie Mount Mellyn. Connan war froh, als Peter wieder nach Australien fuhr, und ich lachte bei dem Gedanken, daß er immer noch eifersüchtig war. Als ich ihm dies sagte, erwiderte er: »Du warst noch närrischer wegen Linda Treslyn.«

Und wir beide wußten in solchen Augenblicken, daß es niemand anderen für uns gab.

So vergingen die Jahre, und während ich heute dasitze und über alles nachdenke, kommt Connan den Gartenweg herab. Gleich werde ich seine Stimme hören.

Da wir allein sind, wird er sagen: »Ah, meine liebe Miss Leigh ...«, wie er es oft tut, wenn er am zärtlichsten ist. Und auf seinen Lippen liegt ein Lächeln, das mir sagt, daß er mich nicht sieht, wie ich heute bin, sondern wie ich damals war: die Gouvernante, die etwas mit ihrem Schicksal hadert und sich verzweifelt an ihren Stolz und ihre Würde klammert und sich trotzdem verliebt – seine liebe Miss Leigh.

Dann sitzen wir im warmen Sonnenschein, dankbar für all das Gute, das uns das Leben gebracht hat.

Da kommt er, und Gilly hinter ihm, immer noch nicht ganz so wie andere Leute, immer noch schweigsam. Wenn ich sie anschaue, sehe ich das Kind, das sie einmal war, und ich denke an Jennifer, ihre Mutter, die eines Tages ins Meer ging, und wie dies ein Teil meiner eigenen Geschichte wurde, und wie unser aller Schicksal ineinander verwoben ist.

Nichts bleibt als die Erde und das Meer. Sie werden bestehen, wie sie bestanden an dem Tag, an dem Gilly empfangen wurde, an dem Tag, an dem Alice arglos in ihr Grab ging, an dem Tag, an dem ich Connans Arme gespürt hatte und wußte, daß er mich aus der Dunkelheit zurück ins Leben trug.

Wir werden geboren, wir leiden, wir lieben, wir sterben – aber die Wellen branden unablässig an die Felsen. Aussaat und Ernte lösen einander ab. Aber die Erde bleibt.

Band 11980

Gloria Laxer

Ernte des Lebens

Ein Roman voller Eindringlichkeit und Sensibilität

Jung verheiratet, erscheint für Catherine plötzlich alles aussichtslos: Ihr Kind ist autistisch, und ihrem Mann fehlt die Kraft, die Verantwortung mitzutragen. Doch in dem Arzt Henri findet Catherine einen neuen, verständnisvollen Ehepartner, der sie und ihren Sohn auf das elterliche Weingut in Burgund bringt. Durch die Fürsorge der Familie entwickelt sich Emmanuel Schritt für Schritt bis hin zum gefeierten Maler. Catherine jedoch erleidet zum zweiten Mal Schiffbruch mit ihrer Ehe. Kurz vor ihrem 50. Geburtstag, an dem sich zeigt, wie groß die Ernte eines Lebens sein kann für den, der nicht aufgibt, findet sie neues Glück.

BASTEI LÜBBE

Band 11982

Sabine Brandt

Einmal Berlin einfach

Der Weg eines jungen Mädchens vom Lande in die Welt der modernen Großstadt

Bei Ausbruch des Ersten Weltkriegs verläßt die 17jährige Rose Barbeknecht ihr westpreußisches Dorf. Ihr Ziel heißt Berlin – Ausbildung, sozialer Aufstieg. Sie wird Krankenschwester und heiratet einen Akademiker. Doch so mutig und zielstrebig sie ihr Schicksal auch in die Hand nimmt – ihr Lebensplan entgleitet ihr durch höhere Gewalt: Der Ehemann arrangiert sich mit den Nazis, der Krieg raubt ihr den einzigen Sohn, und Rose fühlt sich vom Leben betrogen …

BASTEI LÜBBE

Band 11997

Joan Druett

Abigails Erbschaft

Auf dem Segler ›Erasmus‹ verbringt Abigail Sherman, Tochter eines hartgesottenen Walfängers und einer abenteuerlustigen Mutter, eine glückliche Kindheit. Diese endet jäh mit dem mysteriösen Tod des geliebten Vaters. Um ihr eine ordentliche Erziehung zu verpassen, schicken Verwandte Abigail nach Neuengland. Doch das Mädchen kann sich nicht an Handarbeit und ladyhafte Tugenden gewöhnen. Als Schiffsjunge verkleidet heuert sie auf einem Walfangboot an, um das Erbe ihres Vaters anzutreten. Doch der verwegene Kapitän Morgan kommt sehr schnell hinter das Geheimnis …

»Mit einer tollen Heldin, viel Seemannsgarn, Humor und romantischer Liebe«

Brigitte

BASTEI LÜBBE